PROJET MARS ALPHA

DU MÊME AUTEUR :

2017
- ***L'interphone ne fonctionne toujours pas (partie 1)***, Rebelle Editions, (romance)
- ***L'interphone ne fonctionne toujours pas (partie 2)***, Rebelle Editions, (romance)

2019
- ***Projet Mars Alpha***, Amazon/BOD, (Anticipation)
- ***Deux degrés et demi***, Amazon/BOD, (Anticipation, dystopie)

2020
- ***Avant j'avais des principes maintenant je suis papa – De l'accouchement aux premiers pas***, Amazon/BOD, (Témoignage)
- ***L'interphone ne fonctionne toujours pas (réédition)***, Amazon/BOD, (Thriller Psychologique)
- ***Abyssjail***, Amazon/BOD, (Anticipation, Post-Apocalyptique)

2021
- ***Avant j'avais des principes maintenant je suis papa – Des premiers pas au Terrible Two***, Amazon/BOD, (Témoignage)

2022
- ***Nom de code : CERBERE***, Amazon/BOD, (Mythologie revisitée, Post-Apocalyptique)

2024
- ***Perdus sur la lune***, Amazon/BOD, (Anticipation, Hard Science-fiction)

Pierre-Etienne BRAM

PROJET MARS ALPHA

Thriller d'anticipation

Le Code de la propriété intellectuelle et artistique n'autorisant, aux termes des alinéas 2 et 3 de l'article L.122-5, d'une part, que les « copies ou reproductions strictement réservées à l'usage privé du copiste et non destinées à une utilisation collective » et, d'autre part, que les analyses et les courtes citations dans un but d'exemple et d'illustration, « toute représentation ou reproduction intégrale, ou partielle, faite sans le consentement de l'auteur ou de ses ayants droit ou ayants cause, est illicite » (alinéa 1er de l'article L. 122-4). Cette représentation ou reproduction, par quelque procédé que ce soit, constituerait donc une contrefaçon sanctionnée par les articles 425 et suivants du Code pénal.

Copyright © 2019 Pierre-Etienne BRAM

Édition : BoD · Books on Demand, 31 avenue Saint-Rémy, 57600 Forbach, bod@bod.fr
Impression : Libri Plureos GmbH, Friedensallee 273, 22763 Hamburg (Allemagne)

ISBN : **978-2-3225-5951-0**
Dépôt légal : Juillet 2019
Première édition : Mars 2019

*À ma sœur,
sans qui ce livre n'aurait probablement jamais vu le jour.*

Préambule

Avril 2013

Alors que je commence tout doucement à profiter de ma nouvelle vie tant sentimentale que professionnelle après les déboires amoureux que je raconte dans mon premier roman, je tombe sur cette news de Google Actualités : « Recherchons volontaires pour coloniser Mars en 2024 ». Interpellé par le titre, je parcours l'article et découvre un peu plus en détail cet audacieux projet totalement novateur : utiliser les revenus générés par la télé-réalité en filmant les phases de sélection des candidats volontaires, pour financer le voyage sans retour dans lequel ils embarqueront destination la planète rouge. Audacieux, autant que suicidaire.

Sur Internet, les scientifiques expliquent les uns après les autres les raisons pour lesquelles ce projet tel qu'il est présenté ne pourra jamais aboutir. Le calendrier par exemple est totalement intenable : neuf ans à peine pour envoyer du matériel actuellement inexistant sur place avant l'arrivée de l'équipage et parallèlement filtrer, sélectionner, puis former les quatre futurs colons qui seront sûrement totalement novices. La NASA, elle, projette pas moins de vingt ans pour un projet similaire avec des astronautes expérimentés. De plus, beaucoup de problématiques techniques sont également toujours irrésolues, comme par exemple l'impact sur la santé des sept mois de voyage dans l'espace pour l'être humain, comment faire atterrir sur Mars une fusée ou un vaisseau de plus d'une tonne à cause de la faible atmosphère Martienne, ou tout simplement avec quel oxygène respirera-t-on une fois sur place. Enfin, le budget proposé est totalement sous-évalué : selon les organisateurs du projet, un peu plus de 6 milliards de dollars suffiraient alors qu'il faudrait au minimum selon la NASA 200 à 300 milliards, dans un projet qui inclurait le retour.

Et pourtant, grâce à la magie d'Internet, le projet en question aurait reçu un peu plus de 200 000 candidatures. Autant de personnes prêtes à donner leur vie pour la science ou pour devenir célèbre, estimant qu'on mourra tous un jour, alors que ce soit sur Mars ou ailleurs...

Après avoir mûrement réfléchi au projet, estimant que déjà 7 mois de voyage dans un espace d'à peine 30 mètres cubes (soit la taille du contenu d'un camion de déménagement), je péterai un câble, je n'ai finalement pas envoyé ma candidature. Cependant, tous les soirs je m'endormais confortablement dans mon lit, m'imaginant être dans la peau d'un de ces colons, ayant appris à dompter l'apesanteur, harnaché dans mon duvet, à rédiger mes mémoires dans un journal intime pour tuer le temps, tout en souriant de temps en temps aux caméras qui nous filmeraient durant tout le voyage.

C'est de là qu'est partie cette idée de roman.

En 2019, la nouvelle tombe : l'organisme à la base du projet, qui a maintes fois repoussé son planning initial en prenant soin de rester toujours aussi flou tant sur l'avancement technique que sur son recrutement sur les réseaux sociaux annonce être en faillite. Le financement (et la crédibilité ?) aura donc manqué pour rendre ce projet réalisable.

Par le miracle de l'écriture, n'étant pas bridé par une quelconque contrainte financière, morale ou même technique, j'ai permis dans ce livre à ce projet d'aboutir.

Je l'ai baptisé : "Projet Mars Alpha".

Prologue

Une épaisse forêt, voilà où m'a conduit mon enquête.

Chaque pas me rapproche de cette terrible vérité à laquelle je ne parviens toujours pas à croire, même si tout semble pourtant concorder.

Toutes ces disparitions improbables, tous ces indices disséminés convergent vers cet emplacement : le point d'orgue de mon périple. Je vais enfin savoir ce qui s'y cache.

À chaque pas, à chaque craquement de branche dans la nuit, je sens l'adrénaline monter un peu plus en moi. Est-ce que mon arme sera garante de ma sécurité ? L'avenir me le dira.

Alors qu'équipé de ma boussole et de ma lampe frontale je marche avec précaution, je me retrouve par terre, trébuchant sur une grosse pièce métallique cachée par le feuillage : un drone de surveillance, tombé à travers les arbres, visiblement abandonné depuis un certain temps et à court d'énergie.

Je suis sur la bonne voie.

La présence de cet objet, dans cet état, confirme ma théorie sur l'abandon récent des propriétaires des lieux, je peux donc a priori considérer désormais la place comme sans risque.

Une centaine de mètres plus loin, je découvre ce que je suis venu chercher : une clairière, avec au milieu une gigantesque base semi-enterrée. La pleine lune me permet de distinguer la totalité du bâtiment. Elle doit bien s'étendre sur trois cents mètres de long pour peut-être une cinquantaine de mètres de large.

Sur la gauche, quelques places de parking donnant sur un escalier qui semble être la seule entrée de l'édifice principal. Deux véhicules parqués devant me font malgré tout redoubler de prudence, ne sachant pas où sont leurs propriétaires…

Sur la droite de l'édifice, une autre construction qui semble être une centrale nucléaire au thorium d'appoint, facilement reconnaissable à sa forme conique d'un côté et totalement plate de l'autre, fournissant une bonne quantité d'énergie à moindre coût, ce qui va dans le sens de ce que j'ai pu conclure lors de mon enquête : je suis sur la bonne piste.

Prudemment, je m'avance, étant maintenant à découvert, redoutant qu'à tout moment un détecteur de mouvements trahisse ma présence et actionne les énormes spots que je vois orner les quatre miradors qui encadrent les lieux.

Je ne suis plus qu'à cinquante mètres de l'entrée lorsqu'ils s'allument.

Je me fends d'un sprint afin de me glisser le plus rapidement possible dans un coin sombre du bâtiment à l'abri des lumières, craignant que des gardes ou des chiens-droïdes se lancent à ma poursuite. Mais heureusement, rien de tout cela ne se produit.

Tapi dans l'ombre, je n'ai qu'une crainte : que mes battements de cœur, semblant résonner si fort dans ma poitrine, me trahissent.

Après quelques secondes, les puissants spots s'éteignent, me replongeant un court instant dans la pénombre, le temps que mes yeux se réhabituent à la semi-obscurité de la nuit.

Après avoir longé le muret, je descends l'escalier qui m'amène à l'entrée du bâtiment, tombant nez à nez avec une lourde double porte blindée sans serrure mécanique.

Je reprends mon souffle, arme à la main.

Le cri d'un oiseau de nuit à l'orée de la clairière me fait sursauter, suivi d'un envol à travers le branchage : il est l'heure pour le grand-duc de partir à la chasse.

Comme toujours, les bruits de la nuit me rappellent mon enfance et les week-ends en tant que scout sous la tente. Tout semble maintenant paisible. Presque trop.

De ma poche, je sors mon smartphone et le positionne devant l'écran. Une lumière rouge clignote durant d'interminables secondes, en vain.

Je retente ma chance après avoir sélectionné une autre empreinte digitale, stockée dans mon smartphone, et croise les doigts…

Cette fois-ci, le voyant orange clignote trois fois, avant de passer au vert, accompagné d'un bref bip.

La porte s'ouvre automatiquement, laissant échapper une violente odeur nauséabonde, pendant que toute une rangée de néons s'allume, éclairant un long couloir interminable.

Cette fois, ça y est. J'y suis.

Chapitre 1. J+2

14/09/2023

Voulez-vous être les premiers colons sur Mars ? Oui ? Alors, inscrivez-vous au projet Mars Alpha, et si vous faites partie des meilleurs, peut-être qu'un jour, vous serez les premiers colons à fouler la planète rouge !

Un slogan accrocheur. Une simple inscription sur un site Internet, accompagnée d'une courte vidéo de présentation, et ma candidature avait été envoyée. Ça ne m'avait pris que quelques instants. Une parmi 202 586 candidats. Qui aurait cru que quelques mois plus tard, après une batterie d'autres tests essentiellement psychologiques, on allait m'annoncer que je faisais partie des deux cents premiers sélectionnés ?

« C'est un coup de buzz, juste pour faire une émission de télé-réalité, rien de plus », n'avaient eu de cesse de répéter les médias. C'était également ce que je pensais. Et pourtant, ce projet avait abouti après plusieurs longues années d'entraînement physique, psychologique et théorique, de mise en condition de survie, de sélection et de stress, le tout filmé quasiment vingt-quatre heures sur vingt-quatre et suivi par une bonne partie de la planète. La moitié du projet était financée par l'audience de cette télé-réalité à but colonisateur, l'autre moitié par des donateurs plus ou moins anonymes. Chaque mois, une poignée de personnes était sortie de ce projet, choisie par les téléspectateurs du monde entier, les organisateurs et un jury composé d'anciens astronautes, de scientifiques et de quelques people. Certes, ça ne s'était pas passé comme ça aurait dû se passer, je n'aurais dû partir que deux ans plus tard, pour Mars Beta.

Étais-je suffisamment prête ? Sûrement pas, mais il était maintenant trop tard pour reculer.

Me voilà donc à cogiter sur ma vie. Je fais maintenant partie des quatre premiers futurs colons de Mars, flottant dans le vaisseau Dragon 3 (fier descendant du modèle Dragon 2, mais rallongé pour l'occasion), se dirigeant à un peu plus de vingt-cinq mille kilomètres heure vers la planète rouge, et ce depuis exactement deux jours, une heure et vingt-trois minutes.

Je dois bien admettre ne pas être encore totalement familiarisée avec l'équipage, étant donné que je me suis surtout entraînée avec l'équipe de Mars Beta. Après tout, c'est le rôle d'une doublure d'intégrer une équipe qu'elle ne connaît pas. C'est bien comme ça que ça s'est passé pour Apollo 13, si je me souviens bien.

On va avoir du temps pour faire connaissance : sept mois et demi de voyage avant l'« amarsissage ». J'ai du mal avec ce terme, mais bon : on atterrit sur Terre, et donc on « amarsit » sur Mars. Logique.

Environ deux cent vingt-neuf jours dans à peu près quarante mètres cubes à quatre.

On ne va pas se mentir, ça ne fait pas beaucoup de place.

Je repense à tous ces simulateurs, à toutes ces projections, ces nuits à m'imaginer être là où je suis actuellement, harnachée dans mon duvet, excepté que cette fois-ci ce n'est plus un rêve, c'est devenu ma réalité. Enfin, pour l'instant, c'est plutôt un cauchemar.

Malgré la dureté de l'entraînement des dernières années, deux coéquipiers sur quatre (dont moi) se sont évanouis lors du décollage, à cause des G[1] encaissés. La *prod* avait prévu le coup, et rapidement diffusé durant cette période un enregistrement réalisé en simulation pour ne pas perdre la face. La Terre n'y a visiblement vu que du feu d'ailleurs, une chance !

Je redécouvre donc cette délicieuse sensation de planer qu'on appelle « absence de pesanteur », ou apesanteur, et qui va devenir mon quotidien durant les prochains mois.

Cette sensation de flotter est géniale, même si ça donne parfois envie de vomir…

Durant les quelques semaines passées dans la navette spatiale stationnaire Tian gong 2 il y a un an de cela, mon mal de l'espace s'était dissipé au bout de deux ou trois jours. Espérons que ça passe aussi vite ici. Sachant que cette fois-ci, ce n'est plus un vol stationnaire.

Quarante-huit heures maintenant que je vomis mes tripes, ce qui n'est pas sans provoquer de gentilles moqueries de la part de mes compagnons de voyage.

Il y a une bonne ambiance, c'est déjà ça.

---

[1] Le G (« G » étant l'initiale de « gravité ») est une unité d'accélération correspondant approximativement à l'accélération de la pesanteur à la surface de la Terre. Elle est principalement utilisée en aéronautique, dans l'industrie automobile et celle des parcs d'attractions.

Chapitre 2. Huit ans et quelques jours avant le jour J (202 586 candidats restants)

01/09/2015

Claire tournait, anxieuse, dans son appartement, en attendant que Skype lui notifie un nouvel appel.

Sa vidéo de motivation, postée sur le Net, avait récolté un grand nombre de likes et avait visiblement séduit, puisque l'équipe en charge des candidatures lui avait proposé un entretien en visioconférence afin de faire plus ample connaissance et de valider sa participation au projet.

Ne sachant pas comment s'habiller, elle avait opté pour sa classique « tenue d'entretien », un chemisier blanc et une jupe noire dans laquelle elle se sentait trop serrée, sans parler d'un temps inhabituel dans la salle de bain consacré au maquillage. Elle était douée pour cet exercice, bien qu'elle le pratiquât assez peu.

L'e-mail planifiant ce rendez-vous était assez succinct, ne mentionnant que la date et l'heure, ainsi que l'interdiction formelle d'enregistrer ou de parler de quelque manière que ce fût de cet entretien par la suite.

Maladroite sur ses talons qu'elle n'avait mis que durant les grandes occasions (la dernière étant le mariage d'une de ses amies pour laquelle elle avait été le témoin), elle faisait les cent pas dans la pièce principale de son deux-pièces. Allaient-ils la coller sur des sujets trop scientifiques pour elle ? Elle avait relu sans vraiment s'en imprégner des fiches bristol sur la planète rouge posées à côté de son ordinateur. Il était trop tard de toute façon, le stress l'empêchait dorénavant de mémoriser quoi que ce soit. Bien évidemment, elle avait échangé avec les autres prétendants sur le site communautaire de Mars Alpha, mais personne n'avait le droit de parler du fameux « entretien #0 ». Étant française, elle le redoutait d'autant plus que celui-ci aurait lieu en anglais, qu'elle ne maîtrisait pas totalement malgré de solides bases.

Dix fois, elle avait modifié l'orientation de la webcam de sa tablette afin d'offrir le meilleur décor possible. Elle avait fini par estimer qu'une photo d'elle posant devant le Machu Picchu épinglée sur son mur blanc était le meilleur arrière-plan pour un entretien comme celui-ci. Oubliant le fait que cela était totalement inutile, elle s'était brièvement rendue dans sa petite salle de bain pour se remettre un peu de parfum, lorsque la notification d'un appel sur Skype s'était mise à retentir. C'est donc après un court sprint de quelques mètres sur « ses échasses » qu'elle était apparue sur l'écran de ses interlocuteurs.

— Bonjour !

— Vous êtes bien Claire Keznic ?

— Oui, en effet. Enchantée !

— Bonjour. Je suis Sandy, et voici Friedric. Nous sommes chargés de faire une première sélection des candidats pour le projet Mars Alpha.

Sandy était brune et paraissait bien plus vieille que ses trente ans. Les cheveux coiffés en chignon, le regard sévère et le visage potelé dans son tailleur noir, elle avait un piercing dans le nez. Dans la main droite, un stylet et dans la main gauche, une tablette. Friedric, vingt-sept ans, avait les cheveux très courts et une mâchoire carrée. Il jouait de manière assez machinale avec un stylo qui semblait danser dans ses doigts.

En arrière-plan, un énorme logo Mars Alpha noir sur fond rouge tapissait le mur.

— Merci de m'avoir sélectionné pour cet entretien.

— Comment allez-vous, Claire ?

— Bien, et vous ?

— Bien, merci. Est-ce que vous êtes prête à répondre à quelques questions pour le processus de recrutement du projet Mars Alpha ?

— Je suis prête !

Les interlocuteurs lui avaient répondu par un sourire.

— Bien. Nous avons vu votre vidéo, et cela nous a donné envie de faire plus ample connaissance. Pouvez-vous nous en dire plus ? Qui êtes-vous vraiment, Claire ?

— Eh bien, je m'appelle Claire, je suis française. J'ai vingt-trois ans et je suis étudiante en biologie. Je suis en train de préparer une thèse sur la reproduction des végétaux en apesanteur. Inutile de dire qu'aller sur Mars est mon rêve depuis toute petite.

Elle avait décrit avec précision le sujet de sa thèse, ce qui n'avait pas semblé passionner le jury, puis avait terminé en parlant de ses hobbies : « Pour le reste, je fais pas mal de running, au moins trois fois par semaine, et je pratique également la salsa cubaine. »

— Pas de sport collectif ? lui demanda Friedric. Vous avez la morphologie type pour être basketteuse ou volleyeuse. D'ailleurs, combien mesurez-vous, si ce n'est pas indiscret ?

— Un mètre quatre-vingt-un, répondit Claire, gênée, sa taille étant un sujet sensible qui la complexait au plus haut point.

— Ce n'est pas courant. Surtout vu le projet pour lequel vous participez. J'espère que vous n'êtes pas claustrophobe ?

— Non pas du tout ! Enfin, je ne crois pas…

— Vous ne croyez pas ou vous en êtes sûre ? reprit Sandy.

— J'en suis sûre !

— Alors, c'est parfait. Continuons, relança Friedric avant de prendre une gorgée de café dans un mug Mars Alpha. Possédez-vous un compte Twitter ?

— Oui, comme tout le monde, je pense.

— Combien d'abonnés avez-vous ?

— Euh, je ne sais pas… Je publie rarement, et à vrai dire je n'ai jamais fait attention à ce genre de détails.

— Il est important que vous en ayez un maximum. Pour information, une grosse partie du budget est générée par la médiatisation du projet, et nous comptons sur ce genre de détails pour qu'il puisse être connu du plus grand nombre. Ce point sera déterminant pour la sélection des candidats. Seuls les plus influents seront retenus.

— Entendu, répondit Claire, un peu confuse d'avoir pu les décevoir sur ce point pourtant crucial.

Après lui avoir posé la même question sur son profil Facebook, Sandy barra quelque chose sur sa tablette en soupirant, puis elle passa à la page suivante. Claire sentit une petite goutte de transpiration perler sur son front, qu'elle tenta de dissimuler en faisant mine de se recoiffer.

— En ce moment, êtes-vous tendue ? lui demanda Friedric.

— Qui ne le serait pas ? répondit-elle en souriant.

— Le voyage sur Mars ne sera pas de tout repos. Comment gérez-vous le stress au quotidien ?

— J'intériorise beaucoup, et le sport me permet de décompresser. Je suis une combattante déterminée, et le stress n'est qu'un détail qui ne m'empêche pas d'arriver à mes fins.

— Intéressant, reprit Sandy en griffonnant un mot en haut d'une page. Que savez-vous de la planète Mars ?

Pendant de longues minutes, Claire avait détaillé dans un anglais technique impeccable tout ce qu'elle connaissait sur l'astre rouge : sa rotation autour du soleil de vingt-quatre heures trente-neuf minutes et trente-cinq secondes, sa gravité de $3,711$ m/s² – soit légèrement plus faible que celle de la Terre de $9,807$ m/s² –, sa densité, sa masse, son histoire, ses tempêtes, les précédentes expéditions, la distance en perpétuelle évolution qui séparait cet astre de la planète bleue en fonction de sa résolution orbitale. Elle termina par une longue tirade sur les problématiques du voyage orbital.

— Bien. Vous me donnez l'impression de bien maîtriser votre sujet. Comme vous le savez, le projet de Mars Alpha n'inclut pas le retour sur Terre, c'est un aller simple. Est-ce que cela vous effraie de finir vos jours sur Mars ?

— Déjà, je n'y vais pas pour y mourir, mais pour y vivre. Et puis, que ce soit sur Mars ou ici, on décède tous un jour ou l'autre, non ?

— En effet, c'est une bonne vision de la chose. Et si vous aviez les moyens techniques de revenir de Mars, est-ce que vous rentreriez ?

— Les moyens n'existent pas, donc à quoi bon envisager cette situation ? rétorqua Claire.

— Mais supposons qu'ils existent, le feriez-vous ?

— Non, je ne pense pas.

— Vous ne pensez pas ou vous en êtes sûre ? demanda avec un certain agacement Friedric.

— Je suis certaine que je ne reviendrai pas.

Sandy cocha quelques cases, puis passa au formulaire suivant.

— Très bien, continuons. Vivre plusieurs mois dans un environnement clos avec trois autres personnes, est-ce que cela vous pose un problème ?

— Ce ne sera certainement pas toujours une partie de plaisir, mais je suis persuadée de pouvoir m'en accommoder.

— Parfait. Êtes-vous célibataire ?

— Oui.

— Par choix ?

— Euh, oui, mentit-elle.

— Bien. Le projet interdit toute forme d'attache avant le départ, vous n'êtes pas sans l'ignorer ?

Claire hocha la tête.

— OK, ça, c'est fait. Comme vous le savez, ce projet nécessite d'être filmé dans sa quasi-totalité, voire en permanence. Est-ce que cela vous pose un problème ?

— C'est en effet la base du financement, et non, cela ne me dérange pas.

— Êtes-vous à l'aise avec la nudité ? lui demanda Friedric, cherchant à la déstabiliser.

— Je… je ne vois pas le rapport.

— Ce n'est pas à vous de voir le rapport, mais ce qui est sûr, c'est que c'est à vous de répondre. Je répète donc ma question, êtes-vous à l'aise avec la nudité ? Et surtout êtes-vous pudique ?

— Je pense oui, oui répondit Claire décontenancée. Est-ce que je suis pudique ? Je ne sais pas… Ça dépend des situations, j'imagine.

— Que pensez-vous du fait d'être filmée nue par moments durant les phases de sélection ?

Claire se projeta un instant, s'imaginant dans un de ces programmes de télé-réalité sur lesquels elle s'était égarée par le passé en soupirant devant le QI des gens tellement superficiels qui avaient accepté d'y participer, en train d'être filmés sous la douche ou dans une piscine après une soirée trop arrosée.

Est-ce que cela avait un rapport avec un voyage sur Mars ? Non.

Est-ce que cela augmenterait l'audimat ? Sans aucun doute.

Est-ce que le voyage sur Mars valait le coup de sacrifier la pudeur ? Sûrement.

— Sans aucun doute ! confirma-t-elle avec assurance.

— Bien, continua Friedric.

Sandy le foudroya du regard, avant de continuer.

— La préparation liée à cette aventure nécessitera un sacrifice complet durant les huit années précédant le vol. Durant cette période, vous et votre image nous appartiendrez légalement en quasi-totalité. Est-ce que cette idée vous effraie ?

— Non.

Claire était passée en mode robot et avait débranché toute forme de conscience dans ses réponses, car plus l'entretien avançait et plus les questions s'éloignaient du sujet scientifique sur lequel elle s'attendait à être interrogée. Elle n'avait aucun mal à trouver ce que ses interlocuteurs attendaient derrière chacune de ces questions, toutes plus dérangeantes les unes que les autres, et c'était le prix qu'elle avait accepté de payer pour cette extraordinaire aventure.

— Parfait. Comme vous l'avez sûrement remarqué, notre communauté fonctionne selon un système de points. Seuls les gens avec le plus grand nombre de points seront gardés pour les phases suivantes. Ces points dépendent d'une part de votre influence sur les réseaux sociaux, d'autre part de votre activité en tant que *Youtubeur*, et enfin de votre participation financière au projet, que ce soit sous forme d'achat de merchandising ou de donation. Avez-vous bien compris ce fonctionnement ?

— Oui.

— Très bien. L'entretien touche à sa fin, Claire. Nous vous recontacterons d'ici six mois pour vous faire connaître notre décision quant à votre candidature. Sans retour de notre part, cela signifiera que vous n'avez pas été retenue. Il vous faudra par la suite réaliser une série d'examens médicaux à vos frais, afin de nous assurer que vous êtes en bonne santé.

— À mes frais ?

— Cela vous dérange-t-il ? l'interrogea Friedric.

— Non, non, pas du tout.

— Bien. Enfin, dernier point, reprit Sandy. Il n'est pas encore temps de surmédiatiser ce projet. Nous vous demandons donc de ne pas évoquer les questions de cet entretien, que ce soit avec un membre de la communauté ou avec un proche. Pour info, nous avons quelques mouchards, qui sont là pour vérifier que tout le monde tient bien sa langue. En cas d'oubli de cette règle, au-delà d'un procès, vous seriez immédiatement radiée de la liste des candidats. Enfin, une fois la sélection établie, lorsque la presse souhaitera vous interviewer pour en savoir plus sur votre candidature, il faudra nous contacter, car cet entretien devra lui être facturé. Avons-nous été bien clairs, Claire ?

— Très clairs !

— Parfait. Eh bien, nous vous remercions de nous avoir consacré cette petite heure, et nous espérons que vous passerez une agréable journée. Merci pour votre implication pour Mars Alpha, et nous vous souhaitons une très bonne continuation.

— Pareillement, répondit Claire.

— Ciao ! termina Friedric en faisant un signe de la main.

La communication se termina, et Claire fondit en larmes.

Chapitre 3. J+4

16/09/2023

Quatrième jour de cette folle expédition, et mon mal d'apesanteur a enfin fini par passer. Ce qui était l'enfer il y a quelques jours a fini par devenir un jeu.

Cette sensation de flotter est assez difficile à décrire. Si je devais la résumer, je dirais qu'on se sent comme si on était une plume. Pour se déplacer, il est nécessaire de se projeter à proprement parler pour aller d'un point A à un point B. J'adore ! Il y a bien évidemment d'autres côtés positifs dans un environnement dans ce genre, l'apesanteur permettant d'utiliser ce qu'on pourrait appeler « un troisième bras », c'est-à-dire que si vous laissez un objet à un endroit en face de vous, il ne devrait pas bouger, ce qui est plutôt pratique. Cependant, il faut malgré tout faire attention, car parfois, il se fait la malle. Du coup, durant notre temps libre, il nous arrive de nous amuser en nous jetant une petite balle en mousse d'une extrémité à l'autre de la navette. Il paraît que s'amuser d'un rien est bon pour le moral !

Nous avons commencé cette semaine à faire les exercices de sport qui nous sont imposés sur un tapis fabriqué pour l'occasion afin de faire en sorte qu'on ne flotte pas pendant la session grâce à un ingénieux système de bretelles. Programme du jour : trente minutes de marche suivies de quarante-cinq minutes de footing. Je salue d'ailleurs les scientifiques pour leur ingéniosité. La perte musculaire et la diminution de la résistance osseuse font partie des conséquences des voyages en apesanteur.

Enfin, « on suppose », car il s'agit à vrai dire du premier « voyage » à proprement parler en apesanteur – vu que la quasi-totalité des vols habités a lieu en vol stationnaire. Certes, nous avons des compléments alimentaires censés ralentir ces effets secondaires, mais nous devons prendre un maximum de précautions. Quel bonheur que de se sentir comme des rats de laboratoire !

Seul petit bémol après cette petite séance : la transpiration. Ici, on doit se contenter d'une espèce de serviette humide qu'on enroule autour de nous. C'est moins agréable qu'une douche classique, mais par rapport aux années passées, l'avantage est qu'on n'est plus obligé d'être filmé à ce moment. Adieu foutu badge/caméra qui nous filmait par couple sur Terre ! Adieu voyeurs abonnés ayant souscrit la formule *Ultimate*. Certes, ça a sûrement dû avoir un impact conséquent sur le nombre le financement du projet…

Au-delà d'un objectif d'audimat, pour la *prod*, le but de ces moments intimes mixtes était aussi de « tuer » le désir entre homme et femme, étant donné qu'il était formellement interdit durant le processus de sélection qu'un couple se forme, sous peine d'expulsion. Après des débuts compliqués entre les candidats, la pudeur prenant souvent le dessus, nous avions tous fini par ne plus y faire attention. Moi la première. Je repense à cette question durant l'entretien : « Êtes-vous pudique ? » J'en comprends mieux le sens désormais.

La vue de la Terre qui s'éloigne petit à petit de nous est incroyable, aussi excitante qu'effrayante. Pour des raisons de sécurité, on ne peut pas observer l'extérieur à l'œil nu, comme sur l'ISS2, mais via un système de caméras positionnées tout autour de Dragon 3 et accessibles à partir de n'importe quel écran tactile à l'intérieur du vaisseau. Le spectacle n'en est pas moins magnifique pour autant.

Je distingue encore l'Europe, mais d'ici quelques jours, ce ne sera plus possible.

Pour l'instant, le moral est toujours bon, nous sommes toujours assez « surexcités » par le départ. Il faut dire que nous avons été assez bien préparés pendant ces années de formation pour aller de l'avant et ne pas trop penser au fait que c'était la dernière fois que nous avions l'occasion de contempler notre chère planète de si près.

Moi qui pensais galérer pour dormir, comme par le passé durant mon expérience en vol stationnaire, ici, il n'en est rien ! Je tombe littéralement de sommeil. Moi qui n'avais pas l'habitude de tomber dans les bras de Morphée « rapidement » par le passé, ça me change.

Mais il n'y a pas que ça. Il y a un sujet dont j'ai quand même parlé au médecin de bord :

— Voilà, je n'ai que de vagues souvenirs, mais pendant que je sommeille, j'ai parfois l'impression de « tomber », ce qui est totalement impossible et improbable vu notre situation du moment. Est-ce grave, docteur ?

— Non, ne t'inquiète pas Claire, c'est tout à fait normal. Il peut y avoir plusieurs raisons à cela. Il peut s'agir d'un passage d'un sommeil à un autre et de la pression qu'exerce ton duvet dans lequel tu es attachée. Ou alors, il se peut que ce soit juste ton subconscient qui s'habitue à l'apesanteur. Je suis sûr que dans quelques jours, tu ne t'en rendras plus compte. Dors-tu bien au moins ?

— Comme un bébé ! Enfin, un bébé qui dort…

— C'est l'essentiel. Ça devrait aller mieux dans les prochains jours. Je le note malgré tout dans le journal de bord. Tiens-moi au courant si cela se reproduit, d'accord ?

— Promis !

Chapitre 4. Sept ans avant le jour J (deux cents participants restants)

14/09/2016

Auditorium de Mars Alpha Corp.

— Vous pouvez être fiers de vous. Après plus d'un an de sélection, vous faites maintenant partie des deux cents finalistes de ce projet. Vous avez accepté de mettre vos corps et vos vies en jeu afin d'être les pionniers de l'Histoire de la conquête de Mars. Alors à vous tous, participantes et participants de Mars Alpha, je vous dis bravo ! Un grand bravo ! Je crois qu'on peut tous vous applaudir.

Un tonnerre d'applaudissements explosa dans l'auditorium, où les médias et une grande partie de la communauté scientifique s'étaient réunis pour cet événement retransmis en direct dans le monde entier.

Dans les dix premiers rangs, vingt par rang, les deux cents candidats sélectionnés, cent femmes et cent hommes, étaient mitraillés par la presse. Certains donnaient l'impression d'être gênés par cette brusque exposition médiatique, alors que d'autres semblaient déjà apprécier ce statut de « bébés people ». Sur scène, Lars Von Truck, président de Mars Alpha Corp., reprit son discours sur la présentation du lancement de son projet avec beaucoup d'aisance.

— Mes amis, c'est grâce à vous que cette incroyable aventure va aboutir. Sans toi, toi ou même toi, sans vous tous qui nous regardez derrière vos écrans sur notre nouvelle chaîne de télé « Mars Alpha TV » que nous avons inaugurée en début de cette cérémonie, sans vous, ce projet n'aurait jamais pu voir le jour. Bien évidemment, cela n'a pas été de tout repos, et nous avons bossé jour et nuit, encore et toujours, en faisant du porte-à-porte ici et là pour avoir des soutiens médiatiques, scientifiques et surtout financiers. Combien de fois nous a-t-on ri au nez ? « Votre projet est irréalisable. » « Ce n'est rien de plus qu'un canular. » Et je vous passe « la théorie des soixante-huit jours », après quoi il aurait été calculé que nos futurs colons décéderaient par défaut de régénération de l'oxygène. Pourtant, un élan est né, et nous avons réussi à réunir des gens avec des idées, ainsi que des gens avec des fonds, car on ne va pas se mentir, les idées ne suffisent pas pour aller sur Mars !

Quelques rires et sifflets retentirent avant que la totalité de la salle se mette à applaudir une fois de plus le chef de cérémonie.

Lars, ce grand roux légèrement bedonnant aux cheveux courts, exultait. Une main dans la poche de son jean, l'autre tenant la minuscule télécommande qui déclenchait le défilement des slides de la présentation derrière lui, il continuait d'évoluer paisiblement sur scène, visiblement très à l'aise dans cet exercice. Qui aurait pu croire que cet ancien soldat d'élite de la *Koninklijke Landmacht*, l'armée de terre néerlandaise, excellerait dans l'exercice de la présentation médiatique. Un énorme « I love Mars Alpha » ornait son T-shirt. Dans ses Converse noires, il reprit son allocution, évoluant sur scène en faisant de petits cercles, profitant et abusant de ces salves d'applaudissements qu'il appréciait tant.

— Bien sûr, je ne peux pas parler aujourd'hui du projet sans évoquer mon ami l'émir Ali, sans qui tout cela n'aurait pu voir le jour.

L'émir, assis dans la salle dans un smoking blanc impeccable, échangea quelques mots avec son voisin derrière ses lunettes noires. La caméra zooma sur lui, avant de revenir en mode fondu sur Lars.

— Ali est venu faire ma connaissance à la suite d'une conférence que j'organisais au Qatar. Comme moi, Ali est un passionné d'étoiles et un explorateur dans l'âme. Après avoir échangé sur ma prestation, il m'a dit : « Tu sais, Lars, ton projet est visionnaire et incroyable, mais tu manques de crédibilité, car tu n'as pas de mentor. Tu n'as pas de fonds suffisants derrière toi pour que les gens te respectent et t'écoutent quand tu parles. Mais si tu le souhaites, moi, je peux t'aider. Je le veux à vrai dire. Quelques amis et moi-même aimerions t'apporter ce qui te manque en crédibilité pécuniaire afin de permettre à ce magnifique projet de colonisation martienne d'aboutir. Lars, si tu le souhaites, aujourd'hui, tu as un nouveau sponsor ainsi qu'une partie de ton financement. » La discussion s'est poursuivie toute la nuit, dans un lieu digne d'un conte des mille et une nuits, et au petit matin, je lui ai dit : « Ali, j'accepte ta proposition avec grand plaisir. » Mes amis, je vous demande un tonnerre d'applaudissements pour l'émir Ali Al Saoud !

Dans cette salle totalement conquise, l'acclamant tel un héros, l'émir apparut de nouveau en gros plan sur l'écran géant, esquissant un petit sourire en saluant d'un geste discret de la main. Une fois le grondement des félicitations terminé, Lars continua :

— Et pour preuve qu'il n'a pas de doute sur l'issue du voyage et sur la sécurité des participants, son fils tentera l'aventure parmi les deux cents participants. J'ai pu discuter quelquefois avec lui. Croyez-moi, il est brillant, et quelque chose me dit qu'il ira loin dans le processus de sélection ! Ce sera à vous de le choisir ! Oui, car ce sera vous qui aurez le dernier mot, ce seront VOS candidats qui iront sur Mars. Les poulains que VOUS aurez sélectionnés, après que notre équipe de scientifiques et quelques people auront donné leur accord et fait leur propre écrémage. Il n'en sera pas autrement. Ce voyage sera totalement le vôtre. Et vous savez quoi ? Il a déjà commencé…

Les lumières sur scène s'assombrirent, laissant apparaître un paysage désertique, aux couleurs pourpres, comme sorti d'un autre temps. Les spectateurs ne mirent pas longtemps à comprendre de quoi il s'agissait.

— Nous l'avons tenu secret jusqu'à présent, mais nos caméras filment déjà les lieux où notre colonie sera fondée dans les prochaines années ! Il n'a pas été simple de réaliser un lancement terrestre en toute discrétion, mais je vous le confirme, nos équipes de techniciens ont réussi à déployer des robots qui ont installé des caméras sur la planète rouge, et ce que vous voyez est bien un *stream* en direct de Mars, accessible pour tous les heureux possesseurs de notre abonnement sur Mars Alpha TV. Un abonnement qui vous donne la possibilité de voir tout ce qui s'y passe à tout moment du jour ou de la nuit, que vous soyez à Paris ou à Londres, à San Francisco ou à Pékin, Mars vous est offert !

Une salve d'applaudissements retentit durant de longues minutes. La science n'avait jamais réussi ce prodige technique jusque-là, mais Lars l'avait fait.

— Mes amis, dans quelques mois arrivera le premier container qui contiendra du matériel supplémentaire pour que nos deux robots continuent de préparer le terrain pour nos futurs colons aventuriers. Et sous vos yeux, vous pourrez assister à l'installation de notre future colonie totalement automatisée et commandée depuis la Terre. Bien entendu, il n'y a aujourd'hui que deux caméras, mais il devrait y en avoir cinq d'ici un an, et une dizaine dans deux ans. Comme vous le savez, il faut compter avec l'orbite martienne. Le voyage prend sept mois dans les meilleures conditions, mais il peut prendre jusqu'à deux ans. C'est la raison pour laquelle nous n'avons pas droit à l'erreur et que la date optimale à laquelle nos premiers colons partiront de la Terre sera le 12 septembre 2023.

Un compte à rebours indiquant le nombre de jours avant cette date apparut, face à une foule toujours en délire. Les journalistes du monde entier continuaient de retransmettre toutes les informations pour leur direct. L'équipe de *comm* interne, elle, inondait tous les réseaux sociaux des moments clés de la session.

— Sept ans... C'est long, bien entendu. Je comprends votre impatience, mes amis. Mais c'est juste assez de temps pour nous permettre de former nos futurs colons. Et vous n'en louperez pas une miette, je vous le promets ! Dans quelques mois, ils commenceront leur formation, une fois les infrastructures en cours de construction permettant de les accueillir achevées. De manière hebdomadaire aura lieu une émission en prime qui proposera un best of des sessions d'entraînement de la semaine. Chaque candidat possédera un nombre de points qui lui sera attribué en fonction du résultat de ses épreuves sur une période donnée et de l'engouement de son public, car j'insiste bien sur ce point, c'est VOTRE voyage. C'est vous qui choisirez qui colonisera la planète rouge. Et pour que l'expérience soit encore plus immersive, il vous sera possible de suivre chacun des candidats grâce à un badge contenant une caméra et un micro qu'il portera avec lui.

Des vidéos montrant au niveau du torse l'appareil en question en action apparurent sur l'écran géant, montrant un enchaînement de situations : une discussion entre un groupe d'amis cosmopolites ayant tous le sourire aux lèvres, suivie d'une accolade entre deux personnes, visiblement attristées, un épisode où les protagonistes semblaient se régaler à préparer leurs nourritures ensemble, puis un autre extrait où le protagoniste retira son appareil afin d'enfiler un équipement d'astronaute.

Enfin, les dernières images semblaient filmer une douche collective mixte, prise cette fois-ci à partir d'une caméra fixe en haute définition. Les zones intimes étaient censurées, jusqu'à ce qu'un zoom se déplace sur le torse et le visage d'une femme, visiblement amusée d'être ainsi filmée.

— Bien évidemment, reprend Lars, seuls les abonnés au format Premium pourront avoir accès à ces badges en sélectionnant le candidat de leur choix, et pour les chanceux qui se seront abonnés au forfait *Ultimate*, rien ne leur sera caché !

Le bandeau de censure fut remplacé en fondu par une affiche publicitaire indiquant le prix du forfait *Ultimate*, avant de disparaître totalement, laissant apparaître aux yeux de tous la poitrine de la victime consentante, qui acquiesça en souriant et en levant un pouce en l'air.

La salle redoubla d'applaudissements. Les tweets explosèrent. Les journalistes semblaient mitigés, mais certains d'avoir de beaux sujets en perspective. Les réseaux sociaux approuvèrent instantanément l'immersion totale du projet dans l'intimité des candidats, faisant fi des rares personnes outrées. Les gens voulaient voir, voulaient « tout » voir.

— Vous verrez tout, termina Lars. Je vous le promets, mes amis, vous ne serez pas déçus. Le décompte est lancé, soyez prêts. Sept ans, c'est long et pourtant, sept ans, c'est déjà demain. Avec Mars Alpha, vous serez les acteurs d'un des moments historiques de notre humanité. On compte sur vous !

Chapitre 5. J+19

01/10/2023

Ne trouves-tu pas amoral d'envoyer des humains sur une planète tout en sachant pertinemment qu'ils ne pourront pas en revenir ? C'est un peu les envoyer vers la mort, tu ne crois pas ?

Sept ans durant, on m'a bourré le crâne de phrases clés, de réponses toutes faites, un vrai formatage psychologique, mais après tout ce temps, je ne parviens toujours pas à avoir un avis « objectif » sur le sujet. Certes, à terme, l'être humain finit toujours par décéder. Alors, que ce soit pour la science ou pour rien… Vaut-il mieux mourir inconnu du monde, dans une maison de retraite pourrie sentant les vieux et le pipi ? Ou peut-être plus jeune, mais « au nom de la science », en poussant un dernier soupir devant les caméras du monde entier ? Hum, laissez-moi réfléchir… Ça y est, j'ai réfléchi, je préfère la seconde option !

Et puis, on n'est pas censés passer l'arme à gauche plus rapidement que sur Terre une fois là-bas.

On a été préparés durant des années à faire face à l'hostilité de Mars, bien à l'abri dans notre base « en théorie », on devrait pouvoir survivre là-bas quelques années.

Le fait est que j'ai quand même plutôt hâte de voir la base, achevée depuis un an par Marsiton 1 et Marsiton 2 (des robots de troisième génération). Depuis sept ans, Mars Alpha envoie régulièrement des modules de « support de vie », des genres de grosses bulles (une fois assemblées) qui sont maintenant opérationnelles, afin que les éléments essentiels à notre survie soient prêts pour notre arrivée : la gestion de l'eau (récupérée via la glace enfouie sous terre), la génération de l'oxygène, la ferme biologique, la pile atomique (solution préférée aux panneaux solaires, jugés trop lourds à entretenir), et nos deux immenses super-modules de vie de deux cents mètres carrés, enfouis sous cinquante centimètres à un mètre, dans laquelle nous passerons la plupart de notre temps. En effet, vu l'absence d'atmosphère, et donc une surexposition aux rayons solaires, mieux vaut que notre habitat ne soit pas à même le sol martien. Et puis ne dit-on pas : « pour vivre heureux, vivons cachés » ? Avec toutes les caméras qui nous attendent…

— Claire ? C'est ton tour de t'occuper du nettoyage des filtres aujourd'hui.

— J'arrive !

Les filtres représentent un élément clé de notre survie quotidienne. Sans nettoyage régulier, notre air et notre eau finiront par nous empoisonner. Et on peut dire que cela s'encrasse plutôt vite !

Ce matin, alors que tout le monde était encore endormi, je suis allée faire un tour au poste de pilotage, d'où je peux contempler la Terre s'éloigner imperceptiblement, mais sûrement.

Dans le noir artificiel du vaisseau, les lumières des boutons nécessaires au pilotage donnent l'impression d'être entourés de guirlandes de décoration de Noël. Notre planète bleue n'est maintenant guère plus grande qu'une grosse bille. Peut-être que là-bas, quelqu'un observe les étoiles au moment même où je contemple la Terre sans me douter que nos regards se croisent.

Dans l'espace, il n'y a plus vraiment de notion de jour et de nuit, on a l'impression qu'il fait tout le temps nuit.

Afin de nous habituer à la vie martienne où un jour dure vingt-quatre heures, trente-sept minutes et un peu plus de vingt-deux secondes, nous augmentons de quelques secondes nos journées chaque jour. L'objectif de ce « jeu d'horloges » étant de coller le plus possible avec l'activité « jour/nuit » de la planète rouge, une fois sur place.

Durant ce court moment d'observation, je me suis rendu compte d'une chose qui me chagrine et m'intrigue fortement : j'avais lu et entendu partout que l'on ne voyait que peu les étoiles durant un vol non stationnaire, une fois bien éloigné du soleil, celles-ci étant en partie reflétées par son éclat. Je m'attendais donc à les voir disparaître une par une au fur et à mesure que notre vaisseau s'éloignait de la Terre, mais... Il n'en est rien.

Bizarre. Peut-être sommes-nous encore trop proches de la Terre ?

À suivre...

Chapitre 6. Six ans avant le jour J (deux cents participants restants)

02/09/2017

Centre de formation de Mars Alpha, Miami – Floride

— Salut tout le monde, je m'appelle Claire, je suis française. Je suis biologiste spécialisée dans la reproduction des végétaux en apesanteur. Mes hobbies sont la course et la salsa, et je suis la numéro 123.

À tour de rôle, chacun passa sur une petite scène surélevée, et se présenta en quelques mots aux téléspectateurs.

— Hello, mon nom est Linn, je suis chinoise. J'ai étudié la neurochirurgie assistée par robotique et la biogénétique. Durant mon temps libre, j'adore m'occuper de mon petit potager composé de plantes génétiquement modifiées. Pour voter pour moi, c'est le 159 !

— Enfin, je semble bien être le dernier, je suis Mike, américain et fier de l'être. Au niveau de mes formations j'ai un diplôme d'ingénieur informaticien option mécanique. Durant mon temps libre, ma passion numéro 1 consiste à m'envoyer en l'air – en avion, bien sûr ! –, et je suis un grand fan de l'équipe de hockey de New York les Rangers : « Go Rangers », « Go Rangers » ! Notez bien ce numéro, le 14 !

La caméra réalisa un fondu et se focalisa sur l'animatrice, Angela.

— Bon, eh bien voilà, je crois qu'on y est. Les deux cents participants pour l'expédition Mars Alpha vous ont été présentés. Bien entendu, vous pourrez accéder à leur profil détaillé en suivant les indications qui s'affichent sur votre écran.

À l'aise devant la caméra, cette ex-présentatrice de télé-réalité et d'émission de fitness, définitivement débauchée par Mars Alpha Corp., semblait peiner à masquer son fort accent texan.

— Je crois qu'il est maintenant temps de commencer ce premier stage d'aptitude physique. Il s'agira dans un premier temps de faire un bilan sur votre état physique. J'espère que vous êtes en forme ! Les prochains jours seront des successions d'épreuves d'endurance, de résistance musculaire, qui permettront par la suite de faire vingt groupes de dix personnes. L'objectif est double : d'abord observer votre comportement en équipe, puis essayer de repérer les affinités pouvant se créer entre les candidats.

La caméra balaya les participants qui se scrutaient déjà entre eux. Tous habillés en tenue de sport, avec leur badge caméra accroché au torse, certains se connaissaient déjà alors que d'autres se découvraient. Cent hommes, cent femmes. Parfaite parité.

— Ces épreuves seront tantôt éliminatoires, tantôt formatrices, reprit Angela. Le jury vous donnera, en fonction de vos résultats, un certain nombre de points que vous conserverez pour toute la durée du processus de sélection les sept prochaines années. Ces points vous permettront d'évoluer dans un classement général. Une fois par mois, la dernière personne de ce classement sera automatiquement sortie du programme, ce qui fait que sur les deux cents que vous êtes aujourd'hui, soixante-dix quitteront le projet Mars Alpha suite à cette « sélection naturelle » avant le premier lancement.

Zoom sur un des candidats captivés par le discours d'Angela, mais n'hésitant pas à faire malgré tout un clin d'œil à la caméra. Chacun semblait jauger son voisin d'un regard amical, mais la concurrence était déjà là. Qui serait la première personne à être éliminée ? La question semblait être sur toutes les lèvres. Allait-il falloir être une masse de muscles pour faire partie des premiers colons de Mars ?

— Lorsque vous ne serez pas dans des épreuves de perfectionnement physique et psychologique, vous serez en formation. Encadrés par des équipes de scientifiques et d'anciens astronautes, vous suivrez un cursus généraliste à bord d'un simulateur de vaisseau de type Dragon. Vous apprendrez ainsi les principes de base permettant de piloter, mais également les choses à savoir pour vivre en parfaite harmonie en apesanteur, dans à peine plus de trente mètres cubes. Enfin, vous serez formés plus personnellement en fonction de vos spécialités. À la suite de ces heures de théorie, vous serez évalués à travers des examens oraux, écrits et pratiques qui vous donneront des points, lesquels seront capitalisés à votre score général. Pour être un des quatre finalistes de Mars Alpha, vous devrez donc être dans une excellente condition physique, mais également incollable sur vos spécialités. Enfin, votre capital de résistance psychologique devra être bien au-dessus de la moyenne.

Les regards s'échangèrent entre les candidats. Les profils physiques étaient très différents d'une personne à l'autre. Un grand nombre de nationalités et d'origines étaient représentées, sûrement afin d'adhérer au côté « universel » du projet. Mais ce jour-là, toutes les différences étaient effacées : chacun portait, tel un sportif de haut niveau, un maillot bleu. Sur le devant, impossible de ne pas reconnaître l'énorme logo rouge Mars Alpha, alors que sur le dos était floqué le nom du participant ainsi que son numéro.

— Avant de vous indiquer les vingt groupes de dix dans lesquels vous serez répartis pour la première phase de sélection, je vous rappelle les principales règles, auxquelles vous devrez vous soumettre durant toute la durée de votre participation au programme. La violation d'une de celles-ci sera synonyme de retrait d'un grand nombre de points de votre classement général. De plus, dans certains cas critiques, la *prod* proposera au public un vote d'exclusion.

1. Toute forme de tricherie vous bannira automatiquement. Cela inclut la prise de drogue durant les épreuves physiques et psychologiques, et l'utilisation d'antisèche durant les épreuves écrites ou orales.
2. Les couples, qu'ils soient hétéros ou homos, sont totalement interdits durant tout le projet, que vous soyez en direct ou en off.
3. Toute agression verbale d'ordre raciste ou sexiste est interdite.
4. Toute forme d'agression physique volontaire est interdite.
5. Toute forme de harcèlement, qu'elle soit réelle ou virtuelle via vos *followers* par exemple, est interdite.
6. Durant les périodes de formation, lorsque vous êtes dans des lieux encadrés par le programme de Mars Alpha, vous devrez porter vos badges caméras

actifs en permanence. Vous serez également responsable de leur bon fonctionnement. Vous disposerez de trente minutes d'intimité par jour que vous pourrez utiliser à votre guise, période durant laquelle ce badge pourra être désactivé.
7. Toute absence sur les réseaux sociaux prolongée de plus de deux jours sera sanctionnée.
8. Pour tout entretien avec la presse, il faudra au préalable passer par une autorisation de Mars Alpha, et cet entretien sera forcément facturé, enregistré et vérifié par nos soins avant d'être publié et diffusé.
9. Durant les périodes de formation, seul l'anglais sera autorisé, et ce même si vous dialoguez avec un participant de la même nationalité que la vôtre.
10. Enfin, chaque candidat est libre de se retirer à tout moment, dès lors qu'il s'engage à ne pas tenir de propos diffamatoires sur le projet Mars Alpha, sous peine d'encourir des poursuites financières et pénales.

Travelling arrière, vue des deux cents candidats filmés de dos. La présentatrice en face d'eux continuait de les contempler. Derrière elle, un énorme écran sur lequel les règles avaient été rajoutées au fur et à mesure qu'elle les citait, non sans rappeler l'écriture des tables dans le film *Les Dix Commandements*. Sous sa casquette, Angela esquissa un petit sourire concluant sa longue énumération.

— Je sais que si vous êtes là, vous faites partie des meilleurs et que vous vous êtes déjà battus pour en arriver à ce stade. Cependant, je me dois de vous poser la question. Après vous avoir rappelé ce règlement, est-ce que quelqu'un parmi vous souhaite d'ores et déjà quitter le programme ?

Les candidats se regardèrent les uns les autres, espérant sûrement secrètement que l'un d'eux se désiste. Qui aurait eu le courage de dire à ce moment précis : « Non, finalement, je n'y vais pas » ? Non. Ils étaient tous déjà les prisonniers volontaires de leur destin.

— Eh bien, je crois qu'il est temps maintenant d'activer vos badges, de saluer ceux qui vous suivront, et je déclare ouverte la première saison de sélection du projet Mars Alpha !

Sur la musique *The Final Countdown* du groupe Europe, tous les candidats se mirent à applaudir, à siffler et sauter de joie en une véritable frénésie collective.

Prenant à part la caméra, Angela conclut :

— On se retrouve dans un instant pour la divulgation des différents groupes après une courte pub ! Vous êtes bien sur Mars Alpha TV, à tout de suite !

Chapitre 7. J+33

15/10/2023

Claire allume sa caméra, la positionne sur sa perche à selfie. Après quelques instants, un petit voyant lui indique que plus de vingt mille *followers* sont en train de la regarder. Elle débute la vidéo avec un :

— Hé, coucou les amis ! Comme je vous l'avais promis hier soir, je profite d'un matin où le reste de l'équipe dort encore pour vous faire faire une visite express du vaisseau. Suivez-moi, c'est par là que ça commence !

L'objectif filme sur les côtés, le temps que Claire se repositionne correctement :

— Je ne vais pas parler trop fort pour ne pas les réveiller. Alors voici, comme vous pouvez le voir, le poste de pilotage ! Comme vous pouvez le constater, il se compose de deux étages et de quatre sièges inclinables. Le mien est au second étage, sur la droite. Pour ceux qui s'en souviennent, c'est à cet endroit que nous étions aux commandes au moment du décollage. À l'avant se situent des rangées et des rangées de boutons, d'écrans et d'indicateurs. Ces écrans nous permettent d'avoir une vision de l'avant, de l'arrière et des côtés du vaisseau. Il n'y a pas de hublot à proprement parler, seulement des caméras numériques reliées vers l'extérieur, ceci afin d'éviter – ou tout du moins de limiter – le rayonnement solaire.

Les petits cœurs et autres pouces en l'air défilent sur l'écran, sur lequel le nombre de *followers* augmente régulièrement.

— Je précise que, contrairement à ce qu'on pourrait penser, je ne sais pas à quoi sert la moitié de ces boutons. N'étant pas pilote, je ne connais que les plus importants. Afin d'être sûr que tout le monde puisse y avoir accès le moment venu, chaque action, plus exactement un enchaînement de manœuvres, est expliquée dans des classeurs aux couleurs codifiées.

Claire tourne sa caméra afin de montrer les classeurs en question.

— Nous ne les utiliserons que pour les commandes manuelles critiques ; l'ordinateur de bord Andromac, qui répond aux commandes vocales, est notre interlocuteur numéro un. Mais malgré notre avancée technologique, il faut dire ce qu'il est, il est compliqué d'avoir une conversation digne de ce nom avec lui. On est loin du « paramétrage du degré d'humour » qui apparaît dans le film *Interstellar*. En cas de problème – croisons les doigts pour qu'il n'y en ait pas –, nous avons toujours la possibilité de passer en mode manuel, mais jusqu'à présent, ça n'a pas été nécessaire. C'est ici que deux fois par semaine, vous nous retrouverez pour le prime avec toute l'équipe, et que nous répondrons à vos questions.

Changeant brièvement de position toujours en flottant, Claire oriente sa perche dans un nouvel axe :

— Juste derrière le poste de pilotage se situe un petit espace dédié à la cuisine. Enfin « la préparation des repas » serait le mot juste, car on ne peut pas vraiment dire qu'il soit très pratique de cuisiner en apesanteur. Alors, je fais une petite pause pour lire vos messages... Salut, salut tout le monde ! *Est-ce que la nourriture est bonne ?* Eh bien oui, ce qu'on mange est relativement bon, contrairement à ce qu'on pourrait s'imaginer. *Et le café ?* Le café est excellent, merci pour nous ! Beaucoup de questions, je ne sais pas si je vais pouvoir répondre à tous, mais je vais faire au mieux. C'est donc ici que tout le monde raconte sa journée, le programme du jour et du lendemain, les anecdotes, les blagues, les moments de joie ou de peine. C'est notre QG, quelque part. C'est un moment vital, tant par rapport à l'expédition que par rapport à la suite du voyage. Il vaut mieux prévenir que guérir. Je me décale un peu...

Claire se stabilise en faisant quelques grimaces, avant de se remettre à filmer :

— Le couloir fait environ un mètre sur deux. Derrière le poste de commande se situe la partie rangement. Celle-ci mesure un mètre sur six. Elle est assez bien équipée pour que nous puissions, via un système ingénieux, atteindre rapidement n'importe quel objet, qu'il soit situé au fond ou devant. C'est un peu la malle fourre-tout du vaisseau dans laquelle on trouve méticuleusement et savamment stockés le matériel médical, des sachets de nourriture, nos vêtements, et une quantité de pièces de rechange ainsi qu'une mini-imprimante 3D « d'urgence », capable de reproduire des pièces vitales au vaisseau en un temps record. Salut tout le monde, bienvenue sur mon *stream* en direct ! Je continue, en me décalant légèrement... Voilà. Juste derrière se situe la *bioserre*. C'est là où je passe, avec ma coéquipière, la plupart de mon temps lorsque je ne suis pas dans ma cabine. Contrairement aux précédents rangements, cet emplacement est plus large. Deux mètres cubes sont entièrement consacrés à l'élevage des criquets. *Tu manges des insectes c'est dégoûtant !* Eh bien non. Sache, très cher

Raoul23, que c'est un mets délicieux dès lors qu'on fait abstraction du fait qu'il s'agit d'un insecte et qu'il est bien assaisonné. Au niveau du goût, ça se rapproche du poulet et nous permet surtout d'avoir un apport régulier en protéines : une dizaine de criquets cuits, soit vingt grammes, correspondent à la valeur énergétique d'un bifteck de cent dix grammes. Voilà pour le quota scientifique. *Ils ne font* pas du bruit la nuit ? Eh bien non, Laura22, ils ont été génétiquement modifiés pour ne plus faire de bruit ! C'était un élément vital, sans quoi on serait devenus fous. De plus, les scientifiques ont réussi à créer un spécimen avec un temps de croissance bien réduit, faisant passer initialement de deux mois à trois semaines le développement de l'état de larve à celui d'insecte adulte, ce qui nous permet d'avoir une fois par semaine un bon steak de criquets ! Toute une organisation est mise en place pour séparer les larves des adultes, un criquet étant assez con pour bouffer ses propres œufs… Sincèrement, on n'est pas égaux devant dame nature ! Et dire que dans *Starship Troopers*, des insectes sont censés vouloir nous coloniser… Enfin ! Alors, je me décale un peu, et là, vous pouvez voir tout autour de moi la suite de la bio serre. Toujours dans cette bio serre, dix mètres linéaires sont réservés à la plantation de quelques légumes, qui ont eux aussi été génétiquement modifiés pour pousser plus vite. Cela nous permet d'avoir un peu de fraîcheur dans nos aliments, et aussi d'optimiser la transformation de notre CO_2. Bref, ce petit espace demande pas mal d'entretien au quotidien, sans parler du côté étude scientifique qui va avec, et cela fait donc partie des tâches que je réalise avec grand plaisir, toujours en flottant, bien évidemment. Je vois beaucoup de questions. Je suis désolée de ne pas pouvoir y répondre tout de suite, mais je suis contrainte par le temps. Je continue donc.

En quelques flottements, Claire se déplace un peu plus loin et se positionne stratégiquement dans ce long couloir.

— Alors, sur la gauche, ce sont les toilettes. Cette pièce se ferme avec une petite porte coulissante, et malgré la bonne volonté de tout le monde, ça ne sent pas très bon dès lors qu'on ouvre le tuyau pour la grosse commission. Il faut donc bien viser, comme vous l'avez deviné, même si l'effluve se dissipe vite. Et non Alex892a, je ne vous ferai pas de démonstration, je compte sur votre imagination. À vrai dire, ça ne sent pas très bon dans le vaisseau, et ce malgré tous nos efforts il y a de manière permanente comme une odeur de steak trop cuit ou de métal brûlant. La Terre est au courant de ce problème et cherche toujours un moyen d'y remédier. C'est comme tout, on s'y habitue. Voilà pour la partie olfactive. Juste en face de ce couloir se trouve un autre renfoncement d'un mètre de long sur deux mètres de large. Cet endroit est à la fois l'endroit d'où on tire la machine pour notre activité physique quotidienne, mais c'est aussi à cet endroit-là que nous faisons nos check-up médicaux quotidiens avec le médecin de bord. À défaut de pouvoir multiplier les expériences scientifiques, l'évolution de notre santé est extrêmement importante afin de réagir au plus tôt s'il est observé d'étranges comportements au niveau de nos signes vitaux ou un début de maladie. Enfin, ces indicateurs permettent d'en savoir plus sur les voyages spatiaux en apesanteur.

Claire se dirige vers la dernière partie du vaisseau, et continue son live en chuchotant.

— Enfin, au fond de ce couloir principal se trouvent nos chambres d'environ un mètre sur deux. La mienne est celle qui est ouverte ici, les trois autres sont fermées car mes coéquipiers dorment toujours. Alors, c'est notre chambre, mais ça fait office de bureau, de dressing, etc. En cas d'éruption solaire, ces couchettes possèdent également un système qui nous permet d'y séjourner en toute sécurité à l'abri des radiations mortelles, l'habitacle entourant ces caissons se remplissant sur simple pression d'un bouton d'hydrogène liquide. Si ce scénario se produit, nous avons tous comme consigne de rester confinés dans nos couchettes le temps de traverser les résidus de l'éruption. Quelques instants après l'alarme, la fermeture, et donc l'injection de l'hydrogène protecteur, sont actionnées par une commande vocale, confirmée par une manipulation sur l'ordinateur individuel de bord, ce qui pressurise la cabine et régule la température. Voilà. Espérons que ça ne se produise pas. Alors, vos questions... *Pourquoi ton duvet est-il accroché au mur ?* Eh bien, ça m'évite de voler lorsque je dors. Ce n'est pas le plus confortable, mais ça passe quand même. Je ne peux pas vous montrer les autres couchettes, mais chacun a organisé son espace personnel à sa manière. Les murs sont en partie composés de bandes sur lesquelles on peut faire tenir des éléments nécessaires, comme une tablette, des protections auditives, un ukulélé, des photos, etc. Il y a également un rangement pour les vêtements. Nous n'avons que deux jeux de vêtements chacun, un ingénieux système utilisant l'aspiration du vide nous permet de facilement les nettoyer sans avoir à consommer d'eau. En fonction de l'humeur du moment, ou lorsque l'on souhaite faire une visioconférence privée, c'est donc dans cette petite « maison » qu'on peut s'isoler de l'équipage, et également des caméras, car cet endroit n'est pas filmé.

Claire s'introduit dans sa chambre et actionne la fermeture. Un volet pivote lentement, puis une lumière tamisée s'allume.

— Alors je vois plein de questions, je vais en prendre quelques-unes... *Qu'est-ce qui te manque le plus jusqu'à présent ?* Une vraie douche ! *Est-ce que ta famille te manque ?* Alors, pour rappel, je n'ai plus de famille, merci de suivre. *Est-ce que ton intégration s'est bien passée ?* Eh bien oui, les collègues sont adorables avec moi, et ça se passe plutôt bien. Voilà, c'était la visite du vaisseau, en direct de Mars Alpha. Je vous fais plein de gros bisous et vous dit à bientôt. Merci de m'avoir suivie, et n'hésitez pas à partager et à liker cette vidéo.

Le voyant de la retransmission s'éteint, confirmant la fin du direct.

Chapitre 8. Cinq ans et quelques jours avant le jour J (cent quatre-vingt-neuf participants restants)

18/09/2018

Studio TV de Mars Alpha Corp.

Sur l'écran central, s'afficha après un encart publicitaire de Mars Alpha TV un homme en combinaison d'astronaute ressortant d'une piscine, tracté par des câbles. Une fois au sol, deux personnes s'empressèrent de lui retirer son énorme casque, laissant ainsi se déverser une grande quantité d'eau. L'astronaute remplit alors largement ses poumons d'air comme un nouveau-né prenant son premier souffle, récupérant peu à peu ses couleurs pendant que le staff technique s'occupait de lui ôter son matériel.

— Ça va, Mike ? Il a dû y avoir un problème d'étanchéité au niveau du casque et…

Le survivant avait déjà repris ses esprits, et il se jeta soudainement sur un spectateur de la scène resté en retrait, un grand brun répondant au nom de Joris, un candidat portant le numéro 64. Projeté à terre sous l'assaut surprise de Mike, le malheureux tenta de se débattre sous la pluie de coups de poing au visage assénée par son agresseur furieux :

— C'est toi, sinistre fils de pute, qui a saboté mon putain de casque ! Je le sais, je t'ai vu ! Tu vas crever, tu m'entends ? Je vais te défoncer !

Il fallut trois personnes pour arracher Mike à sa proie, laissée à demi-consciente le visage en sang, ce qui n'empêcha pas le flot injurieux de l'Américain de continuer :

— J'aurais ta peau, fils de pute !

Fondu de la vidéo.

Retour sur le plateau du *prime* de Mars Alpha, où chacun a pu revoir la vidéo. Focus de la caméra principale sur Mike, debout, pectoraux en avant, les bras dans le dos, tel un détenu fier face à un peloton d'exécution. En face de lui, ses « bourreaux » : une assemblée de juges assis à des tables, positionnée de telle sorte qu'elle forme un triangle équilatéral.

Mike, le « coupable », se tenait debout au milieu d'un des trois côtés.

Six à gauche, six à droite, et après avoir balayé le visage de ces membres un par un, la caméra se figea sur le président de la session siégeant au sommet de ce triangle : Lars.

À cette heure-ci, le *prime* sur Mars TV était en plein pic d'audience.

— Mike, durant cette phase d'entraînement, à la suite de cet incident, vous avez violé les points 3 et 4 de notre règlement que vous avez pourtant accepté. Vous avez sauvagement agressé Joris, qui se trouve actuellement à l'hôpital, toujours dans un état critique.

— En effet. Je l'ai surpris traînant autour de mon matériel peu de temps avant de plonger, comme l'atteste la vidéo enregistrée sur mon badge caméra.

— Nous avons visionné cette vidéo et elle ne montre rien de cela. Les spectateurs jugeront par eux-mêmes.

La vidéo de l'épisode évoqué par Mike fut diffusée sur l'écran. On y découvrit ainsi l'endroit où était stocké ledit matériel trafiqué avant d'observer une agitation de la part du porteur du badge caméra, mais rien de concret venant confirmer les dires de Mike.

Retour au direct.

— Cette vidéo a été trafiquée, et vous le savez très bien, Lars.

— Vous mentez, mais ce n'est pas la première fois. Après cela, pourquoi n'avez-vous pas reporté à votre responsable de plateau des doutes sur votre équipement ?

— Je l'ai vérifié deux fois de mes propres yeux, et tout était correct. Je l'ai mentionné au responsable de plateau qui m'a dit qu'il le mentionnerait dans son registre, mais qui a visiblement dû « oublier » de l'écrire, ce qui ne m'étonne pas. Ce sinistre fils de pute de Joris a dû revenir peu de temps avant que je ne plonge.

— Après vérification de la part de nos experts, il a été effectivement confirmé qu'il y avait une avarie au niveau de l'étanchéité de votre casque. Néanmoins, ce n'était en rien le résultat d'un sabotage, mais bien un défaut de fabrication. Par chance, et grâce à votre exceptionnel sang-froid, vous vous en êtes sorti indemne.

— Vous me flattez, répondit Mike d'un ton insolent.

Lars sembla accepter avec une certaine crispation cette réponse, et reprit :

— Cependant vous savez ce qui se passe dans ce cas-là : nous vous laissons la possibilité soit de quitter le programme, soit de laisser voter le public. Pour rappel, si vous choisissez la seconde option, le pourcentage de voix en votre faveur devra être supérieur à cinquante pour cent plus vingt pour cent, soit soixante-dix pour cent, puisque chaque faute au règlement doit représenter dix pour cent, et étant donné que vous en avez commis deux. Quelle est votre décision, Mike ? L'honneur en partant les mains propres et donc en reconnaissant vos torts, ou risquer de vous faire expulser par nos spectateurs, dont la plupart ont sûrement dû être choqués par la violence de votre comportement ? Vous avez dix secondes pour y réfléchir.

Un décompte démarra à l'écran.

La caméra zooma sur le visage de Mike, qui ne put s'empêcher de laisser s'échapper un léger rictus, attestant qu'il était sûr de lui. Le temps de la réflexion écoulé, un gong retentit et la question fut réitérée :

— Mike, à la suite du jugement de vos actes, quel est votre choix ? Le départ du programme Mars Alpha ou le vote du public ?

— Eh bien, je suis joueur, alors je vais laisser le public décider à ma place. Et rira bien qui rira le dernier, Lars !

— Le choix numéro deux donc. Bien. Mes chers téléspectateurs, c'est à vous de voter maintenant. Vous qui êtes derrière votre écran et sur Twitter, envoyez-nous « 1 » si vous souhaitez que Mike reste, et « 0 » si vous souhaitez le voir sortir de l'aventure pour avoir violé notre règlement. Vous avez une minute à partir du top… TOP !

Un nouveau décompte, de soixante secondes cette fois-ci, apparut afin de réceptionner et de valider le choix du public.

De chaque côté de l'écran : une jauge, verte à gauche, rouge à droite, indiquant respectivement le pourcentage de votes pour et de votes contre, mise à jour en temps réel.

Si le rouge l'emportait sur le vert, Mike serait exclu du projet.

70 % des votants devaient envoyer un « 1 » pour qu'il reste. Challenge.

Cinquante-sept secondes.

Durant ce décompte, la caméra alterna les plans sur les visages crispés des juges de la *prod*, pour la plupart des scientifiques, ou des people impliqués dans le projet, voire de simples investisseurs. À vrai dire, ils n'avaient pas vraiment eu leur mot à dire quant à la décision de Lars. Mais une chose était certaine : il fallait que Mike soit exclu.

Quarante-huit secondes.

Mike continuait à défier Lars du regard, tout en affichant une expression du visage détendue. Les jauges commencèrent doucement à s'animer, le rouge étant nettement en tête.

Trente-cinq secondes.

Lars reçut un message dans son oreillette, à la suite duquel il hocha de la tête. Il sourit à son tour, soutenant avec arrogance le regard de Mike, visiblement convaincu d'avoir la main sur les résultats.

Trente secondes.

— Nous sommes à la moitié du temps qui vous est dédié pour faire votre choix. Envoyez « 0 » si vous souhaitez voir Mike partir du projet, ou envoyez « 1 » si vous souhaitez le voir rester.

Vingt-cinq secondes.

Les deux jauges des votes semblaient se figer aux alentours de cinquante pour cent malgré une infime avance de la barre rouge.

Quinze secondes.

Détendu, Mike finit par défier le plafond du regard, comme fatigué de ce trop long décompte.

Dix secondes.

Le rouge semblait l'emporter.

Cinq secondes.

À moins que ça ne fut la verte.

Une seconde.

Médusé, Lars regarda les résultats.

Fin des votes.

— Eh bien, Mike, avec soixante et onze pour cent de voix pour et vingt-neuf pour cent de voix contre, le public a décidé de vous garder ! annonça Lars avec un sourire crispé.

Gros plan sur Mike, qui sourit légèrement.

— Eh bien, Lars… on dirait que vous êtes surpris ?

— Mike, vous êtes réintégré dans le programme de Mars Alpha. Tâchez de mieux vous comporter dorénavant, vous n'aurez sûrement pas deux fois autant de chance !

— La chance n'y est pour rien, Lars, et vous le savez, répondit Mike, froid comme une porte de prison, avant de s'éclipser en coulisse.

— Allez, on se retrouve tout de suite avec Angela et John pour le débriefing de la semaine, qui vous résumera tout ce que vous n'avez pas vu. Le temps d'une page de pub. À tout de suite !

Coupure du direct. Les lumières s'éteignirent et les jurys commencèrent à s'éparpiller dans le silence de la semi-obscurité. Immédiatement, Lars explosa, attendant qu'on lui rende des comptes dans son oreillette :

— Mais bordel, qu'est-ce qu'il s'est passé ? Ce n'était pas du tout ce qui était prévu. Il devait se faire éjecter du programme !

— Nos serveurs de votes ont visiblement été piratés quelques secondes avant la fin du décompte. Les firewalls sont tombés, ce qui a rendu impossible de maîtriser les flux massifs et vraisemblablement virtuels – c'est-à-dire sans spectateurs derrière – de votes en faveur de Mike. Nous n'avons rien pu faire, chef !

— Tâchez de me réparer ça, que ça ne se reproduise plus ! Bande d'incapables. Je ne sais pas si j'ai eu raison de faire confiance à Edward lorsqu'il m'a vanté vos qualités. Et dire que Joris s'est fait choper... Quel idiot ! Une chance que le Ricain ait tapé suffisamment fort pour le mettre hors d'état de nuire provisoirement, il n'aurait pas fallu qu'il ait la langue trop pendue. Vous savez ce qu'il vous reste à faire ?

— Ce sera fait, chef.

Chapitre 9. J+38

20/09/2023

— Regarde, Claire, la Terre a totalement disparu de nos écrans !

— C'est maintenant que tu t'en rends compte ?

— Oui. Ça va sinon, tu tiens le coup psychologiquement ?

— Bien sûr, pourquoi ça n'irait pas ?

— Je ne sais pas, peut-être parce qu'on ne la verra plus jamais...

Je dois bien admettre que j'aime chahuter Claire, la *Frenchie*. Elle me le rend bien en me chapardant régulièrement ma casquette fétiche des NY Rangers. Vu le prix que je touche pour la porter en permanence, je n'ai pas intérêt à l'égarer, même s'il semble improbable de perdre quelque chose dans cette navette !

Cela fait maintenant une semaine que nous volons vers Mars. L'ambiance est juste *amazing* ! Je n'arrive pas encore à réaliser que ça y est, cette fois, nous sommes en route. Après toutes ces séances en simulateur, toutes ces heures de prime, ces années à toujours devoir et vouloir être le premier, sans parler de tous ces bâtons dans les roues pour que le *bad boy* que je suis n'atteigne pas l'étape finale, je suis finalement là.

Après toutes ces heures dans les différents simulateurs, je me sens tellement chez moi dans ce vaisseau. Je suis également rassuré, car je pensais que le bruit de Dragon 3 serait bien plus important, mais dans l'ensemble, c'est assez supportable. Certes, il y a un léger ronronnement lié au système de régénération de l'air qui régule également la température, mais à part ça, dans l'ensemble, c'est assez silencieux. Il faut dire que dans nos couchettes, c'est plutôt bien insonorisé. Et pourtant, pourtant… Je perçois les ronflements de Claire.

— Dis-moi, Mike, j'en profite qu'on soit en off pour te poser cette question.

— C'est vrai que c'est usant, ces caméras qui nous filment toute la journée. Je t'écoute ?

— Combien t'ont payé les NY Rangers pour que tu portes H24 cette casquette ?

— Haha ! Assez pour que je puisse payer une maison à mes parents dans la région des Grands Lacs ! Go Rangers, Go !

Ce que j'adore avec Claire, c'est qu'elle n'a pas de filtre et n'hésite pas à poser des questions qui peuvent parfois être gênantes. J'aime surtout sa franchise, et son accent *frenchie* est juste *so cute*. De là à lui dire que j'ai touché vingt-cinq millions de dollars pour ce « petit geste »…

— Tu n'as pas été approchée par des sponsors de ton côté, Claire ?

— Si, mais… Je n'ai plus de famille, donc bon. Cet argent ne m'aurait pas servi à grand-chose vu que ce n'est pas sur Mars que je vais le dépenser.

— Ah, c'est vrai, j'avais oublié, désolé.

— Pas de soucis.

Malgré l'insonorisation des couchettes, Claire ronfle terriblement fort. L'autre soir, à cause de ça, j'ai quand même rêvé que je voyageais dans un ferry. Entre temps, j'ai retrouvé mes protections auditives qui s'étaient fait la malle, et lorsqu'un objet se fait la malle « en apesanteur », c'est tout de suite plus difficile à retrouver. Il paraît que ses ronflements sont liés à une déviation de la cloison nasale. Étant petite, elle avait reçu une balançoire sur le nez, a-t-elle tenté de m'expliquer.

— Au fait, tu as réglé la vibration qu'il y avait dans les toilettes ?

— Oui, j'ai redonné un coup de vis à un élément. Je pense qu'il n'a pas bien supporté le décollage.

J'aime tout maîtriser. Je suis un peu l'homme à tout faire : mécanicien, électricien et électronicien du groupe, en gros, lorsque quelque chose ne fonctionne pas dans ce vaisseau, c'est moi qu'on appelle ! Il faut dire que dans l'équipe, nous avons tous au moins deux spécialités, voire plus, et de fortes connaissances dans d'autres domaines afin de pouvoir nous remplacer mutuellement en cas de problème, et ce même si sur le papier, nous avons tous le minimum syndical pour piloter.

— À ce propos, Mike, des rumeurs courent à ton sujet.

— Lesquelles ?

— Comme quoi tu ferais partie d'un des rares hackers à t'être introduit sur les serveurs de la NASA.

— Haha ! Eh bien, on ne peut rien te cacher. Cette rumeur-là est vraie en tout cas.

— Que recherchais-tu ?

— Les bandes d'enregistrements sur Apollo 11. Durant le vol dont toutes les conversations étaient stockées, environ deux minutes trente ont été coupées. Le bruit courait comme quoi cela avait été réalisé à la demande d'Armstrong, mais une autre théorie existe, autour d'un secret bien trop dangereux pour la NASA pour être divulgué.

— Et donc, ça a donné quoi ?

— C'est bien trop secret pour que je te le divulgue ! Haha !

J'adore lorsque Claire se met en colère et qu'on se chahute. Elle me rappelle tellement celle que j'ai laissée sur Terre avec un enfant dans le ventre, ce que la *prod* n'a jamais appris... Et puis bon, je crois qu'elle serait déçue si elle apprenait que cette coupure de la NASA était juste pour faire passer un message personnel à son épouse, ce qui est bien moins excitant que la présence de petits hommes verts sur la face cachée de la Lune.

— Bon, après avoir nettoyé ces filtres, je crois qu'on a bien mérité un petit café. Qu'en penses-tu, Claire ?

— Je valide !

Ils ont même pensé à faire du café à l'américaine ! J'ai goûté celui que prend Claire, et il est bien trop fort pour moi pour le coup. La pause-café reste un moment plaisant dans notre quotidien, il faut juste éviter de trop penser au fait qu'il est fabriqué à partir de nos urines qui sont filtrées.

Nos journées se composent de huit heures de travail, à savoir deux fois quatre heures entrecoupées d'une heure de pause, six jours sur sept. Nos tâches, qui sont souvent effectuées en duo, sont différentes chaque jour :

- Réaliser toute une batterie de tests à destination de la Terre permettant de répondre à beaucoup de questions concernant le voyage interplanétaire en apesanteur. Une grande partie des tests tourne

autour de nos signes vitaux pendant ces voyages (mais pas uniquement).
- L'entretien de pas mal d'outils électroniques qui se désagrègent bien plus vite que durant un vol stationnaire. Vive l'imprimante 3D pour pouvoir créer des pièces de remplacement facilement !
- Et enfin les tâches ménagères, car même dans une station spatiale, il y en a... Par exemple le nettoyage de la capsule (les filtres à air et à eau qu'il faut régulièrement démonter et nettoyer), mais également la préparation des repas et la vaisselle !

La partie temps libre est également respectée. Chacun peut alors faire ce qu'il veut, dans sa cabine ou ailleurs, seul ou à plusieurs : lecture, rédaction du journal de bord, enregistrement et mise à jour de nos *vlogs*, mais aussi jeux de réflexions, solitaires ou à plusieurs, visualisation de films, séries ou écoute de MP3, toilette, envoi de vidéos ou visioconférence avec nos proches... Ce n'est pas le nombre d'activités qui manquent !

— Mike, ton café est prêt.

Une fois par semaine, nous participons à une visioconférence avec la Terre, essentiellement pour avoir un point « visuel » sur le moral de l'équipe, sur l'avancement et les éventuelles problématiques techniques pas ou peu urgentes – les urgentes étant réglées par radio – à gérer. La première devrait avoir lieu demain.

La connexion à Internet fonctionne pour l'instant parfaitement. Pour les amateurs, celle-ci est totalement fliquée, bien évidemment, mais j'ai réussi à passer outre ces protections pour pouvoir surfer librement. Malheureusement, la bonne vitesse de connexion ne durera pas : les communications sont pour l'instant assez rapides avec un lag d'à peine une seconde, mais il va être de plus en plus long, jusqu'à rendre les communications orales de plus en plus compliquées pour ne pas dire impossibles. En effet, en fonction de l'éloignement entre la Terre et Mars, il faudra jusqu'à vingt minutes pour qu'un message soit envoyé ou réceptionné. À quand la fibre sur la planète rouge ?

Tout un programme.

— Alors, après un peu plus d'un mois maintenant, ça fait quoi d'être dans le premier vaisseau qui va se rendre sur Mars, Claire ?

— Je suis ravie, pour l'instant. Et toi ?

— Ça va. Un peu agacé d'être tout le temps sur écoute, sans quoi ça va.

— Oui, pareil.

— Dis-moi, Claire, je voulais te parler d'une chose. J'en ai discuté avec le médecin de bord, mais… elle n'a pas trouvé beaucoup à dire.

— De quoi s'agit-il ?

— Depuis une semaine, quand je dors profondément, il m'arrive parfois de me cogner la tête en arrière dans mon duvet, comme s'il y avait des trous dans l'apesanteur, ce qui n'est pas possible vu qu'on est au beau milieu de l'espace. Le choc a été assez faible pour ne pas me réveiller, mais assez fort pour que j'aie deux petites bosses à l'arrière du crâne. Est-ce que cela t'est arrivé également ?

Définitivement, c'est la seule personne dans ce vaisseau avec laquelle je suis assez fou pour me confier. Reste à savoir pourquoi elle m'inspire plus confiance que mes deux autres coéquipiers.

— Oui, j'ai eu la même impression, mais on m'a assuré que c'était normal et purement inconscient.

— Je ne savais pas que l'inconscient pouvait provoquer des bosses sur le crâne…

— Et un trou d'apesanteur, ça ne te paraît pas envisageable ?

— Non, pas à ma connaissance. J'ai quelques contacts avec des amis scientifiques sur Terre, je vais leur demander ce qu'ils en pensent. Mais s'il te plaît, ça reste entre nous, hein ?

— Promis !

Chapitre 10. Cinq ans et quelques jours avant le jour J (cent quatre-vingt-neuf participants restants), au lendemain du sauvetage de Mike

19/09/2018

Dans une chambre d'hôpital

— Son état est stationnaire, docteur.

— Bien, occupez-vous de changer ses pansements, et je reviendrai demain matin pour voir comment s'est passée la nuit. A-t-il recommencé à parler ?

— Il divague, il dit des choses incohérentes. Il doit encore être sous le choc de Mike. Vous avez vu la séquence où il l'a rossé ?

— Et comment ! Il a de la chance de ne pas y être resté. Vous pensez qu'il avait vraiment trafiqué sa combinaison ?

— Je ne pense pas… Enfin, j'espère que ce n'est pas le cas. Personnellement, j'ai voté pour Mike.

— Moi aussi. Allez, bon courage pour la nuit et à demain, Delphine.

— Merci docteur, bonne soirée.

Joris était recouvert de bandages. Son œil droit était totalement gonflé et son œil gauche n'était guère en meilleur état. Victime d'un K.-O. cérébral, son cerveau avait heurté sa boîte crânienne trop violemment, ce qui l'avait fait disjoncter. Un boxeur professionnel aurait rapidement repris conscience, mais lui était resté dans les vapes plus longtemps. Il avait perdu beaucoup de sang et peinait à retrouver ses esprits.

« Cela arrive lorsque certains chocs sont trop violents. Le cerveau met quelques jours avant de refonctionner correctement », avait diagnostiqué le médecin de Mars Alpha qui s'était occupé de son transfert à l'hôpital. Depuis que Joris avait rouvert les yeux, visiblement toujours dans les vapes, il balbutiait des mots incohérents. L'infirmière n'y prêta pas attention. Elle quitta la pièce après avoir vérifié que la sonde de son électrocardiogramme était fonctionnelle et que sa perfusion de morphine était correctement réglée.

Joris essaya de se reposer en fermant les yeux, maintenant qu'il n'y avait plus personne avec qui essayer de communiquer. Une personne rentra, en prenant soin de fermer la porte à clé derrière elle. Il s'agissait d'un infirmier, que Joris, réveillé par le bruit du verrou, reconnut tout de suite.

— Du calme, Joris, du calme.

— Non… pitié…

Joris chercha la télécommande pour appeler à l'aide, mais l'infirmier s'en empara en premier, la débranchant du réseau afin de la rendre inutilisable.

— Eh bien, Joris, on panique ? Ne t'inquiète pas, tu ne vas rien sentir. Enfin, à ce qu'il paraît, on ne sent rien.

— Je vous en prie…

— Hélas, tu connaissais les règles chez nous, il n'y a pas de pitié pour les losers ! Tu as échoué, et nous n'acceptons pas l'échec.

Joris continuait à s'agiter en essayant d'appeler des secours, conscient de l'imminence de son sort, mais il était incapable de crier. Jaime, son coéquipier d'antan qui surveillait toujours le couloir, sortit une seringue de sa blouse, qu'il plongea dans un petit récipient. Il aspira précisément quarante millilitres de Pentobarbital de sodium, un puissant barbiturique. Il en éjecta quelques gouttes afin d'éviter qu'une bulle d'air se forme, puis la posa sur la petite table de chevet située à la tête du lit.

— Ce n'était quand même pas compliqué ce qui t'était demandé. L'Américain devait rester au fond de l'eau et tu devais prendre sa place. C'était pourtant clair, non ?

D'une main de connaisseur, il appuya sur le bouton stand-by, situé à l'arrière de l'électrocardiogramme, ce qui éviterait que l'alarme se propage via le réseau dans le bureau des infirmières en cas d'arrêt cardiaque ou de panne électrique. Le bip qui indiquait la pulsation cardiaque cessa.

— Ah ! Le silence. Enfin. Et pour toi, il ne va pas tarder à être éternel.

— Pitié, Jaime…

Jaime augmenta légèrement la dose de morphine, puis reprit la seringue qu'il avait posée sur la table. Il remonta ensuite le drap qui recouvrait les pieds de Joris, dont il saisit le droit avec force. Il injecta d'une traite le contenu sous l'ongle du gros orteil, tout en plongeant son regard dans les yeux de sa victime, qui savait la mort imminente. D'un ton grave, il prononça une citation, comme pour sceller son destin :

— Δεν έχεις φόβο να χαθείς εάν η καρδιά σου είναι γενναία[2].

Joris décéda quelques instants plus tard, la bouche ouverte, les yeux perdus dans le vague. Jaime recouvrit son pied avec le drap afin de ne laisser aucune trace, vérifia qu'il n'y avait plus de pulsation au poignet de son défunt collègue, rebrancha la télécommande puis se retira de la chambre avant de disparaître dans la nature.

L'heure du décès fut attribuée le lendemain à sept heures vingt, durant la première visite du médecin de jour. L'infirmière fut licenciée pour avoir laissé l'électrocardiogramme sur le mode stand-by. Cette mort sur la conscience, elle se suicida quelques jours plus tard.

---

[2] En français : « Tu n'auras pas peur de disparaître si ton cœur est brave » (citation d'Homère).

Chapitre 11. J+49

01/11/2023

— Claire, après *Interstellar*, je te propose *2001, l'Odyssée de l'espace* à la prochaine session cinéma. Qu'en penses-tu ? Tu l'as déjà vu ?

Pour ne pas nous ennuyer, le soir, nous disposons d'une banque de plusieurs téraoctets de films et de séries, avec la possibilité d'augmenter ou de gérer cette banque de données selon nos désirs en en téléchargeant « légalement ».

La bande passante n'est pas incroyable, surtout lorsque Mike pompe toute la bande passante pour se mater des matchs de base-ball, mais suffisante.

Samedi dernier avait donc lieu la première soirée cinéma.

Le principe est simple : une personne choisit un film, tout le monde le visionne en même temps, puis nous en discutons par la suite. J'ai eu la chance d'être l'heureuse élue à proposer le premier que l'on regarderait tous ensemble : *Interstellar*.

Mike ne l'avait jamais vu.

Bon, il faut dire que sur une petite tablette, ça ne rend pas aussi bien qu'au cinéma, surtout l'ambiance musicale, qui est incroyable.

Mais malgré tout, je ne me lasse pas de ce film.

— Ma foi, pourquoi pas ? Je ne l'ai jamais visionné à vrai dire.

— *Shame on you* ! Tu vas voir le nombre de similitudes qu'il y a entre ces deux films. Bon, en revanche, il est plutôt lent et n'a pas forcément bien vieilli.

— Tu le vends bien en tout cas ! Moi, ça me va. Je te laisse vérifier si on l'a en stock ou s'il faut le télécharger.

— On l'a en stock.

Le mercredi soir, lui, est consacré à une passion commune : nous jouons au tarot sur nos tablettes, le format « avec des cartes traditionnelles » étant compliqué à respecter en apesanteur. Et lorsque l'un de nous préfère vaquer à ses occupations, c'est un petit chanceux sur Terre, abonné au format *Ultimate* sur Mars Alpha TV et s'étant inscrit sur le site, qui peut nous rejoindre pour une partie à quatre. Encore une idée de génie de Lars pour pousser les gens à débourser un maximum pour s'imprégner un peu plus de notre quotidien.

Après bientôt cinquante jours de voyage, on peut dire que le quotidien a fini par s'installer, ponctué de petits événements encore bien terrestres.

Hier, par exemple, c'était Halloween, que Mike a évidemment voulu fêter en grande pompe.

On a eu droit à un direct où chacun devait se déguiser en quelque chose qui faisait peur. J'ai proposé de me montrer sans maquillage, mais on m'a dit qu'il y avait des limites, du coup je me suis bricolé une tenue de pirate, qui a eu bien moins de succès que le vampire de Linn !

Il manquait idéalement une dinde pour bien faire les choses, mais le steak de criquets d'hier en avait le goût, en faisant un effort d'imagination.

Je m'entends de mieux en mieux avec mes partenaires, le temps aidant bien évidemment à faire plus ample connaissance.

Est-ce que la Terre me manque ? Pas encore.

Les psys de Mars Alpha étaient vraiment doués pour nous préparer à ce voyage sans retour, et cela même si les tendances suicidaires de celle sans qui je ne serais pas là n'ont été découvertes que trop tard.

Je suppose que tout le monde, dans sa vie, a déjà pensé à mettre fin à ses jours. C'est humain.

Pour ma part, cela m'est arrivé plus d'une fois au début de mon expérience dans Mars Alpha, à l'époque où je lisais les commentaires qu'on pouvait me laisser sur les réseaux sociaux : les bons commentaires et les likes qui flattent l'ego, mais aussi les méchants, souvent gratuits, qui ne sont là que pour vous humilier et vous détruire. C'est alors que j'ai découvert la notion de *haters* et de trolls, des gens n'ayant pas grand-chose à faire de leur quotidien, se cachant derrière leur identité virtuelle uniquement pour casser, faire du mal, salir.

Combien de soirs ai-je pleuré et voulu en finir en lisant leur message de haine ?

Et puis, du jour au lendemain, après avoir confié ce problème aux psys qui me suivaient pendant le programme, j'ai cessé d'y prêter attention. Je continuais à poster régulièrement, bien obligée par l'émission, mais sans prêter attention aux commentaires.

Ça a été salvateur.

— Claire, tu es en train de jouer du ukulélé ou on est en train d'étouffer un phoque ?

Bilan de ces quarante-neuf premiers jours en direction de Mars : Mike est un *troll*, mais je l'adore, et je ne sais toujours pas faire de la musique.

Chapitre 12. Quatre ans et trois mois avant le jour J (cent quatre-vingts participants restants)

14/06/2019

Module de survie Antarès, Hawaï

Linn pianotait sur un clavier d'ordinateur les données médicales du jour, vérifiant que tous les indicateurs étaient bons, tout en regardant distraitement quatre moniteurs disposés devant elle.

Deux de ces écrans diffusaient les images de caméras ornant le casque de deux de ses partenaires, Charline et Farid, ainsi que leurs indicateurs vitaux. La sortie à l'extérieur de cette base, pourtant bien terrestre, devait impérativement se faire en combinaison afin de simuler les conditions de vie sur la planète rouge, au delta de la pesanteur, un peu moins élevée sur la planète rouge que sur Terre. Prenant ces considérations en compte, leur équipement de sortie avait été allégé de quelques kilos par l'équipe de scientifiques de Mars Alpha Corp. Deux autres écrans affichaient l'extérieur du module de survie, qui dans ce cratère hawaïen n'était pas sans rappeler un vrai paysage martien, la couleur ocre en moins. Sur un autre écran était diffusé, en direct de Mars Alpha TV, l'avancement complètement automatisé par des robots de la construction de la future base dans lesquels les finalistes du programme vivraient.

Les vues en provenance de plusieurs caméras étaient mises à jour toutes les dix secondes. L'installation avançait à grands pas grâce aux deux nouveaux robots arrivés quelques jours plus tôt, portant leur nombre à six. Dans trois ans et quelques mois, tout serait prêt.

— Alpha 1 à Habitat, vérification du véhicule : check. Nous montons dans le véhicule.

— Habitat à Alpha 1, bien reçu, répondit Linn.

Linn reposa son verre d'eau, et se replongea dans la lecture de ses indicateurs. Après un mois et quatorze jours d'isolement total avec le reste du monde, toute l'équipe semblait aller bien.

Une notification apparut sur l'un de ses écrans. Elle leva la tête, et vérifia que son quatrième partenaire n'était pas dans les environs. Après quoi, elle cliqua sur l'onglet, ce qui ouvrit une fenêtre dans laquelle elle saisit un interminable mot de passe bourré de caractères spéciaux. L'interface de dialogue s'ouvrit enfin, avec le message suivant :

— Début de l'opération *Fireworks* imminente. Êtes-vous prête ?

Le calme de l'habitat plutôt spacieux était rythmé par le doux ronronnement de l'extracteur d'air, totalement fictif celui-ci, étant donné que contrairement à Mars, ici il était totalement inutile. Les cinq autres modules, où séjournaient pareillement quatre candidats répartis dans les quatre coins du monde, étaient également tous parfaitement fonctionnels. Chacun de ces modules pouvait communiquer entre eux moyennant un délai de trente secondes, afin de simuler l'éloignement moyen de Mars par rapport à la planète bleue.

Vingt-quatre participants en mode survie, isolés de toute aide terrestre, totalement livrés à eux-mêmes, qui devaient faire de leur mieux, car à la fin de ces quatre mois, la moitié – soit trois équipes, ce qui voulait dire douze personnes – serait éliminée du projet. L'erreur ne serait pas autorisée sur Mars, la lâcheté non plus. Lin, la candidate numéro 159 ne voulait pas sortir maintenant du projet Mars Alpha, ni elle ni ses partenaires du module d'Hawaï, que ce soit Charline, Farid ou Jules.

Cette belle Asiatique au visage tellement pâle qu'elle en paraissait fragile avait plaqué ses études de médecine pour rejoindre le projet Mars Alpha, réalisant ainsi son rêve de petite fille : devenir la première Chinoise à mettre un pied sur la planète rouge ! Spécialisée en neurochirurgie et biogénétique, c'était elle qui s'occupait des soins (incluant les prises de sang hebdomadaires dont tout le monde se serait bien passé), des cultures et autres expériences autour de la bio serre. Après un mois et demi, elle avait hérité dans l'habitat de ce surnom : « Docteur Bio ».

Face à cette notification, elle prit une longue inspiration. Elle vérifia une nouvelle fois que ni Jules ni même la caméra rotative diffusant le live sur Mars Alpha TV de ce module – ce petit « espion permanent » à ce moment-là dirigé vers la bio serre – ne l'observaient. Elle tapa alors le mot « prête » dans l'interface de communication avant de refermer la fenêtre.

— Nous y voilà, murmura-t-elle. C'est maintenant que tout commence ou que tout finit.

C'était une sortie on peut plus banale, similaire à toutes les précédentes, jusqu'à ce que le véhicule sur lequel s'apprêtait à monter Farid explosa. Sur Mars, à une dizaine de mètres de l'entrée, Linn n'aurait probablement rien entendu vu la plus faible diffusion du son, même si pour le coup, le souffle aurait pu abîmer l'habitat. Mais ils étaient sur Terre, et l'explosion s'avéra être assez violente :

— Alpha 1, Alpha 2, répondez ! Que s'est-il passé ? Je ne vois que de la fumée ! demanda Linn du centre de commande.

Jules, en train de faire une réparation dans une pièce avoisinante sur une des combinaisons de sortie, accourut immédiatement pour en savoir plus.

— C'était quoi ce bruit ?

— Je ne sais pas. Farid est monté dans le véhicule, et il y a eu une grosse explosion…

— Et en visu, on n'a rien ?

— Non, les caméras ne montrent qu'un nuage de poussière, et vu qu'on est enterrés, je te rappelle que nous n'avons pas de fenêtres.

— Je mets ma combi, je vais aller voir ce qui s'est passé. Prépare-toi à intervenir s'il y a des blessés. Je préviens la *prod*. Enfin, la Terre, quoi.

Quelques instants plus tard, alors que Linn commençait à préparer la table pour étendre les blessés potentiels, une voix tremblante résonna dans les haut-parleurs.

— Habitat, ici Alpha 2.

— Alpha 2, ici Habitat, nous vous recevons, répondit Linn. Que s'est-il passé ? Tout va bien ?

— Je ne sais pas. Le véhicule semble avoir explosé lorsque Farid a mis le contact. De mon côté, j'ai été soufflé, mais à part peut-être quelques côtes de fêlées, je pense que tout va bien. En revanche, Farid a été projeté quelques mètres plus loin. Par miracle, le casque n'a rien, mais un élément en métal semble lui avoir traversé l'épaule. On dirait qu'il a perdu connaissance. Je ne pense pas pouvoir le ramener toute seule avec cette combi qui pèse une tonne.

— Bien reçu. Alpha 4 s'équipe et vient t'aider à le transporter dans l'habitat. Tiens bon, Charline…

— Reçu.

Respectant le délai nécessaire simulant l'éloignement Terre/Mars, c'était maintenant la *prod* qui venait aux nouvelles.

— Antarès, ici la Terre. Que se passe-t-il ?

— Ici Alpha 3. Nous avons repris contact avec Alpha 1 et 2. Pas de visuel pour l'instant. Il s'agit probablement d'une explosion du véhicule, on n'a pas plus d'informations pour l'instant. Alpha 2 est un peu secouée, mais saine et sauve. Par contre, Alpha 1 est toujours dans les vapes. On vous tient au courant.

Les vingt secondes de décalage, simulant le temps maximum de communication possible entre Mars et la Terre, étaient compliquées à gérer lors des situations d'urgence, tout en sachant que paradoxalement, les images pouvaient être vues en direct sur Mars Alpha TV pour la prod, et évidemment pour ceux qui avaient souscrit à la bonne option Premium dans leur abonnement. Elles étaient cependant nécessaires pour coller le mieux à la réalité.

— Reçu, Alpha 3. Vous savez que si vous le souhaitez, vous pouvez abandonner votre module et on interviendra avec les moyens nécessaires, après vous en connaissez les conséquences.

— Merci Antarès, mais on va s'en sortir. Fin de communication.

Pendant ce temps, Jules se hâtait d'enfiler la combinaison alors que Linn était en train de préparer les produits nécessaires à une potentielle intervention chirurgicale. Un tweet était apparu sur le compte de Mars Alpha Corp., indiquant aux *followers* que quelque chose venait de se produire sur Antarès. L'écran indiquant le nombre d'observateurs sur les différentes caméras quasi invisibles du module de survie s'affola. Désormais, ils étaient plusieurs millions à les observer.

— Tu sais, Linn, si jamais il est vraiment dans un sale état.

— Il en est hors de question, Jules. Tu sais ce que ça veut dire si on fait intervenir la *prod* ? Que c'est fini pour nous. C'est ça que tu souhaites ?

— Non, mais bon, s'il risque d'y passer…

— Il n'y passera pas, crois-moi. Et si demain ça doit arriver sur Mars, tu crois que les secours arriveront à temps ? Dans une navette spatiale qui fera « pin-pon » en grillant tous les feux ? Alors, dépêche-toi plutôt de mettre ta combi si tu veux qu'on ait des chances de rester dans le jeu. Et dis-toi bien qu'à partir de maintenant, les gens nous regardent.

— Foutu concept. OK, c'est parti. À tout de suite.

Foutu concept en effet, mais c'était ce principe même de « voyeurisme » qui permettrait de financer une des aventures les plus extraordinaires depuis les premiers pas sur la Lune par Armstrong en 1969. Tant pis, il fallait l'accepter.

Le bruit de l'ouverture du sas de décompression sortit Linn de ses pensées ; Jules et Charline portaient Farid, qui venait visiblement de reprendre conscience. Ils jetèrent leur casque par terre et le posèrent sur la table d'opération.

— Installez-le là, doucement. Farid ? Tu m'entends ?

— Je... Que m'est-il arrivé ?

En un geste, sa combinaison fut éjectée. Merci, Lars et ses ingénieurs, pour ce matériel si performant et bien trop futuriste pour être vrai.

— Il y a eu un problème au niveau du véhicule. Tu m'entends Farid ? Reste avec nous.

— Que se passe-t-il ? J'ai mal !

Linn retira avec précaution le tissu qui entourait la plaie. Une pièce rectangulaire de métal avait transpercé son épaule gauche. L'artère était touchée, comme en témoignaient les giclées de sang.

— OK, je vois. Jules, va me chercher de quoi l'endormir. Charline, va me chercher des anesthésiants, des compresses, et du fil.

— J'ai mal...

— Tout va bien se passer Farid, tout est sous contrôle.

— C'est grave ? Je veux sortir ! Appelons la *prod...*

— Non, tu ne veux pas sortir. Tout va bien, tu as de la chance d'avoir un super médecin qui va s'occuper de toi, lui répondit Linn en improvisant un garrot.

— Qu'est-ce que j'ai ?

— Charline, prépare également de quoi faire une perfusion, reprit Linn.

— Pourquoi une perfusion ? Qu'est-ce que j'ai, Linn ?

— Tu n'as rien. Ne t'inquiète pas, tout va bien se passer. Jules, l'anesthésiant, ça arrive ?

Brutalement, utilisant ses dernières forces, Farid se releva et agrippa le col de Linn avec son seul bras encore valide.

— J'abandonne, tu m'entends ? Je veux être hospitalisé sur-le-champ, on n'a pas de quoi m'opérer ici ! Appelle la *prod* !

Linn retira sa main et lui flanqua une gifle qui le scotcha à la table, de douleur et sûrement d'étonnement :

— Écoute-moi bien Farid, car je ne vais te le dire qu'une fois. Tu as une putain d'artère sectionnée et tu es en train de te vider de ton sang. Si je continue de t'expliquer comment ça va se passer, je risque de te perdre, mais vu que tu insistes… Lorsqu'on sera sur Mars, si on arrive jusque-là, on n'aura pas un camion de pompiers qui viendra nous chercher à chaque fois que l'un d'entre nous aura un bobo, tu comprends ça ? On sera livrés à nous-mêmes. Mais pour nous rendre sur Mars, il faut déjà prouver à la Terre entière qu'on est capable de gérer des situations comme celle-là, alors je vais réparer ta putain d'artère, parce que si tu veux sortir, c'est toute l'équipe qui se fera éliminer en retour, c'est nos rêves qui partiront en fumée, et ça, tu l'oublies, car avec ou sans toi, moi, je partirai sur Mars. De gré ou de force, je vais m'occuper de toi, et crois-moi, tu vivras. Je t'en donne ma parole. Même si je dois aller te chercher en enfer pour te ramener à la vie, je le ferai. Est-ce que j'ai été assez claire ?

Les yeux de Linn étaient sur le point de sortir de leur orbite tellement la rage semblait l'habiter, et personne n'avait visiblement envie de la contredire. Une nouvelle femme venait de naître. Farid tomba dans les pommes juste après cette longue tirade, comme s'il avait été convaincu par les mots de Linn. Ses partenaires étaient à la fois étonnés et admiratifs devant ce qui venait de se passer. Comme satisfaite de l'évanouissement soudain de son patient du moment, elle rajouta une petite phrase avant de mettre son masque et de commencer à suturer l'artère.

— Jules, on n'aura plus besoin de l'anesthésiant finalement. Allez, prépare-moi du fil, les compresses et la transfusion, c'est maintenant que notre avenir se joue. Et n'oubliez pas de sourire, car au cas où vous l'auriez oublié, vous êtes filmés.

Cet événement fut un incroyable pic d'audience, qui donna un peu plus espoir à Lars (et à Linn) de voir son projet aboutir. La courte séquence de Linn donnant une gifle, relayée sur *YouTube*, resta de longues semaines dans le top 10 des vidéos les plus visionnées depuis la création du site, rivalisant avec la dernière scène de *Game of Thrones*, et l'assassinat de Donald Trump durant le Super Bowl de 2020.

Chapitre 13. J+64

15/11/2023

— Tu es en retard, Claire.

— Il y avait des bouchons sur le chemin !

— Bonne vanne, ça ! Installe-toi.

J'apprécie Claire. Peut-être plus que celle qu'elle a remplacée. Je ne sais pas pourquoi. En tout cas, une chose est sûre, elle s'est parfaitement intégrée à l'équipe, aucun doute là-dessus. Il faut dire qu'on travaille toutes les deux ensemble une grande partie de la journée sur la bio serre, j'ai donc appris à mieux la connaître, ce qui doit aider. Et puis, peut-être qu'il y a un peu de solidarité féminine également…

Cela va maintenant faire deux semaines que nous sommes partis, et l'hystérie du départ a laissé place à une petite routine.

Un des chocs les plus violents avant le décollage a été la journée consacrée à l'adieu à nos familles. Comme pour tous les vols spatiaux, le décollage n'avait lieu que quarante-huit heures plus tard après cet ultime contact. Contrairement à Claire qui est orpheline, j'ai eu la chance de profiter de mes parents, que je n'avais quoi qu'il arrive aucune chance de revoir.

La *prod* avait pour l'occasion permis qu'on passe ces dernières vingt-quatre heures terrestres dans un centre tout confort façon Center Parc, loin de toute caméra, même si quelques prises avaient malgré tout été faites pour alimenter Mars Alpha TV durant cette période.

— Ta famille te manque, Linn ?

— Ne bouge pas pendant que je te pique, Claire… Pff, je ne sais pas si c'est l'apesanteur ou quoi, mais avec toi, j'ai toujours du mal à te trouver une veine. Pardon, quelle était ta question ?

— Je te demandais si ta famille te manquait.

— Cette question, bien évidemment ! Au moment des derniers adieux, il a fallu qu'un service de sécurité m'arrache ma mère des bras, sans quoi elle aurait embarqué avec nous.

— Ah, sympa.

— Mon père, lui, s'est montré très digne, me demandant de faire honneur à notre ascendance. Il m'a enlacée, puis s'est incliné devant moi avant de rejoindre ma mère. C'est à ce moment que je l'ai entendu sangloter. C'était la première fois que je voyais mon père pleurer.

Ne pas sangloter, surtout pas… Vite, essuyons cette larme, avec un peu de chance, elle n'a rien vu.

— Désolée, je ne voulais pas…

— Non, ne t'inquiète pas, c'est la vie. Et puis, que dit le règlement ? Penser à l'avenir, au futur. Qui vont être les premières colonisatrices de la planète rouge ? C'est bien toi et moi, non ?

— Oui, tu as raison.

— OK, c'est bon pour moi. J'analyse tout ça et j'envoie les résultats à la Terre. Au fait, ça va mieux tes impressions de perte d'apesanteur ?

— Oui oui, je crois que c'est passé.

— Parfait ! À plus tard.

Ma famille me manque, indéniablement. Et ça, Claire « sans famille » ne peut pas vraiment le comprendre, les autres pourraient. Mais je crois n'avoir osé en parler à personne, car je dois rester forte aux yeux de mes coéquipiers, et ne surtout pas leur montrer mes faiblesses.

Ce serait très déshonorant d'être considérée comme une pleurnicharde, et je suppose que ça doit être difficile, même pour eux. Je m'attendais à ce que ce soit dur, mais sûrement pas à ce point-là.

Alors, pour oublier, je me noie dans mes tâches quotidiennes, en me répétant tous les jours à quel point j'ai de la chance d'être là, et surtout à quel point je ne dois pas déshonorer mes parents.

Chapitre 14. Trois ans et six mois avant le jour J (cent soixante et onze candidats restants.)

19/03/2020

Studio TV de Mars Alpha

— Pedro, après quatre mois passés dans le module de survie Hermès de Wadi Rum en Jordanie, vous avez été choisi par votre équipe pour la représenter dans l'épreuve du duel des centrifugeuses.

Gros plan sur Pedro.

Le regard droit, l'air grave, le torse bombé, il arborait fièrement son numéro 45 sur son badge caméra.

— Pedro, pour celles et ceux qui vous découvrent ce soir, vous êtes ce qu'on peut appeler « un petit génie ». D'origine chilienne, vous obtenez l'équivalent du bac à quatorze ans, une licence en électronique à seize ans. Passionné d'astrophysique, lorsque vous avez vu l'annonce de Mars Alpha, vous avez immédiatement déclaré à vos parents : « Votre fils va aller sur Mars. »

Un sourire anima le visage de Pedro lorsqu'il vit la photo de ses parents s'afficher sur l'écran.

— Lorsque vous n'êtes pas le nez dans les livres, reprit Angela, vous êtes pompier volontaire à Santiago du Chili. Du haut de vos vingt-cinq ans, vous avez été choisi comme capitaine d'équipe par vos trois partenaires après ces quatre mois passés dans le module de survie en totale autonomie. Pedro, en un mot, comment pouvez-vous résumer ces dernières semaines ?

— Passionnantes.

— C'est en effet avec passion que nous vous avons suivi. Pedro, je reviens vers vous dans un instant. À côté de vous se trouve Olaf.

Le regard de Pedro se tourna vers son concurrent du moment, un très grand danois aux cheveux blonds mi-longs bouclés. Il paraissait d'autant plus imposant à côté de Pedro et de son mètre soixante-dix.

— Olaf. Le géant Olaf comme on vous a surnommé ! Combien mesurez-vous ?

Olaf s'amusa de cette question indiscrète, laissant apparaître une dentition blanche impeccable :

— Je mesure deux mètres et un centimètre.

— Je me sens toute petite à côté de vous !

Le temps d'un éclat de rire d'Angela et d'un travelling arrière, la *prod* fit un plan court sur la différence de taille frappante entre la présentatrice qui tentait de s'agrandir sur ses talons et Olaf, qui cherchait pour l'occasion vainement à se rapetisser.

— Je suis persuadée que vous êtes un descendant d'Odin lui-même !

— J'en suis sûr, répondit Olaf en souriant.

— Olaf, d'origine danoise. Vous, votre truc, c'est la mécanique. Vous concevez des drones, et vous adorez les sports extrêmes, c'est bien ça ?

— C'est ça.

— Et vous êtes là, bien entendu, car vous avez été choisi par votre équipe pour la sauver ce soir, avec l'épreuve de la centrifugeuse. Pas trop anxieux ?

— Je suis costaud et j'ai une volonté d'acier. Je ferai tout pour la remporter.

— Pedro, Olaf, je vous laisse aller vous équiper et prendre place dans les deux centrifugeuses qui vous attendent.

Après s'être serré la main en se souhaitant bonne chance, les deux candidats se dirigèrent chacun dans une salle contenant les « engins de torture » où leur élimination serait décidée, encadrés par trois membres de la *prod*.

— Rappelons le principe de cette épreuve, reprit Angela.

Des images tirées des quatre derniers mois dans chacun des modules de survie défilèrent à l'écran.

— Sur les quatre groupes qui ont participé aux épreuves d'isolement dans les modules de survie, celles qui ont obtenu le moins de points s'affrontent ce soir à travers les deux candidats que nous venons de vous présenter. Le gagnant de ce duel sauvera son équipe de l'élimination, ce qui permettra à lui et à ses partenaires de continuer le processus de sélection de Mars Alpha. C'est bien évidemment vous, cher public, qui allez pouvoir choisir laquelle de ces deux équipes vous souhaitez voir continuer ce soir. Pour cela, c'est très simple : Olaf et Pedro vont chacun entrer dans une centrifugeuse qui va s'accélérer au fur et à mesure de l'épreuve. Techniquement, moins votre candidat accélérera et plus il aura de chance de s'en sortir. Chaque vote envoyé pour votre candidat augmentera donc la vitesse de son adversaire.

Pedro fut équipé de capteurs cardiaques et d'un casque, suivi peu de temps après par Olaf. Chacun monta ensuite l'habitacle de l'engin qui allait les départager. Une vidéo embarquée permettait à chacun de visualiser son concurrent dans l'habitacle. Chacun leur tour, après qu'on les ait attachés à leur siège, fit le signe OK de la main.

— Si vous souhaitez défendre l'équipe de Pedro, il vous faudra envoyer « #45 » par SMS au numéro qui s'affiche sur vos écrans, ce qui accélérera la centrifugeuse d'Olaf. Il vous faudra envoyer « #62 » si vous souhaitez qu'Olaf reste dans la partie, ce qui accélérera celle de Pedro. À chaque fois qu'un des deux candidats recevra dix mille votes contre lui, cela augmentera sa vitesse d'un dixième de G. Plus elles iront vite, et plus la probabilité de ne pas tenir le coup physiquement et d'être éliminé sera importante.

Plan rapproché sur les chefs d'équipe, en pleine phase de concentration. Pedro semblait plutôt détendu, contrairement à Olaf, déjà mal à l'aise dans cette cabine, sûrement à cause de sa grande taille peu adaptée pour l'habitacle de la centrifugeuse. Est-ce que la puissance physique suffirait pour gagner cette épreuve ?

— Le duel se terminera dans plusieurs cas : si l'équipe médicale observe un risque cardiaque, si quelqu'un prononce le mot « stop », et enfin, le moins probable, si à la fin des cinq minutes du temps de l'épreuve les deux candidats sont toujours conscients, celui qui aura le moins accéléré sera considéré comme le gagnant.

Un générique sonore empli de mystère fut lancé et le plateau télé s'obscurcit. L'écran de la rediffusion était désormais séparé en deux parties. Sur la gauche, le visage de Pedro.

— Pedro, êtes-vous prêt ?

— Je suis prêt.

Sur la partie de droite, celui d'Olaf.

— Olaf, êtes-vous prêt ?

— Prêt !

— Chers téléspectateurs, c'est à vous dans trois... deux... un... À vos votes !

Un décompte du nombre de votes apparut de chaque côté des écrans, en bas des caméras braquées sur le visage des concurrents, à côté du nombre de G de chaque centrifugeuse, chacune démarrant à zéro. Après une quinzaine de secondes, l'énorme centrifugeuse de Pedro se mit doucement en marche, devançant de quelques secondes celle d'Olaf.

— Eh bien, c'est parti pour 0,1 G ! Pour l'instant nos participants ressentent l'équivalent de l'élévation d'un ascenseur.

Le sourire toujours apparent en coin, Olaf donnait l'impression de se détendre – de tenter tout du moins –, alors que Pedro semblait déjà plongé dans une profonde concentration.

— Je le rappelle, le destin des équipes qu'ils défendent est entre vos mains, chers téléspectateurs, et visiblement, vous souhaitez que ce soit celle de Pedro qui nous quitte ce soir !

Le nombre de G continua d'augmenter pour atteindre 0,4 G chez Pedro, contre 0,3 chez Olaf. Les rythmes cardiaques, eux, ne semblaient toujours pas augmenter.

— Et 0,5 G chez Pedro. Pedro, comment vous sentez-vous ?

— Je vais bien, répondit-il.

— Et vous, Olaf ?

— Waouh ! C'est de la bombe ce truc ! lança-t-il amusé en levant les deux pouces.

Une minute et dix secondes venaient de s'écouler, lorsque Pedro atteignit une accélération de 1 G.

— Pedro, vous êtes maintenant à 1 G, ce qui représente une accélération verticale dans une fête foraine. Olaf, vous êtes toujours derrière Pedro.

Si Pedro semblait aussi zen qu'un bébé en train dormir, Olaf commençait déjà à montrer quelques signes de crispation.

— Je vous rappelle qu'il ne reste que trois minutes pour voter. Votez pour sauver votre candidat, ce qui augmentera la vitesse de son adversaire. Le plus résistant s'en sortira. Pedro, Olaf, tenez bon.

Au bout de deux minutes précises, Pedro atteignit les 2 G, distançant de 0,3 G Olaf.

Chez le Chilien, son visage était toujours aussi fixe qu'une statue, alors que du côté d'Olaf, son sourire n'était maintenant qu'un lointain souvenir. Signe de faiblesse, le géant finit logiquement par fermer les yeux, sans doute par peur qu'ils ne s'échappent de leur orbite.

— 2 G. L'un comme l'autre, vous ressentez maintenant le double de votre poids. Votre rythme cardiaque va commencer à ralentir et votre cerveau va être de moins en moins irrigué.

Pedro estima le moment opportun pour mettre un peu d'huile pour le feu :

— Le public est peut-être contre moi, mais il pourra me pousser à bout, c'est moi qui sortirai vainqueur de cette épreuve. Je n'abandonnerai jamais.

Sa voix était régulière, calme, apaisée. À se demander s'il était dans la même machine que son concurrent.

— Pedro est remonté à bloc. Est-ce que cela suffira ? Nous attendons vos votes. Il ne reste plus que deux minutes, reprit Angela.

Olaf, lui, n'était plus en état de répondre, respirant avec peine par intermittence.

— Olaf, si tu m'entends, abandonne. Je ne veux pas avoir ta mort sur la conscience, insista Pedro, au moment de dépasser les 4 G.

Mais le géant danois n'était plus capable de répondre quoi que ce soit.

— 4 G. L'équivalent d'un démarrage en roadster d'environ quatre cents mètres en quatre secondes. Pedro a priori vous êtes toujours dans un état stable, alors qu'Olaf n'a pas l'air dans son assiette. Olaf ? Comment vous sentez-vous ? Vous nous entendez ?

Olaf fermait toujours les yeux en serrant les dents, ses joues commençaient à se creuser.

— Je... ne laisserai pas Pedro gagner...

À 4,2 G, Pedro ouvrit les yeux, ce qui, avec l'attraction subie, lui donna l'impression qu'ils étaient sur le point de sortir de leurs orbites :

— Olaf, abandonne ! Tu ne peux pas gagner ! Tu vas y rester, mon vieux ! C'est moi qui vais partir sur Mars ! La Terre entière s'y opposerait que je partirais quand même ! Tu m'entends ?

— Je…. ne… peux…

Olaf ne put finir sa phrase et se transforma en pantin désarticulé avant d'être pris de spasmes compulsifs. Angela, bien que préparée à cette épreuve, sembla perturbée au moment d'annoncer ces mots :

— La régie médicale vient de me confirmer dans l'oreillette l'élimination d'Olaf. Ne vous inquiétez pas, ce que vous avez vu peut sembler troublant, mais il n'en est rien, votre concurrent favori a uniquement subi ce qu'on appelle « le voile noir ». Il s'agit d'un problème de manque d'irrigation du cerveau, qui engendre une légère perte de connaissance. C'est donc Pedro qui remporte ce duel ! Bravo Pedro !

La retransmission filmant la centrifugeuse d'Olaf cessa, se focalisant maintenant sur l'énorme machine de Pedro en train de décélérer. Après quelques instants de répit, l'heureux gagnant sortit de son cockpit en titubant brièvement avant de retrouver l'équilibre.

— Quel combat épique et que de suspense ! Vous avez été très nombreux à les soutenir ce soir, mais c'est le plus résistant qui a remporté cette épreuve. Pedro, venez me rejoindre.

En coulisses, on l'équipa d'un micro, et une bouteille d'eau à la main, puis le candidat victorieux arriva sur le plateau principal.

— Pedro, bravo ! Grâce à votre incroyable résistance physique, vous avez sauvé votre équipe ce soir ! Alors, comment s'est passée cette épreuve ?

Le regard noir, il plongea ses yeux dans la caméra le filmant, indiquée par une petite ampoule rouge : « Que vous le vouliez ou non, c'est moi qui ferai partie des quatre finalistes. Alors, je n'ai qu'un seul conseil à vous donner : apprenez à m'aimer, car il va falloir vous habituer à moi. Salut. »

Il balança son micro par terre et quitta le studio. Angela, un peu déconcertée par ce comportement, ne se laissa pas abattre pour autant : « Un Pedro remonté et déterminé ce soir. Quelque chose me dit qu'il ira loin ! Allez, on marque une courte pub et on se revoit juste après pour le débriefing de la semaine ! »

Chapitre 15. J+69

20/11/2023

La caméra est prête, il ne reste plus qu'à appuyer sur le bouton rec. Claire se recoiffe brièvement et lance l'enregistrement. La retransmission en direct commence :

— Chers *followers*, je vous fais un rapide petit coucou en direct de la première éruption solaire du voyage ! Mais ne vous en faites pas, tout va bien. Cependant, il se peut que la qualité de l'image ne soit pas top. Désolée je n'y suis pas pour grand-chose.

Elle balaie son entourage avec sa perche à selfie au bout de laquelle se trouve sa caméra :

— Comme vous pouvez le voir, je me suis réfugiée dans ma cabine dans laquelle je vais sûrement devoir rester pendant au moins quarante-huit heures, le temps que ça passe. Cela va nous permettre de vérifier que notre système de protection est bien au point. Si vous me voyez ressortir vivante, c'est que ça a marché !

Le nombre de *followers* augmente de plusieurs milliers chaque seconde, et moyennant une surtaxe soit via leur compte mobile soit via leur Twitter, il leur est possible d'interroger Claire :

— Malheureusement, je ne vais pas pouvoir rester très longtemps en ligne. Je réponds donc à quelques questions avant de me déconnecter. Alors... Comment est-ce que cela s'est produit ? Eh bien, nous étions tous en train de dîner lorsque l'alarme a retenti, nous annonçant une éruption solaire imminente. Le genre d'alarme qui réveillerait un mort ! Nous avons eu à cet instant quelques minutes pour nous équiper de rations de survies et nous réfugier dans nos cabines, dans lesquelles nous avons activé notre mur protecteur à base d'hydrogène liquide. Question suivante : Qu'est-ce qu'on risque ? On suppose qu'à long terme, on risque des cancers, et à court terme, il est possible qu'il y ait des brûlures sur certaines parties du corps, voire de violents dysfonctionnements du métabolisme, mais tout cela n'est qu'une théorie. Comment est-ce que vous allez vous rendre au petit coin pendant quarante-huit heures ? » Ah, ça, je vais galérer, c'est tout ce que je peux vous dire ! Bon, on me fait signe que je dois relâcher la bande passante avec la Terre. Je vous dis donc à très vite sur mon Twitter pour la suite.

Fin d'enregistrement.

Claire pousse un soupir de fatigue en positionnant sa caméra sur un des scratchs de sa couchette. Une notification lui indique qu'un membre du vaisseau souhaite communiquer par écrit avec elle via la tablette ; il s'agit de Mike :

« How are you *darling*? »

« Ça va, mais c'était chaud. On a beau penser être prêt, lorsque l'alarme retentit, il faut être incroyablement réactif. Mine de rien, il n'y avait pas le facteur "réalité" lorsqu'on a répété ces cas de figure en simulateur. J'espère que Pedro, qui a été le dernier à retourner dans sa couchette protectrice, n'aura pas de complications après avoir été exposé quelques instants à l'éruption... »

« Eh oui. Première éruption. Ça se fête, non ? »

Claire ouvre la pièce jointe que son correspondant vient de lui transférer : il s'agit d'un selfie de Mike en train de boire une bière dans le dispositif adéquat. Dans un éclat de rire, Claire lui répond :

« Mike, tu n'es pas raisonnable… »

Chapitre 16. Deux ans et sept mois avant le jour J (cent vingt-quatre participants restants)

20/02/2021

Le flash d'informations spécial s'ouvrit avec cet énorme bandeau : « Attentat durant une émission prime de Mars Alpha ». Deux présentateurs apparurent à l'écran pour annoncer la terrible nouvelle. Jason Price prit la parole en premier :

— Bonsoir, nous interrompons nos programmes de la soirée pour annoncer cette terrible nouvelle : un attentat a eu lieu à l'instant dans les locaux qui diffusaient le prime de Mars Alpha, le projet de télé-réalité ayant pour but de coloniser Mars. À vingt et une heures quarante-deux précises, quelque chose a explosé sur le plateau alors que deux équipes de quatre participants ainsi que la présentatrice étaient sur le plateau.

— Oui Jason, reprit Sandy. À noter que pour l'instant, aucun groupement terroriste ne l'a pour l'instant revendiqué. Le bilan, lui est plutôt lourd.

— En effet Sandy, sur les huit candidats, six sont décédés et deux sont dans un état critique. Angela Millers fait également partie des victimes, elle animait depuis le premier lancement les différents primes de Mars Alpha TV.

Quelques prises de vue montrant les restes du plateau en ruine furent diffusées, ainsi que le ralenti d'une caméra filmant un élément en train de tomber du plafond avant qu'il n'explose violemment une fois entré en contact avec le sol. Les images d'après ne montraient guère plus que poussière et chaos. Tout le monde sur le plateau était couché, et les spectateurs indemnes semblaient être encore sous le choc. Les plus courageux témoignaient :

— Je crois qu'on venait d'annoncer l'abandon volontaire d'un participant juste avant l'émission, lorsque quelque chose est tombé du plafond. Au début, on s'est dit que c'était peut-être un projecteur, et puis il y a eu une violente explosion. Nous avons senti des débris nous frôler, et certains nous toucher. J'ai pris mon fils dans les bras. Par miracle, il n'avait rien.

Les témoignages s'enchaînèrent :

— Quelque chose est tombé et puis une fois le souffle de l'explosion passé, on a entendu les premiers cris. Les gens se levaient, certains criaient de douleur, d'autres de peur, mais il a fallu quelques instants avant que la fumée ne se dissipe pour qu'on puisse juger de l'importance des dégâts.

— J'étais en train d'envoyer un tweet, donc je n'ai pas vraiment vu ce qui s'est passé. Lorsque je suis revenu à moi, mon amie hurlait : « Je saigne, je vais mourir. » Par chance, elle n'a eu que quelques égratignures, mais il va lui falloir du temps pour s'en remettre psychologiquement.

Retour sur le plateau. Sandy reprit la parole.

— Voilà, comme vous pouvez le voir, l'engin explosif contenait des morceaux de métal, et d'après les premiers experts, il s'agissait d'une bombe de type artisanal. Aucune pression terroriste n'avait jusqu'à présent pesé sur cette émission de télé-réalité, qui est davantage devenue au fil des années un projet international : celui de la conquête de Mars. Lars Van Truck, le fondateur de ce programme de télé-réalité, nous a accordé quelques mots en arrivant sur les lieux.

Lars apparut entouré de micros, visiblement encore sous le choc à la suite de ces événements :

— Je n'étais pas sur place au moment où c'est arrivé. J'ai assisté comme vous, impuissant, à ce morbide spectacle.

— Monsieur Van Truck, est-ce que, par le passé il y a déjà eu des menaces terroristes ?

— Non, ce projet est totalement pacifique. Je ne comprends pas ce qui pourrait pousser quelqu'un à faire ça.

— Monsieur Van Truck, pensez-vous que cela pourrait être un ancien candidat éliminé qui aurait voulu se venger ?

— Écoutez, aujourd'hui, nous ne pouvons émettre que des hypothèses, dont celle-là fait effectivement partie. Je dois vous laisser.

— Monsieur Van Truck, Farid, le participant dont le père émir a financé une grande partie du projet, aurait dû être parmi les candidats présents ce soir, mais on l'a remplacé au dernier moment quelqu'un d'autre qui a préféré quitter l'aventure à sa place. Pensez-vous qu'il était la cible de cet attentat ?

— Je dois vous laisser.

Entouré par deux impressionnants gardes du corps, Lars parvint à s'éloigner de la meute de journalistes, avant de rejoindre le plateau principal, où un large périmètre de sécurité avait été déployé.

Jason reprit la parole.

— Voilà, c'était Lars Van Truck, qui donnera une conférence de presse aux alentours de minuit. Je vous propose de revenir sur la dernière question posée par un de nos confrères. En effet, le fils de l'émir Ali Al Saoud, Farid Al Saoud, devait être présent pour participer à une épreuve éliminatoire sur ce plateau ce soir, mais, coup du sort, Jules Yinnas a décidé de jeter l'éponge quelques heures avant le prime, sauvant in extremis Farid de la sélection du public. Pour rappel, l'investissement de son père avait fait couler beaucoup d'encre au début du projet. Sans l'aide et les milliards investis par le roi du pétrole comme on l'appelle dans son pays, ainsi que ses amis, il n'aurait sans doute jamais été possible que le projet Mars Alpha voie le jour. Farid, faisant partie des deux cents participants, avait alors été soupçonné de favoritisme. Il n'a pas souhaité s'exprimer sur cet attentat lorsque nous l'avons aperçu, s'éloignant des studios dans une voiture blindée appartenant à son père. Le bilan provisoire vient de nous parvenir. Il fait état de neuf morts, deux blessés graves chez les candidats, et plus d'une cinquantaine de blessés dans le public. La bombe était chargée de métal, et elle aurait été lâchée du plafond grâce à un système de minuterie non contrôlable à distance. Aucune autre information n'a été communiquée par l'unité en charge de cette enquête, et aucune revendication n'a été faite jusqu'à présent. Les participants ainsi que la production de Mars Alpha sont bien évidemment encore sous le choc, et il a été annoncé une pause dans la diffusion des programmes de trois jours, en signe de deuil. Camille, vous êtes sur place. Avez-vous des éléments nouveaux à nous faire parvenir ?

L'image de la journaliste apparut en duplex, en alternance avec des extraits passant en boucle de l'intérieur de la salle.

— Eh bien non, aucune nouvelle information pour l'instant. Une seule chose est sûre, contrairement aux rumeurs qui commencent à tourner sur les réseaux sociaux, il n'y a pas eu de seconde bombe de trouvée, les démineurs sont encore sur les lieux, mais cette information a pour l'instant été démentie. D'après les premières indications qui nous ont été communiquées par les responsables du site, la bombe aurait été accrochée à côté d'un projecteur, la rendant invisible pour la plupart des gens. Le mécanisme lui permettant de se détacher était un simple minuteur, impossible à arrêter à distance, ce qui laisse la question posée de savoir si le fils de l'émir n'était pas la cible principale de cet attentat. Les enregistrements de sécurité sont en train d'être passés au peigne fin afin de tenter de trouver un indice qui permettrait aux autorités d'en apprendre plus sur son origine.

— Camille, il a été évoqué sur *Twitter* la possibilité que le programme Mars Alpha soit abandonné suite à cet acte. En savez-vous plus pour l'instant ?

— Nous avons pu échanger quelques mots avec Lars avant qu'il n'arrive. Il nous a répondu, je cite : « Rien n'arrêtera ce projet, pas même la mort elle-même. Croyez-moi, en 2024, quatre colons partiront sur Mars. ». Lars doit réunir son comité de direction avant un point presse qui devrait avoir lieu aux alentours de minuit, dans lequel nous espérons bien évidemment obtenir plus d'informations.

Chapitre 17. J+70

21/11/2023

— Il n'y a pas d'éruption solaire d'après nos observations au télescope.

— Comment ça pas d'éruption solaire ? Mais le site de la NASA atteste bien que…

— Un site, ça se pirate. Tu es bien placé pour le savoir, non ?

— Il faut que j'en aie le cœur net.

— Fais gaffe, Mike. Si jamais on s'est gouré, je ne donne pas cher de ta peau.

— Je vous fais confiance. À plus tard, si je n'y reste pas !

Fermeture du canal de communication sécurisé, à laquelle même la *prod* n'a pas accès. N'est pas ex-hacker qui veut.

— Si nous ne sommes pas en pleine éruption solaire, cela signifie que le détecteur rattaché au panneau de commande numéro un est bidon.

Un court instant, il se met à réfléchir en sortant de son duvet. Flottant dans sa cabine, il prend sa balle de base-ball fétiche en main et la fait rebondir plusieurs fois jusqu'à ses pieds.

— Je vais isoler la retransmission des caméras principales du couloir et aller jusqu'au panneau de commandes. Avec mon couteau suisse, je devrais être capable de facilement le démonter et voir ce qu'il en est. Si mes amis scientifiques ont tort et que nous traversons bien les résidus d'une éruption solaire, je ne donne pas cher de ma peau…

Décidé à agir, l'Américain pianote quelques lignes de code, faisant instantanément passer le voyant sous les quatre caméras du couloir de Dragon 3 en rouge. Couteau suisse entre les dents tel un pirate, il ouvre sa couchette, les yeux rivés sur son détecteur de protons. De longues secondes passent, rythmées par le bruit du régulateur d'air et par les ronflements de Claire. Une goutte de sueur s'envole de sa tempe droite.

— Pas de surexpositions aux protons pour l'instant. La voie est libre.

Une impulsion plus tard, Mike se retrouve face au tableau de commande. Son détecteur attaché au poignet par un lien, il commence à démonter le tableau de commande B12, maintenu par huit énormes boulons. Utilisant le fameux troisième bras propre à l'apesanteur, il les pose un par un devant lui avant de tirer le fin morceau de métal, qui ne semble pas décidé à se laisser faire.

— Foutu morceau de tôle à la con, j'aurai ta peau ! peste-t-il en essayant de le retirer, en vain.

Dans un dernier effort, la devanture du tableau de commande finit par céder, projetant Mike un mètre en arrière, envoyant par la même occasion valser les huit boulons aux quatre coins du vaisseau.

— Et merde…

Mike reprend son calme après avoir récupéré ces foutus boulons qu'il revisse provisoirement sur la plaque métallique afin qu'ils ne se refassent pas la malle une nouvelle fois. Un coup d'œil au détecteur de protons, dont l'aiguille continue paisiblement de dormir sur la graduation zéro.

— Le vaisseau est donc censé être en pleine tempête de protons, comme le confirment tous ces voyants rouges dans tout le vaisseau, rattachés aux capteurs à l'extérieur de Dragon 3. Contrairement à mon détecteur manuel, qui me confirme que tout va bien. Étrange.

Il commence à fouiller dans les différents fils alimentant le panneau de contrôle jusqu'à trouver le bon, indiqué par l'étiquette jaune « proton_detection ». Mais en le remontant pour essayer de déterminer son origine…

— *What the fuck*? Il devait être rattaché à un boîtier régissant tous les câbles en contact avec les éléments extérieurs, alors que là, il prend sa source dans un gros boîtier, à première vue impénétrable, et surtout qui n'était pas là sur la maquette ! Et impossible d'y accéder de quelque manière.

Après plusieurs instants passés en vain à chercher un moyen d'ouvrir ce boîtier, il finit par abdiquer.

C'est la tête pleine de questions qu'il refixa l'épaisse tôle à son emplacement initial. Boulon après boulon, les questions résonnent dans sa tête. Faut-il en parler à quelqu'un ? Sachant qu'il est inconscient de sa part d'avoir osé contredire les instructions vitales consistant à rester dans son habitacle, juste pour savoir qui de son détecteur de protons manuel ou de celui du vaisseau a raison…

— Espérons que la nuit me porte conseil.

Couchette hermétiquement refermée, caméras réactivées, le journal de bord indiquant l'ouverture et la fermeture de sa « chambre » mis à jour afin de ne laisser aucune trace, épuisé par l'adrénaline de son acte suicidaire autant qu'intriguant, l'Américain s'endort quasi instantanément.

Seul le couteau suisse de Mike, oublié sur les lieux du crime, flottant au-dessus du panneau de commande, reste l'ultime témoin de la scène.

Chapitre 18. Un an et dix mois avant le jour J (cent sept participants restants)

29/10/2021

Au fond d'une piscine du centre d'entraînement de Mars Alpha

Le décompte affichait maintenant deux minutes.

Une fois ce temps écoulé, la cloche transparente remplie d'air, sous laquelle Farid et Romain parlementaient, serait totalement remplie d'eau.

Les règles du jeu de « la petite mort » étaient simples : un détendeur était relié à une bouteille d'air pour deux personnes, qu'il fallait négocier au fond de l'eau.

Celui qui choisissait de l'utiliser pour sauver sa vie mettait sa place dans le processus de Mars Alpha en jeu, via un vote du public pouvant l'éliminer.

Son concurrent et l'équipe qu'il représenterait obtiendraient en contrepartie un bonus de points conséquent.

Mais pour cela, il fallait se noyer, que l'arrêt du cœur soit confirmé via l'ECG que chacun portait sur lui, avant que l'équipe médicale à la surface ne tente de le réanimer, le tout en direct sur Mars Alpha TV.

Un double abandon était synonyme d'élimination automatique des deux candidats.

Durant les précédents épisodes, par chance, tous les participants avaient pu survivre à leur noyade. Au-delà de choquer les gens, la mort en direct avait provoqué des pics d'audience qui avaient rarement été atteints dans l'histoire télévisuelle.

Farid et Romain savaient que l'un d'entre eux devait y passer. Mais aucun ne voulait affronter le vote du public. Et pour cause, il avait été jusqu'à présent synonyme d'élimination pour les candidats.

— Il nous reste encore deux minutes, l'ami.

— Abandonne, Romain. Tu n'es pas prêt à mourir.

— Tu te sens prêt peut-être ?

— Plus que toi, c'est sûr.

— De plus, jusqu'à présent, personne n'est mort. Il s'agit juste d'un moment désagréable où l'on voit sa vie défiler pendant que le corps essaie de survivre alors qu'il est en train d'étouffer.

— « Juste », ironisa Farid.

— C'est pas vrai ?

1 minute 48 secondes. L'eau, tout comme l'audience, continuait à grimper.

— Tu ne t'es jamais noyé par le passé ?

— Je n'ai pas eu cette chance, non.

— Cela m'est déjà arrivé, reprit Farid en s'imaginant une scène qui pourrait faire changer d'avis son concurrent.

— À quelle occasion ?

— Je faisais du surf sur une côte rocheuse. En faisant un canard.

— En imitant un animal ?

— Mais non, faire le canard signifie plonger juste sous une vague lorsqu'elle arrive vers toi, et de tenter d'éviter de la prendre de plein fouet.

— Ah, pardon.

— Celle-ci était plus puissante que les autres vagues. Mon *leash*, le cordon qui rattache ma cheville à mon surf, s'était coincé sous un rocher. J'ai voulu remonter à la surface, mais il manquait une vingtaine de centimètres pour que ma bouche puisse émerger. J'ai essayé de le tirer, mais rien n'y faisait, j'étais bel et bien bloqué.

— Qu'as-tu fait ?

— J'ai levé les bras, espérant qu'un autre surfeur me verrait. J'ai retenu ma respiration, le plus longtemps que j'ai pu, essayant de ne pas céder à la panique.

1 minute 3 secondes. L'équipe médicale en surface vérifiait une dernière fois que leur matériel était en place. Une vie allait être en jeu.

— Et puis, réflexe de survie, tout en gesticulant, j'ai ouvert la bouche, et l'eau a commencé à s'engouffrer dans mes poumons. À ce moment-ci, je savais que la mort était imminente. Si proche de la surface, et incapable de respirer. J'ai ressenti comme une brûlure, comme si un feu était en train de s'animer dans mes poumons. Oh, pas longtemps, quelques secondes, mais ça m'a paru long comme l'éternité. Je n'avais jamais enduré pareille souffrance. Avant de sombrer dans la perte de connaissance, j'ai pourtant comme ressenti quelques instants d'apaisement, d'une incroyable sérénité. Et puis, plus rien.

L'eau atteignait leurs épaules. Le décompte en vert s'affichait maintenant en rouge, chaque seconde de cette dernière minute était ponctuée d'un bip.

Romain semblait tétanisé face aux mots de Farid.

— Depuis cet épisode, il n'y a pas une nuit où je ne revis pas cette scène, et me réveille en transpirant, ayant l'impression de ne plus pouvoir respirer. C'est un classique parmi les noyés. Par chance, les secouristes ont pu me sauver à temps, sans quoi je ne serais pas ici.

— Tu es prêt à te noyer une seconde fois ?

— Et toi Romain, es-tu prêt à passer toutes tes nuits à te réveiller en revivant cette sensation de noyade ?

— Je… je ne sais pas.

30 secondes.

Le détendeur, accessible depuis le début de l'épreuve, était accroché en haut de la cloche et à tout moment quelqu'un pouvant s'en saisir. Synonyme de vie, et d'éventuelle élimination.

— Si tu crois en ton public, tu n'as rien à craindre, tu sais qu'ils te sauveront dans le vote ultime, continua Farid, qui commençait à boire la tasse.

— Je… je ne suis pas un lâche, répondit Romain avec difficulté.

20 secondes.

— Tu n'es pas un lâche, l'ami, tu es un fin stratège qui fait le bon choix. Crois-moi, tu n'as aucune idée de ce que c'est de mourir. Moi je le sais.

Durant les dernières secondes, seuls les yeux parlaient. L'un comme l'autre avait commencé à retenir sa respiration.

Le décompte arriva à zéro, signifiant que la cloche était maintenant totalement remplie d'eau.

Farid, peu populaire, savait que le public ne l'épargnerait pas, et que ce mensonge pour influencer son adversaire du moment était le seul moyen pour lui de s'en sortir avec les honneurs. Mais Romain ne voulait pas abandonner. Après tout, le jeu en valait la chandelle.

Survivre, c'était perdre ; mourir quelques instants seulement, c'était gagner. Tous les deux le savaient.

Après des secondes de duel visuel, les joues gonflées des dernières bouffées d'air stockées maladroitement, le détendeur finit par être décroché de son emplacement. Le malheureux perdant prit de longues inspirations, pendant qu'il voyait l'heureux gagnant de cette épreuve en train de se battre contre son instinct de survie qui aurait consisté à lui arracher de la bouche, pour se noyer dans la dignité.

C'était sans doute la partie la plus dure de ce duel : regarder son concurrent mourir sans lui prêter assistance. C'était le jeu.

L'eau entra dans ses poumons, ce qui engendra un ressenti de violente brûlure suivi d'une intense paix intérieure, puis le cerveau cessa d'être alimenté en oxygène. C'était fini. L'ECG du vainqueur devint une ligne plane, et il fut officiellement considéré comme mort.

L'équipe médicale allait maintenant pouvoir faire son possible pour le réanimer.

Le public, pour sa part, était impatient de pouvoir juger le « lâche » qui n'avait pas voulu se sacrifier pour survivre.

Chapitre 19. J+80

01/12/2023

Pedro s'est fait opérer. Enfin « opérer », il faut le dire vite.

Ses maux suite à une exposition partielle à l'éruption solaire ne cessant pas, nous avons fini, Linn et moi, par lui administrer localement des nanoparticules, que j'ai dû programmer « un peu à l'arrache » avec du code fourni par la Terre qui nous avait déjà mâché le travail. Il ne s'agira essentiellement que d'un nettoyage sous la surface de la peau, ce qui devrait finir par faire baisser la fièvre et les autres maux, dont a priori l'éruption solaire serait la cause.

Deux incisions ont été faites au niveau de son avant-bras droit et de sa jambe gauche, les parties qui semblaient les plus atteintes par ces curieuses brûlures. Inutile de dire que cette opération, où au final on ne voyait pas grand-chose, a généré un nouveau pic d'audience. Même moi, alors que j'étais aux premières loges, je n'ai pas pu voir avec précision durant l'opération le minutieux travail de chirurgie, réalisé à la perfection par Linn. Je me suis contentée d'observer les quatre points de suture à l'avant-bras et les trois points à la jambe, recousus avec une parfaite maîtrise par ma partenaire, de les nettoyer avant de coller une gaze dessus. J'aurais aimé en faire ou en voir plus, mais… je n'en ai pas eu l'opportunité.

Pedro semble aller mieux, et je suis contente pour lui.

— Linn, selon toi, que se serait-il passé si l'un d'entre nous était resté en dehors des cabines pendant plusieurs minutes, pendant que nous traversions ces résidus d'éruption solaire ?

— Je doute qu'on puisse survivre plus de quelques minutes à quelque chose comme cela. Mais par chance, tout s'est bien terminé, Pedro ne semble plus avoir de symptômes, on peut donc supposer qu'il est guéri.

— Félicitations en tout cas pour ton opération, on dirait que tu as fait ça toute ta vie !

— Je te remercie, Claire. Oh, et je suis désolé de ne pas t'avoir laissée intervenir plus que ça, mais tu m'as bien été utile !

— On m'a toujours dit que j'étais la championne pour désinfecter les plaies.

— Oh, ne dis pas ça, c'est toi qui as programmé les nanoparticules, non ? Sans toi, nous n'aurions rien pu faire !

Ça, c'est du *flattage* d'ego ou je ne m'y connais pas.

— Quelqu'un a vu mon couteau suisse ? demande Mike.

— Tu es sûr que tu l'avais embarqué avec nous ? répond Pedro.

— Je l'ai utilisé pour faire des réparations, donc oui, je suis complètement sûr que je l'avais bel et bien embarqué. Ce couteau DOIT être quelque part, les choses ne peuvent pas disparaître dans un vaisseau spatial.

— Du calme, nous allons bien finir par le retrouver, il ne doit pas être bien loin.

Chapitre 20. Un an et neuf mois avant le jour J (cent cinq participants restants)

02/12/2021

Bureau de Lars au QG de Mars Alpha Corp.

— Il faut tout arrêter Lars, le fils de l'émir n'a pas pu être réanimé suite à l'épreuve de la petite mort, son père veut nous coller un procès au cul et il envisage bien sûr d'annuler son aide financière dans le projet. On ne peut plus se permettre de prendre de tels risques ! Tu m'entends ? Tout va capoter si tu continues de jouer avec le feu comme ça.

Edward Johnson, originaire de Londres, n'avait pas la voix de son physique. Les années ayant eu raison de sa bedaine, cet ancien maigre était devenu un « bon vivant » après avoir mis fin à sa carrière militaire. Sur ses tempes perlaient souvent des gouttes de sueur, conséquence directe de son embonpoint.

Depuis toujours, Edward avait été le garde-fou des délires de Lars, qui lui tournait le dos sur son fauteuil, en s'amusant avec une maquette du vaisseau Dragon 3. Il lui avait sauvé la vie durant une embuscade en Bosnie, à l'époque où il était soldat au service de Sa Majesté, portant comme éternel souvenir de ce jour-là une cicatrice qui lui barrait la joue. Après ces longues heures passées sous le feu des tirs à redouter la mort, qui ne s'était au final jamais présentée ce jour-là, Lars et lui avaient scellé ce jour-là une éternelle amitié que nul ne pourrait jamais détruire.

— Lars, dis quelque chose, bordel ! reprit Edward.

— Tu ne comprends rien à ce qu'est devenu notre monde, Edward, marmonna Lars.

— Hein ?

— « Bad buzz is still buzz ». Ça te parle ? Oui, on a peut-être un mort sur la conscience, mais il est mort sous les yeux de millions de personnes, peut-être plus d'un milliard maintenant ! Tous les journaux, sans exception, ont parlé de Mars Alpha. TOUS ! Tu m'entends ? Alors aujourd'hui, c'est peut-être à cause d'un « bad buzz », mais grâce à ça, nous existons aux yeux de tous. Et c'est bien là l'essentiel.

Edward s'assit sur un fauteuil. Médusé.

— Mais tu t'entends parler ? HEY, on parle de la vie des gens, là ! Il ne s'agit plus d'un jeu, bordel !

— LA VIE est un jeu. Et je ne vais pas te mentir, même si je suis désolé par rapport à son père, Farid n'était qu'un bon à rien, et ne méritait pas d'avancer plus loin dans le processus de sélection. Si son père n'avait pas été là pour nous arroser financièrement, il n'aurait même pas franchi les premières épreuves. Il a eu beaucoup de chance d'échapper à cet attentat dont il était visiblement la cible, mais la mort aura eu le dernier mot.

— La « petite mort »… Comment as-tu pu inventer un jeu aussi atroce ?

— Au moins, maintenant son père ne pourra pas nous reprocher quoi que ce soit. Il peut dire ce qu'il veut, son fils était parfaitement conscient du risque qu'il prenait lorsqu'il s'est engagé dans ce duel potentiellement mortel. Arrêtons un jour ou deux les épreuves par respect pour lui. Ça permettra d'avoir un enterrement super émouvant, encore une bonne idée pour mobiliser les médias ; ensuite, il faudra reprendre. Et aller chercher encore plus loin. Plus de risques, plus de morts.

— Plus de morts ? Mais tu es totalement barge !

— Edward, tu n'as rien compris, c'en est désespérant. Que crois-tu que les gens cherchent à travers nos caméras ? Du voyeurisme, pardi. Personne ne se l'avouera, mais tous aiment voir sans être vus. Et ces caméras dans les douches, on en parle ? Sur les années passées, les forfaits *ultimate* ont quasiment financé la totalité de la recherche pour les modules de survie.

— Oui, ça aussi, c'est un autre sujet.

— Pas maintenant ! Laisse-moi terminer, reprit Lars. Les gens veulent voir ce qui les effraie. N'as-tu jamais observé que lorsque se produisent des accidents de voiture, les gens s'arrêtent pour regarder ? Pas pour voir s'il y a des survivants, non, ils s'arrêtent pour voir s'il y a des morts. La mort, celle qu'on craint, mais qu'on a envie de voir les yeux dans les yeux dès que l'occasion se présente. Tu ne peux pas comprendre, tu es bien trop sain dans ta tête pour percevoir l'attente de notre audience. Alors certes, la vocation d'aller sur Mars donne un alibi un peu scientifique à ce voyeurisme. On ne regarde plus pour « mater », mais pour « encourager son champion ou sa championne à aller coloniser Mars ». Et s'il y a du buzz, ça fait vendre.

— Mais comment peux-tu dire ça...

Pris d'une montée de colère, Lars empoigna un tas de feuilles et l'envoya sur Edward, affalé sur le canapé en face de son bureau.

— Mais bordel, tu es aveugle, Steward ? Les trois premières vidéos de YouTube les plus visionnées au monde viennent d'extraits de Mars Alpha TV. Tu sais combien ça nous rapporte tous les mois ? Assez pour aller jusqu'au bout de notre projet. Assez pour te payer toi, les scientifiques et tous les techniciens qui bossent avec nous. Alors oui, je veux du sang, de la haine, du sexe, de la colère et, s'il le faut, de la mort, parce que c'est ça que les spectateurs attendent, c'est ça qu'ils veulent voir. Même s'ils n'en sont pas vraiment conscients, je sais que c'est ça, leur désir. Pour preuve, est-ce que je me suis trompé depuis que Mars Alpha existe ? Regarde, tout ce qu'on nous avons déjà réalisé depuis le début de ce projet !

Edward feuilleta nonchalamment sans les lire les statistiques financières et d'audimat que Lars venait de lui balancer au visage et qui jonchaient maintenant le sol, sans vraiment admettre qu'il avait raison.

— Ça va mal finir, Lars, tu le sais…

— Mais qu'est-ce qui va mal finir ? On ne force personne, non ? Les candidats sont libres de partir quand ils le souhaitent, oui ou non ?

— Certes.

— Et les gens qui regardent ? On ne leur met pas un flingue sur la tempe pour qu'ils regardent, non ?

— C'est juste.

— Et les médias qui diffusent en boucle les images d'un pauvre gars qui se noie en direct, et qui n'a malheureusement pas pu être réanimé à temps, je n'y suis pour rien, on est bien d'accord ? Ce n'est pas moi qui leur ai demandé de diffuser ça ? C'est lui qui a choisi de faire cette épreuve, il savait qu'il pouvait y rester, non ?

— C'est vrai, répondit Edward dans un long soupir.

— Plus on leur en donnera, et plus ils voudront voir. N'oublie jamais ça, Edward.

— Et tout ça pour quoi ? On sait tous les deux comment ça va se terminer. Comment réagiras-tu à ce moment-là ?

— Ça, c'est une autre histoire, et ce n'est pas celle d'aujourd'hui. Cette fin-là, on a encore deux ans pour la peaufiner et s'occuper des éventuels rapporteurs qui pourraient devenir gênants. En attendant, il va falloir s'occuper d'organiser un enterrement digne du fils de l'émir. Je veux une cérémonie funéraire comme on n'en a jamais vu, je veux un spectacle, quelque chose dont on parlera encore dans cent ans. Que le monde sache que Mars Alpha bichonne ses candidats de leur vivant, et aussi de leur mort.

— Tu ne veux pas Elton John non plus ?

— Il n'est pas encore mort, lui ? Écoute, s'il est dispo, pourquoi pas. Mets Spielberg sur le coup s'il le faut, mais cet enterrement devra devenir une référence dans les annales. Je compte sur toi.

— Super. Tu es Dieu, et moi je fais les miracles, c'est ça ?

— Tu sais que j'ai confiance en toi. Je t'ai toujours soutenu et tu ne m'as jamais fait défaut. Tu réussiras, j'en suis sûr. Merci, Edward.

Penaud, Edward se leva, voulut sermonner Lars en le pointant du doigt, déjà retourné sur son fauteuil en cuir, mais aucun son ne sortit de sa bouche.

Comme s'il avait des yeux dans le dos, Lars conclu :

— Et ne me refais pas le coup de la démission, tu sais bien qu'avec moi ça ne fonctionne pas.

Edward abdiqua sans un mot, et se dirigea vers la porte qu'il claqua en signe de mécontentement.

Tel un gamin, Lars simula pendant quelques instants le vol de la réplique miniature de Dragon 3. Comme pour lui donner vie, il imita à voix basse le bruit d'un moteur, puis des communications entre le vaisseau et la terre : « Ici Mars Alpha, on a un problème ! On arrive trop vite ! On ne contrôle plus rien, on va se crasher ! », puis il jeta violemment par terre la maquette qui explosa en mille morceaux.

Après avoir contemplé son œuvre jonchant sur le sol, visiblement satisfait, il retourna à son bureau et se remit à pianoter sur son ordinateur.

Chapitre 21. J+92

12/12/2023

Mike travaille n'importe comment.

Je supporte de moins en moins son côté tête brûlée, un peu *bad boy*. Il est bien trop brouillon pour une expédition dans ce genre, qui nécessite de la rigueur. Connaît-il seulement ce mot ?

— Pedro, tu pourras jeter un coup d'œil à la porte des toilettes ? J'ai l'impression qu'elle a de nouveau des problèmes lorsqu'on la ferme.

— D'accord, Claire, je finis de mettre à jour le journal de bord et je m'en occupe.

Encore une tâche que l'américain a faite à moitié. Et qui va devoir se charger de passer derrière lui une fois de plus ? C'est bibi. Peut-être que je ne suis pas fait pour travailler avec des gens qui n'ont pas mon niveau de tolérance. Mon côté « Asperger[3] » que j'essaie pourtant de maîtriser reprend parfois le dessus, semble-t-il. Et dire qu'il faut sourire, toujours donner l'impression que tout va bien parce que ces foutues caméras nous filment en permanence. Peut-être que contre toute attente je n'étais pas assez prêt pour ce long voyage sans retour.

---

[3] Il s'agit d'une forme d'autisme modérée.

Même avec Linn, qui devrait être ma confidente, je n'arrive pas vraiment à me confier sur mon agacement. Tout m'agace.

L'à peu près de chacun alors que vu le niveau de sélection, tout devrait être parfaitement réalisé.

Courir est la seule chose qui me détend.

Il est usant de vivre dans une colère permanente, tout en donnant l'impression que tout va bien.

Et ce couteau suisse, que l'américain a perdu, et que j'ai récupéré. Que faisait-il près du tableau de bord ? Comment expliquer qu'il s'est retrouvé là juste après l'éruption solaire ? J'en ai parlé à la *prod* qui n'a rien remarqué de particulier en revisionnant les caméras de surveillance, cependant je suis sûr et certain que quelque chose s'est passé pendant cette période. Mais quoi ?

Je me méfie de lui. Par chance, Claire a l'air moins curieuse, et c'est tant mieux. Je n'ai pas dit à Linn que c'est moi qui ai retrouvé le précieux outil porte-bonheur de Mike. Peut-être qu'il faudrait que je le lui redonne.

— Pour rappel, le point de quotidien avec la Terre a été avancé d'une heure, donc ça sera d'ici dix minutes.

— Pedro, tu sais que tu aurais pu faire une parfaite assistante de direction ? plaisante Mike.

Mike, tu sais que je t'emmerde ? Si tu étais plus organisé, tu aurais noté ça dans un coin de ta tête, mais non, il faut tout te répéter, car tu n'imprimes que ce dont tu as envie.

— Je crois que j'aurais vite trouvé ça ennuyeux !

Répondre avec le sourire, afin de ne pas créer de tension. 92 jours de passés. Encore 136. Courage, Pedro, tu sais que le jeu en vaut la chandelle.

— Bon, j'ai un peu d'avance, mais si tu veux je peux nous faire un café, Pedro, qu'en dis-tu ?

— J'en ai déjà pris un ce matin, l'excès de caféine n'est pas bon pour la santé, Claire, mais merci, c'est gentil.

— Il faut bien avoir quelques vices dans la vie, sourit-elle en retour.

Des vices j'en ai, mais la caféine ne fait pas partie de ceux-là.

— Au fait, comment se passe la cicatrisation suite à ton opération ?

— Écoute, plutôt bien.

— Tes maux de tête ont disparu ?

— Oui, tu as fait du bon boulot avec les nanoparticules, bravo !

— Fais-moi voir. Tiens, c'est marrant, j'avais dans le souvenir qu'il y avait quatre points de suture et non trois. En tout cas, ça cicatrise plutôt bien.

— Ah, oui, non il n'y en avait que trois. Je te demande un instant, je dois aller chercher quelque chose dans ma couchette.

Sois plus prudent, mon petit Pedro. Par chance, Claire n'est pas curieuse et n'a pas une très bonne mémoire visuelle, mais par tous les dieux, soit plus prudent. Il s'agira de briefer Linn à ce sujet.

— Point avec la Terre dans deux minutes. Tout le monde à sa tablette. Tiens, au fait, Mike, j'ai retrouvé ton couteau suisse.

— Non ! Où était-il ?

— Il s'était glissé derrière un élément du tableau de bord. Coincé entre deux câbles. Je m'en suis aperçu en tentant d'identifier d'où provenait une vibration. C'était lui qui tremblait.

— Merci en tout cas !

— C'est bien normal. Tu sais, on est dans une navette au beau milieu de l'espace, il n'avait pas pu se volatiliser.

Chapitre 22. Un an et trois mois avant le jour J (quatre-vingt-seize participants restants)

08/10/2022

Centre de formation de Mars Alpha, Miami – Floride

La caméra fixe réalisa automatiquement une mise au point sur l'effeuillage sans aucune sensualité de Claire qui, après avoir posé sa culotte noire sur le banc à côté de ses vêtements, se dirigea vers la douche pour rejoindre sa « partenaire de la soirée », déjà en train de se savonner. C'était la première fois qu'elles se croisaient.

— Enchantée, je suis Claire !

— Ravie de te rencontrer, je suis Velia, lui retourna-t-elle dans un fort accent sud-américain en lui serrant la main.

Claire régla la température de l'eau, puis se mouilla intégralement, non sans pousser un râle de plaisir. En face d'elle, Velia lui répondit avec un de ces magnifiques sourires dont elle avait le secret.

— Une chance qu'il n'y ait pas de micro dans les douches, ça me fatigue de toujours avoir à faire attention à ce que je dis. Tu ne satures pas, toi ? demanda Claire.

— Je n'en peux plus, tu veux dire ! Et cette bonne idée de la prod de mettre tous les soirs des duos dans les douches, pour que les abonnés du forfait « *ultimate* » se rincent bien l'œil...

— Eh oui. Ces fameuses règles du jeu qu'on a acceptées, et dire que c'est ce voyeurisme qui nous permettra peut-être d'aller sur Mars demain. D'ailleurs, c'est la première fois qu'on se parle, toi et moi, non ?

— C'est vrai.

Un ange passa, observant sans aucune pudeur Claire, qui commençait à se shampouiner.

— Vu tes mensurations de rêve, tu n'as jamais pensé à faire du mannequinat ? reprit Claire afin d'essayer de briser la glace.

— Tu vas rire et sûrement me trouver prétentieuse, mais il s'avère que j'en ai fait lorsque j'étais plus jeune. Cela m'a permis de financer une partie de mes études, et surtout mes sorties nocturnes !

— Sérieusement ? Respect ! Ce n'est pas trop compliqué de marcher avec ces talons de 15 cm de haut ? Surtout que, comme moi, tu es plutôt grande.

— En fait les défilés ne représentaient qu'une infime partie de mon activité de mannequinat, je faisais surtout pas mal de photos, soit pour de la lingerie, soit pour des magazines érotiques, c'est ça qui me rapportait le plus, à vrai dire. Et pour répondre à ta question sur les talons : c'est comme tout, on finit par s'y habituer.

Claire acquiesça sans rien dire avant de rajouter :

— Moi, je cueillais des cerises et je faisais du baby-sitting pour me faire de l'argent de poche. C'était un peu moins glamour.

Velia continuait à observer Claire, toujours aussi mal à l'aise de se faire dévisager de la sorte.

— Tu ne le sais pas, mais dans l'équipe, nous t'avions surnommée « la grande *Froggies* », en rapport à ta taille et... ton origine bien sûr reprit Velia.

— Oui, j'en avais entendu parler, de ce surnom. Il n'est pas si mal après tout. Un peu cliché, mais bon. J'imagine que tu n'ignores pas le tien ?

— « *La bomba latina* », lui répondit en souriant la belle Argentine.

— Quelle originalité...

Claire jeta un coup d'œil au décompte qui leur était attribué pour cette activité et continua, décidée à meubler le silence :

— Sur quel poste te spécialises-tu ?

— Je suis biologiste généticienne. Je triture les plantes, les insectes, pour en tirer le meilleur. Et toi ?

— On dirait bien qu'on a la même spécialité !

— Sans blague ! Copine de spécialité alors. Check !

Velia improvisa un *shake* de ses mains avec Claire, afin de tenter une fois de plus de briser la glace, qui ne voulait décidément pas ne serait-ce que se fissurer.

— Nous serons donc concurrentes l'année prochaine.

— Alors, que la meilleure gagne !

— Dis, je peux te poser une question ? reprit Claire.

— Si c'est au sujet de mes seins, oui ils sont vrais, plaisanta Velia dans un grand éclat de rire.

— Ça fait quoi de mourir ?

— Ah, aucun rapport avec mes nichons donc...

— Je suis désolée, mais comme pas mal de monde, j'ai eu l'occasion de visualiser cette épreuve en direct qui t'a permis d'avoir ton immunité et tes cent mille points supplémentaires à ton score général. Ce duel au fond de cette piscine avec cette femme dont j'ai oublié le nom et qui a été éliminée une fois remontée à la surface. « La petite mort », quelle atroce épreuve ! Je prie le ciel pour ne jamais avoir à y participer. Alors, je te repose ma question, toi qui es morte une première fois avant de revenir à la vie, quel effet cela fait-il de décéder ? De surcroît sous les yeux de millions de téléspectateurs ?

L'Argentine abandonna son large sourire, et commença à se rincer les cheveux en se les massant profondément :

— C'est assez étrange. Tu sais, je suis assez impulsive comme personne, je me dis que chaque jour vécu est une chance, qu'on peut mourir à tout moment et que je préférerais mourir plutôt que de ne pas aller sur Mars. Mais c'est assez terrible comme sensation, je veux dire de savoir qu'il faut que tu meures pour pouvoir vivre la plus incroyable expérience par la suite. Parce qu'on a beau vouloir débrancher l'instinct de survie, il est très compliqué de ne pas paniquer. Il y a au début l'acceptation, le fait de te dire que tu veux mourir noyée. Puis l'inconscient reprend très rapidement le dessus et, durant quelques secondes, il refuse ce choix, ce moment précis durant lequel j'ai tenté d'arracher à cette femme son détendeur, juste pour survivre, parce que mon corps avait pris le dessus. Enfin l'eau a envahi mes poumons, j'avais l'impression d'avoir du feu à l'intérieur de moi, et toutes les fonctions vitales se sont débranchées. Pendant un petit instant, j'ai ressenti une brève sensation de bien-être. Je crois que je me suis dit : ça y est, je suis morte, et encore, je n'en suis même pas sûre.

— Tu es incroyablement courageuse. Ou totalement inconsciente, je ne sais pas. Et donc, tunnel lumineux ou pas ?

— Toi, tu n'es pas du genre à avoir de filtres quand tu parles, tu vas droit au but ! Ça va te surprendre, mais c'est une qualité qui me plaît.

— Je suis désolée, je ne voulais pas te blesser…

— Ne le sois pas, tâche de prendre tous tes défauts pour des qualités, et tu verras la vie sous un autre angle. Pour répondre à ta question, à ma grande déception non, pas de tunnel lumineux, de petits anges ou je ne sais quel dieu. J'ai tout simplement perdu connaissance. J'ai juste entendu les voix pendant qu'on me faisait un massage cardiaque, comme si elles étaient très lointaines. Et puis je suis revenue à la vie, en crachant l'eau qui avait envahi mes poumons. Un peu comme si je naissais une seconde fois. Délicieusement traumatisant comme sensation.

Durant un instant, Claire essaya de se projeter, afin de s'imaginer la scène, avant d'éclater de rire. La glace entre elles semblait finalement commencer à se craqueler. Velia reprit :

— Et toi, quel choix aurais-tu fait ? La mort par noyade, ou le risque quasi certain de te faire éliminer par le public ?

— Je ne sais pas. Je ne sais plus. Je crois que j'espère ne pas avoir à faire face à ce choix cornélien. Bon, parlons d'autre chose car rien que d'y penser… Contente d'être ici ?

— Dans cette douche avec toi ? Je suis ravie !

— Non, enfin oui, c'est gentil, mais je voulais dire : contente d'en être arrivée à ce stade de la compétition ?

— Oui, qui ne le serait pas. Je trouve l'équipe plutôt agréable, et Lars adorable.

— Tu le connais bien ? Je n'ai pas eu trop l'occasion de le côtoyer.

— C'est quelqu'un de bon, dont l'imagination n'a pas de limites.

Claire ne remarqua pas les joues de Velia rosir, après la déclaration de cette phrase.

— Il le faut, car supposer qu'utiliser la télé-réalité pour partir dans les étoiles marcherait... En tout cas, le public t'apprécie.

— Oui, j'ai cette chance-là, admit Velia. Il faut dire que je gâte mon fan-club masculin sur Instagram avec des clichés toujours un peu limites, j'ai toujours peur de me faire censurer d'ailleurs.

— Ah oui ? Je devrais faire ça. Même si pour le coup, je trouve ça un peu réducteur.

— Je n'aurais pas la plastique que j'ai, ça serait malheureusement sûrement plus compliqué pour moi. Certaines mentalités n'évolueront sans doute jamais... Pour qui crois-tu que nous devons nous doucher face à la caméra ? Enfin peu importe, à vrai dire je suis prête à tout si ça me permet de gagner ma place pour Mars ! Mais toi aussi Claire, j'ai vu que tu avais de très bons scores au niveau de l'appréciation du public.

— Je me débrouille. De là à dire que je pourrai un jour te dépasser au niveau des points, c'est une autre histoire.

Un signal rouge se mit à clignoter, et une voix métallisée retentit : « 60 secondes avant extinction des douches ».

— Il ne faut jamais dire jamais, Claire, on ne sait pas de quoi l'avenir sera fait. Je compte sur toi pour te battre jusqu'au bout, surtout si c'est contre moi, ce sera un honneur d'être ton adversaire ! Tu me le promets ?

— Promis.

— J'ai été ravie de faire ta connaissance, et j'espère qu'on aura l'occasion de se revoir. Qui sait, peut-être au fond d'une piscine ! adressa Velia à Claire en lui tendant la joue.

— Moi aussi. Bon courage Velia.

— Et n'oublie pas, donne à tes *followers Instagram* ce qu'ils attendent, ça sera peut-être ça qui t'enverra sur Mars.

— Merci du conseil, je tâcherai de m'en souvenir.

Chapitre 23. J+112

01/01/2024

— 3, 2, 1, BONNE ANNÉE !

Il faut dire que nous avons tous l'air ridicules avec nos chapeaux pointus bricolés pour l'occasion, mais l'esprit du réveillon est là, c'est bien l'essentiel.

— Et bonne année à vous, la Terre ! Pour nous, ça sera un plat d'exception avec du foie gras, de la dinde avec des pommes de terre, mais surtout du champagne. On vous embrasse tous !

Bisous !

J'éteins ma webcam, reconnaissable à son petit autocollant « Rangers » collé dessus. Le direct continue via les autres caméras de Dragon 3. Mais qui peut bien nous regarder à cette heure-ci ?

— On t'attend, Mike.

— J'arrive.

Étant dans l'espace, nous n'avons plus vraiment de fuseaux horaires à respecter. Celui de référence était celui de Plessetsk en Russie d'où nous sommes partis, mais afin de nous caler sur la journée de plus de 24 heures sur Mars, nous avons un peu notre heure à nous maintenant.

Il a donc été décidé de tirer au sort le fuseau horaire durant lequel nous fêterions le passage à la nouvelle année : celui de la

France, de la Chine, du Chili ou des USA, plus précisément de NY, et c'est le mien qui est tombé.

— Me voilà.

— Bon, eh bien je vous propose de porter un toast à cette nouvelle année : à Mars Alpha ! propose Pedro.

— À MARS ALPHA !

Trinquer avec des gourdes remplies de champagne équipées de paille est bien moins traditionnel qu'avec des verres en cristal, mais peu importe, l'idée est là.

— Alors, que pouvons-nous souhaiter pour cette nouvelle année ? demande Claire. Qui veut commencer ?

— Honneur aux femmes. À toi de t'y coller, Linn.

— Merci Mike. Eh bien, que dire... Je souhaite que le voyage jusqu'à Mars se passe aussi bien qu'il a débuté, et que l'amarsissage se fasse en douceur. À toi, Claire.

— Mmmmm... Tu as pris le souhait le plus simple. Je souhaite pour ma part être la première à fouler Mars !

— Claire, on a dit qu'on tirerait au sort...

— Oui, mais bon, je me disais que peut-être en proposant ça via un souhait du 1er janvier, ça passerait !

— Pas question. Tu laisseras le hasard décider, rajoute Pedro. Allez, un autre souhait !

Le foie gras est délicieux. Ça change des steaks de criquet de Claire, mais surtout, je me damnerai pour un bon burger du restaurant *Shake Shack* [4].

---

[4] Chaîne de restaurants spécialisée dans les burgers « bio ».

— Bon, eh bien, je souhaite que la douche de l'habitat sur Mars soit équipée d'un pommeau possédant plusieurs jets, dont un bien puissant !

— Drôle de vœu, souffle Pedro.

— Ne t'inquiète pas, on se comprend, pas vrai Linn ? Tu n'es peut-être pas en manque d'une bonne douche, mais c'est mon cas, je n'en peux plus de cette serviette humide qu'on s'enroule autour de nous.

Linn peine à masquer le rougissement de ses joues, mais je l'ai grillée… La coquine. Si Pedro n'a pas compris ce que tu avais en tête, moi j'ai bien compris Claire. J'espère aussi que le jet sera puissant, car nos journées risquent d'être éreintantes, et rien de meilleur qu'une bonne douche pour décompresser en fin de journée.

— Et toi, Pedro, quel serait ton souhait pour la nouvelle année ?

— Je souhaite, ou plutôt « j'espère » être l'heureux chanceux que le hasard désignera pour fouler la planète Mars en premier.

— Je sens qu'on va demander à la prod de s'occuper du tirage au sort, de peur que tu triches…

— Toujours le mot pour rire Mike. Et toi alors, quel est ton souhait ?

Mon souhait ? Il n'est sûrement pas réalisable.

J'aimerais tant être avec celle que j'ai dû quitter avant de partir, et qui m'a annoncé il y a quelques jours que l'enfant qu'elle portait en elle, notre enfant, a préféré se faire la malle plutôt que de continuer à grandir en elle. Bien évidemment, cette relation étant totalement secrète, je n'ai pas pu partager mon chagrin.

Peut-être est-ce un bien pour un mal qu'elle ait fait cette fausse couche, peut-être que j'aurais trop souffert de ne pas être là pour l'accouchement, pour ses premiers pas ou pour sa première bougie. Mais Dieu sait que ça me ferait du bien d'en parler.

— Je ne souhaite qu'une chose, que notre voyage se termine comme il a commencé, c'est-à-dire dans la joie et la bonne humeur ! Sachez qu'en tout cas je suis content d'être parmi vous aujourd'hui, de faire partie des 4 premiers humains qui fouleront demain la planète rouge, et que pour rien au monde je n'échangerai ma place. Pour Mars ALPHA, HIP HIP HIP...

— HOURRA !

Chapitre 24. Cent jours avant le jour J (douze participants restants)

04/06/2023

Auditorium de Mars Alpha Corp.

— Quand je vois tout ce qui a été réalisé depuis le lancement de ce projet totalement fou, j'ai un grand sentiment de fierté. Mais sans vous, je n'aurais rien pu faire. Aujourd'hui, ce n'est plus mon bébé, c'est le vôtre, à vous tous qui êtes dans cette salle, et à vous qui nous regardez, qui avez contribué chaque jour un peu plus à ce que cette incroyable aventure aboutisse. Dans cent jours maintenant, vous assisterez au décollage de nos quatre pionniers vers la planète rouge. Et avant de vous dévoiler les membres de l'équipage final de Mars Alpha et de leurs doublures, je veux une salve d'acclamations pour les douze finalistes ainsi que pour tous les autres !

Tonnerre d'applaudissements et de sifflements. Des caméras retransmettaient la cérémonie en live sur des écrans géants dans les villes d'où étaient originaires les douze candidats nominés pour la première génération de colons du projet Mars Alpha.

Lars, toujours aussi à l'aise sur scène, avec son T-shirt rouge floqué « Mars Alpha J-100 », reprit son teasing :

— Il y a huit ans de cela, ils étaient 202 586 à postuler. Aujourd'hui, ils ne sont plus que douze. Les finalistes pour le lancement de la mission Mars Alpha, qui aura lieu dans cent jours et de la mission Mars Beta programmée dans deux ans, sont maintenant là. Et croyez-moi, ça n'a pas été facile de les départager. Pour un tiers du choix final, il y a eu bien sûr le nombre de points qu'ils ont reçus au fur et à mesure de leurs entraînements, de leurs épreuves et de leurs formations. Le comité directeur de Mars Alpha Corp. dont je suis le directeur et représentant ce soir ainsi que les scientifiques, hommes de terrain, et people qui m'ont accompagné durant tout ce temps avons également votés à hauteur d'un tiers de la note finale. Enfin, le dernier tiers, c'est vous qui l'avez incarné.

Lars s'interrompit un court instant. Douze silhouettes côte à côte apparurent à l'écran, positionnées un peu en retrait de la scène principale, totalement dans l'ombre. Impossible de distinguer un visage, seules quelques tailles semblaient donner quelques indications :

— Sur ces douze candidats, quatre ont été choisis afin d'être les premiers colons de la mission Mars Alpha qui débutera dans cent jours, et quatre autres seront leur doublure sur cette mission. Si aucune doublure n'est appelée pour le premier lancement, ce sera à leur tour d'embarquer en tant que titulaires dans la mission Mars Beta, prévue lors des prochaines conditions optimales de voyage vers Mars, soit dans 2 ans. Les 4 participants restants seront alors les doublures de ces derniers et participeront au lancement suivant jusqu'à ce que le processus de sélection recommence. Mais je crois qu'il est maintenant temps de vous les présenter, qu'en pensez-vous ?

Ovation générale dans la salle. Un générique diffusa quelques images des meilleurs moments de Mars Alpha, terminant par un fondu sur un écran où la silhouette des quatre finalistes était affichée.

La caméra revint sur Lars, et les applaudissements laissèrent place à une ambiance de suspens délicieusement feutrée :

— L'équipe sera sous son commandement. De ses ordres dépendra la bonne réussite de la mission. L'électronique du vaisseau n'aura qu'à bien se tenir sous ses doigts experts, et sur Mars, il nous permettra d'en apprendre plus sur les minéraux. Petit par sa taille, il n'en reste pas moins un géant par son courage. D'origine chilienne, vous l'avez déjà deviné, je suppose, il s'agit bien entendu de Pedro Alvarez !

La plus petite silhouette des douze présentes sur la scène fit un pas en avant et se retrouva instantanément éclairée. Gros plan sur Pedro contenant manifestement son bonheur. À peine un rictus vint animer la parfaite tranquillité de son visage. Il salua brièvement la caméra d'un maladroit petit signe de la main.

— Sa doublure sera celle qui a hérité du surnom « le bûcheron » à cause de sa carrure. Il vient du Canada, il s'agit de Nicolas Leblanc. On l'applaudit bien fort.

Projecteur sur Nicolas, montrant clairement un visage fermé de déception. À peine un hochement de tête anima ce géant canadien pour exprimer son mécontentement.

— Qu'ils sont impatients, je vous jure… Allez, dites-vous que deux ans, c'est demain. Finaliste numéro deux. Celle que je vais vous décrire, vous la connaissez tous pour son courage et son sang-froid. C'est grâce à elle que nous saurons si l'équipe est en bonne santé. Entre deux examens médicaux sur Mars, elle sera la mécanicienne en chef. Elle est chinoise, je vous demande un tonnerre d'applaudissements pour Linn Thomas !

La silhouette de Linn s'éclaircit. Des larmes de joie roulèrent sur ses joues au moment où elle s'avança au centre du halo lumineux. La retransmission dans la ville de Pékin montra une foule en liesse, autant de fans venus supporter leur candidate, en brandissant un petit drapeau chinois. Linn salua des deux mains en remerciant à tout va en s'inclinant. Lars interrompit ce moment d'un geste afin d'annoncer sa doublure :

— On se souvient tous de l'opération réalisée avec peu de moyens dans le module de survie d'Hawaï, elle avait sauvé la jambe d'un de ses partenaires du moment. Mesdames, messieurs, elle est suisse et la doublure de Linn sera la Suissesse Audrey Huber.

Audrey applaudit lentement en souriant. Étant postée à côté de Linn, elle en profita pour l'embrasser, qui la félicita en retour. Les applaudissements diminuèrent d'intensité, et après l'animation sur l'écran principal où deux silhouettes sur quatre étaient maintenant identifiées, les caméras revinrent sur Lars, qui temporisa ce moment intense par de longs silences.

— La prochaine personne, je sais que vous l'adorez, reprit Lars dans un sourire un peu crispé. S'il s'agit selon moi de la tête brûlée de l'édition, il aura su malgré tout montrer à maintes reprises un sang-froid à toute épreuve, et des connaissances incroyables en physique, mécanique, et en électronique. Ex redoutable hacker informatique, en plus de ça, mesdames, je suis sûr que vous le trouvez tous craquant avec son look de *bad boy*. Oui, vous l'avez compris, il est américain et ce surdoué adore les NY Rangers, je veux naturellement parler de Mike Realt !

Gros plan sur Mike, souriant. Comme à son habitude, il commença à faire le show pour avoir plus d'applaudissements. L'euphorie était à son comble sur Times square. Le *Naked-*

cowboy s'était habillé en astronaute pour l'occasion. Des maillots spéciaux des NY Rangers avec son nom « Realt » floqués furent brandis par la foule. La retransmission se termina par un petit garçon sur le dos de son père en train d'agiter un fanion américain au bout de ses petites mains, avant de revenir sur la troisième silhouette vide du tableau principal, dorénavant remplacée par le portrait de Mike.

— S'il lui arrivait malheur, Dieu sait qu'on ne le lui souhaite pas, vous vous souvenez tous de lui, il avait gagné l'épreuve de force en condition d'incendie simulé durant la deuxième année de l'émission. Il s'agit du Russe Dimitri Soborksi !

Un projecteur s'alluma sur Dimitri, le surprenant en train de fusiller d'un regard noir son binôme. Il applaudit brièvement sans le lâcher des yeux, mais l'Américain semblait totalement l'ignorer.

Il ne restait plus qu'une silhouette à être dévoilée, deux avec sa doublure. Les tweets s'affolèrent, autant que les bookmakers : le monde entier était en direct devant cet événement, digne du Superbowl. Tout le monde voulait savoir si un représentant de son pays allait se rendre sur Mars :

— Et enfin, c'est en partie grâce à ses doigts experts que durant tout le voyage vers la planète rouge, l'équipe de Mars Alpha pourra manger une nourriture fraîchement produite dans la bio serre qu'elle aura en charge d'entretenir. Que dire d'elle ? Sa beauté n'a d'égale que son intelligence, son sang-froid est tout simplement hors du commun, c'est toute l'Argentine qui partira avec elle pendant ce long voyage. Il s'agit bien entendu de Velia Estafada !

Explosion de joie dans les rues de Buenos Aires, où les gens arborèrent des photos de Velia et autres petits drapeaux aux couleurs de leur pays. Dans l'auditorium, la foule des spectateurs se mit debout. Velia, l'ex-mannequin, offrit comme à son habitude son sourire le plus photogénique, dévoilant des dents impeccables. Elle salua la foule d'une main en les remerciant, et en leur envoyant des baisers. Lars dut patienter un peu avant de pouvoir reprendre la parole, pour annoncer la doublure de la favorite du public :

— Sa doublure n'aura pas démérité également, de par son courage, son désir de toujours vouloir en apprendre plus, ses connaissances indéniables en biologie. Durant les prochains jours, elle sera l'ombre de Velia qu'elle rejoindra dans quelques mois dans les étoiles. Il s'agit de la Française Claire Keznic !

Un projecteur arracha Claire à l'obscurité, qui avait le visage tourné vers Velia. Elle pleurait depuis quelques instants, avant même qu'on annonce son nom. Velia la regarda avec une légère gravité, presque impalpable derrière son sourire. Le bonheur des uns ne fait pas souvent le malheur des autres.

— Voilà. L'équipe de Mars Alpha est maintenant au complet : Velia, Linn, Pedro, Mike, avancez-vous, s'il vous plaît. J'espère que vous saurez vous montrer digne de la confiance des Terriens, car dans cent jours maintenant, vous serez nos ambassadeurs. Dans ce nouveau vaisseau Dragon 3, vous décollerez pour un long voyage de sept mois, ce qui vous permettra, si Dieu le veut, de devenir les premiers colons terriens à poser le pied sur Mars. Dites-vous bien que grâce à la retransmission en direct sur Mars Alpha TV, c'est toute la Terre qui vivra avec vous ce moment dont je suis sûr qu'il sera inoubliable ! On se retrouve dans quelques instants après une petite coupure pub pour en savoir plus sur les prochains jours de

Mars Alpha et pour avoir les premières réactions de nos finalistes. À tout de suite !

Chapitre 25. J+176

29/02/2024

Les voyants rouges se sont mis à clignoter partout dans le vaisseau avec ce message « OXYGEN SYSTEM BREAKDOWN » répété en boucle. Ne pas paniquer, ne pas paniquer…

— On sait ce qu'il se passe, Pedro ?

— Va mettre ton masque, Claire. A priori on a heurté un rocher. À 25 000 km/h, espérons que les dégâts soient limités.

Mike a flotté jusqu'à moi avec un masque, et a tenté de me rassurer en me le mettant :

— Mets ça et essaie de rester calme, championne, tu as une heure d'autonomie si tu ne t'excites pas.

Rester calme. Ne pas paniquer.

Un des modules d'oxygénation de la navette est hors service, mais je dois rester calme. Bien sûr. On a été entraînés à ça. Se concentrer sur sa respiration et ne pas paniquer. Mais il y a toujours un monde entre les simulations et la réalité…

— On est en direct dans dix minutes sur Mars Alpha TV pour faire un point avec la Terre et, par la même occasion, de l'audience. Tout le monde reste calme, la situation est sous contrôle, rappelle Pedro.

Rester calme. Ne penser à rien. Le pire, c'est que je ne peux pas vraiment aider, l'objectif étant de bouger le moins possible. J'hésite à proposer à Lin, qui a les mêmes consignes que moi (à savoir « cloîtrée » dans sa couchette) si elle veut faire une partie de *Tetris* avec moi, histoire de détendre l'atmosphère...

— On peut se dire que malgré le choc, on s'en sort plutôt pas mal, clame Mike. À cause du masque, les communications se font maintenant via un ingénieux système de micro intégré au système de respiration portatif que nous portons tous, nous permettant de continuer à dialoguer comme si de rien n'était.

— Ne parle pas trop vite, on verra vos analyses demain, plaisante Linn, incroyablement calme, comme toujours, emmitouflée dans le sac de couchage de sa couchette.

Durant le direct, la Terre a indiqué à tout le monde les procédures à suivre afin d'en savoir plus et surtout de résoudre le problème. Pendant que Mike se battait avec Pedro pour faire des branchements de fortune, des journalistes nous interrogeaient, afin de recueillir nos premières impressions. Les minutes de décalage liées à l'éloignement entre le vaisseau et la Terre ne facilitant pas l'exercice :

— Claire, comment vous sentez-vous après cette collision ? Avez-vous peur de mourir ?

— Ne vous inquiétez pas, tout va bien, il y a plus de peur que de mal, et puis ça fait un peu d'animation comme ça !

Pouce en l'air et sourire crispé !

Un des quatre modules de régularisation de l'air et de la régulation de la température est mort, il commence d'ailleurs a bien faire froid, peut-être qu'on n'a pas plus de 24 heures à vivre, mais tout va bien !

Une chance que les masques ne trahissent pas nos sourires crispés.

S'il y en a plusieurs, c'est bien évidemment pour prévoir un scénario dans ce genre. Malheureusement, le basculement en automatique de quatre à trois systèmes ne s'est pas déroulé comme prévu.

— OK, je crois que j'ai compris, annonce Mike avec fierté. Le régulateur numéro 1 et 3 sont passés en surcharge, et ont disjoncté par sécurité. Si on les relance dans l'ordre indiqué par la Terre, en augmentant légèrement leur puissance, tout devrait rentrer dans l'ordre. Tu t'occupes du 3 je m'occupe du 1, Pedro ?

— C'est noté. Vous tenez le coup, les autres ?

— Tout va bien, répond Linn en train de rédiger un rapport dans le journal de bord sur sa tablette.

— Euh, ça commence à être tendu pour moi. Le réservoir de ma bouteille d'oxygène commence à lécher le rouge.

— Accroche-toi, Claire. On fait au plus vite.

Je ne peux m'empêcher de repenser à cette plongée sous-marine en Guadeloupe, lorsque j'étais bien plus jeune. Nous en étions à peine au premier tiers du parcours de notre plongée, et j'étais déjà sur la réserve.

Afin de ne pas pénaliser les autres, j'avais fini accrochée à la chef de palanquée, à respirer avec le détenteur de secours sur sa bouteille d'air comprimé.

J'ai toujours été une grande consommatrice d'oxygène, je ne saurais dire pourquoi.

— Ne t'inquiète pas, championne, je suis ton ange gardien. Tant que je serai là, il ne t'arrivera rien.

— Merci, Mike. Mais ne traîne pas quand même.

Parfois il me fait penser à Ian Solo incarné par Harison Ford dans La Guerre des étoiles… Et moi je serais sa petite princesse Leiah.

Pedro m'a retiré mon masque, dix minutes plus tard, car comme durant la simulation terrestre, j'ai fini par tomber dans les vapes.

— C'est bon Claire, tout va bien. Tu peux de nouveau respirer. Tout est rentré dans l'ordre, me rassure Pedro.

— Première collision spatiale, ça se fête non ? propose Mike pour tenter de me détendre.

Plus de peur que de mal donc. Enfin, c'était sans compter les estimations de la Terre : « Les systèmes de régénération d'air 1, 2 et 3 vont tourner à plus de cent pour cent afin de compenser la perte du quatrième régénérateur d'air. Pour limiter les risques que l'un d'entre eux ne supporte pas la charge et tombe donc en panne d'ici votre arrivée, il vous faudra cesser ou limiter toutes les pratiques coûteuses en oxygène. Ça serait bête d'échouer si près du but, hein, les champions ? Allez, tenez bon, la Terre est derrière vous. »

Sacré Lars. C'est qu'il est sur le point de mener son projet fou à terme.

— Dragon 3, ici la Terre. Suite à la collision, vous avez légèrement dévié de votre trajectoire. Nous vous envoyons les nouvelles coordonnées pour vous réaligner.

— Ici Dragon 3. Message reçu. Attendons les coordonnées pour procéder à la manœuvre, répond Pedro.

Résumons donc.

La bonne nouvelle, c'est que malgré la collision, on aura assez d'air pour aller jusqu'au bout.

La mauvaise nouvelle… C'est qu'on aura « juste » assez. Et qu'il va falloir cesser les activités sportives d'ici l'arrivée. Un peu plus d'un mois sans activité physique, les journées (qui n'étaient déjà pas passionnantes) vont vraiment être longues.

— Quelque chose ne va pas, Mike ?

— Si si, tout va bien, répond-il.

— Allez, je te connais, je sais que quelque chose te tracasse.

— Suis-moi, je crois qu'on doit nettoyer un filtre.

C'est notre code, lorsque nous souhaitons échanger oralement sur un sujet sans que la *prod* ou la Terre entende nos propos. Le nettoyage des filtres d'air se fait avec ce qui ressemble à un aspirateur de l'espace, et si son utilisation a bien entendu été optimisée pour l'apesanteur, son bruit, lui, est assez assourdissant.

Une fois la grille dévissée, Mike démarre l'utilitaire de nettoyage.

— Alors, que voulais-tu me dire ?

— J'ai jeté un coup d'œil à la quantité de carburant qu'il sera nécessaire d'utiliser pour nous remettre dans la bonne trajectoire.

— Et ?

— Et je crains qu'on ne commence à utiliser une quantité non négligeable dont nous aurons besoin pour actionner les rétrofusées lors de l'amarsissage.

— Et qu'on arrive trop vite… Ne crois-tu pas que la Terre nous aurait prévenus si tel était le cas ?

— C'est une possibilité. Après, s'ils n'ont pas d'autres solutions, que penses-tu qu'ils nous diraient ? « Désolé les gars, vous allez y rester à cause d'un minuscule rocher qui vous a fait dévier, on n'avait pas prévu assez de rab » ?

— Vu comme ça en effet…

— J'en ai brièvement parlé à Pedro, qui m'a semblé relativement confiant, et qui m'a rassuré comme quoi tout irait bien. Andromac, l'ordinateur de bord, confirme ses dires. Mais j'ai refait ces calculs à la main, et je suis sceptique. La marge d'erreur est faible, mais… soit je me trompe, soit on a trop dévié, et ça risque de nous être fatal pour l'amarsissage. Chut, Pedro arrive.

— Mike, tu pourras me rejoindre une fois que tu auras terminé ? Il faudrait jeter un coup d'œil au module numéro 3 régulant les températures, on se les pèle ici.

— J'arrive ! Je compte sur ton silence Claire, hein, ne semons pas le trouble pour rien.

— Promis.

Dixit la Terre, tout va bien. Dixit Mike, l'amarsissage est compromis.

Plus de peur que de mal, c'est bien ça que je disais ?

À défaut de creuser le sujet rapidement avec toute l'équipe afin d'en savoir plus, espérons surtout qu'on ne recroisera pas non plus un autre petit rocher dans ce genre, car on n'aura sûrement pas de deuxième chance.

Et le pire dans tout ça, c'est qu'à chaque fois qu'il y a des petites catastrophes comme ça… On fait un pic d'audience sur Terre.

À croire que les téléspectateurs n'attendent qu'une chose, c'est de nous voir mourir en direct.

Chapitre 26. Soixante-treize jours avant le jour J

01/07/2023

Bureau de Lars au QG de Mars Alpha Corp.

— C'est fini, j'arrête tout. Je te laisse deux jours pour annoncer ta supercherie aux médias, sinon c'est moi qui m'en chargerai.

Lars remplit son verre de Whisky, et rajouta quelques glaçons qu'il fit s'entrechoquer.

— Tu ne vas rien arrêter, et tu ne raconteras rien du tout, Velia. Tu vas aller jusqu'au bout, comme cela a été convenu dès le début.

— Sinon quoi ?

Le regard noir de Lars se plongea dans les grands yeux marron de la belle Argentine assise, les bras et les jambes croisés dans le fauteuil qui faisait face au bureau du chef de Mars Alpha.

— Sinon quoi, Lars ? Tu vas te débarrasser de moi c'est ça ?

— Tu savais dès le début comment cela allait se passer. Alors, pourquoi changer ton fusil d'épaule si proche du départ ? reprit Lars.

— Tout ne s'est pas passé comme tu l'avais prédit. On compte le nombre de morts qu'il y a eu ? Joris ? Farid ? Et j'en passe. Tout ça pour quoi ?

— On ne fait pas d'omelettes sans casser des œufs.

Velia décroisa les jambes, trop rapidement selon Lars. Elle portait des bas noirs, il le savait, et il avait espéré à ce moment précis apercevoir le liseré de ses bas, comme jadis, mais il n'en fut rien. Elle se pencha sur ses genoux et prit sa tête dans les mains.

— Je ne sais pas, Lars, je ne sais plus. Ton plan ne tient pas debout, je ne crois pas un seul instant qu'on pourra aller jusqu'au bout sans se faire attraper d'une manière ou d'une autre. Je n'y arriverai pas.

— Il est trop tard, *Veli*. Tu es dans la lumière des projecteurs maintenant. Si tu veux retrouver l'ombre, il n'y a pas d'autres alternatives possibles que celles que je t'ai proposées initialement.

— Je te fais un cadeau en te proposant ça, Lars. Tu sais que tôt ou tard, la vérité finira par éclater, d'une manière ou d'une autre, qu'elle soit contrôlée comme tu le souhaites ou non.

— Tu as changé, Velia. Où est la douce Argentine, affamée de sexe et d'ambition que j'ai connue par le passé ?

Elle se leva brusquement sur ses *Louboutin*, et tapa du poing sur la table.

— Ne m'emmène pas sur ce terrain, Lars, on s'est bien amusés tous les deux, on a eu du bon temps, certes, c'était sympa, mais tout ça, c'est de l'histoire ancienne. Je ne veux plus faire partie du projet, je suis déjà allée trop loin. Si tu annonces maintenant la fin du projet, je peux encore m'en sortir. Si tu refuses, alors c'est moi qui m'en chargerai. Ai-je bien été claire ?

Lars se leva brutalement à son tour et envoya valser toutes les affaires qui étaient sur son bureau, saisit la gorge de Velia avec sa grosse main droite, et hurla :

— NON, Velia, tu ne vas rien faire de tout cela. Tu vas rester calme comme la gentille petite Argentine que j'ai connue par le passé.

Velia tenta de se débattre avec ses deux mains, en vain.

— Lâche-moi, Lars, lâche-moi, je te dis.

— Sinon quoi ?

— Lâche-moi…

Le visage de Velia tendait petit à petit vers le rouge, preuve qu'elle commençait indéniablement à manquer de souffle.

— Ose quitter le projet, sale petite pute, et je m'occuperai de toi. Plus jamais on n'entendra parler de toi. Pars maintenant, et tu perdras tout, même ta misérable vie dont tu t'es sortie grâce à ton charisme et à ta langue experte qui t'a sauvée plus d'une fois d'une élimination certaine du jury.

Velia ne bougeait plus, et sa voix devenait imperceptible.

— Lâche… moi…

Lars caressa doucement sa chevelure soyeuse, la dévisageant minutieusement.

— Pourquoi, *mia amores* [5], pourquoi réagis-tu de la sorte ? Si près du but ? Tu vas rester sage maintenant, tu ne diras rien, petite salope, tu m'entends ?

La porte s'ouvrit. Edward entra, la tête dans ses dossiers, et découvrit la scène. Il sauta sur Lars, qui desserra son étreinte. Velia tomba à terre, à demi inconsciente.

— Mais bordel, Lars, tu es fou ? Velia, Velia, réponds-moi !

Velia reprit petit à petit sa respiration et quelques couleurs. Lars se dirigea vers le bar dans le coin de son bureau, et se resservit paisiblement un verre de whisky.

— Mon Dieu, tu as vu les traces que tu lui as laissées au niveau du cou ? Il va falloir masquer ça, sinon la presse va nous tomber dessus. Velia, comment te sens-tu ?

— ça va, Edward, merci.

Elle lui adressa un petit sourire, avant qu'il ne l'aide à se relever. Elle sortit de son sac un foulard qu'elle noua autour de son cou, avant d'ordonner une dernière fois à Lars en le pointant du doigt :

— Je te laisse 24 heures pour annoncer la fin du projet avant de tout dire à la presse, pauvre type, ce délai passé c'est moi qui m'en charge. Tu as 24 heures. Salut.

Le claquement de la porte fut tellement violent qu'un des cadres de « Mars Alpha » tomba du mur.

— Tu peux me dire ce qu'il y a, Lars ?

---

[5] « Mon amour » en espagnol.

— Madame l'infiltrée veut tout plaquer, et que j'annonce la fin du projet dans les prochaines heures, sinon elle s'en chargera, avec la manière.

— Mais non… Que s'est-il passé ?

— Aucune idée. Elle s'est levée du pied gauche, ce matin, en se disant que ma proposition initiale ne lui convenait plus, que j'étais un « vilain menteur » et que c'était trop pour elle.

— Elle était un de nos infiltrés, ne l'oublie pas, elle sait beaucoup de choses sur le projet.

— Elle sait beaucoup trop de choses, bougre d'idiot…

Edward raccrocha le cadre, et ramassa l'ordinateur portable qui avait atterri par terre, et qui miraculeusement semblait toujours bien fonctionner.

— Que comptes-tu faire, Lars ?

— La doublure sera-t-elle prête pour le lancement ? En cas de « pépin » ?

— On fera en sorte qu'elle le soit.

Chapitre 27. J+187

10/03/2024

— Tu te souviens de ce que tu faisais au moment où Lars t'a appelé pour t'annoncer la mort de Velia ? me demande Mike.

— Oui. J'étais en train de jouer à Mario Kart avec mon casque virtuel avec des amis. Tu la connaissais bien ?

— Pas mal. Assez pour me dire qu'il y a vraiment quelque chose de pas clair autour de son suicide. Elle voulait aller au bout, elle n'aurait jamais craqué si proche de la fin.

— Sa lettre d'adieu était bizarre, en effet.

— Sa lettre ? Tu... tu l'as vue ?

— Ben oui ! Lars l'avait avec lui au moment où il a annoncé cette triste nouvelle à la presse. Je l'ai prise en photo, pendant que Lars avait le dos tourné. Je voulais la traduire un peu plus tard, afin de comprendre les vraies raisons qu'elle évoquait, et pas uniquement à travers la version de Lars.

— Tu peux y avoir accès d'ici ?

— Si le Cloud où elle y est stockée est accessible, oui en théorie. Pourquoi ?

— Passe par ma connexion sécurisée par mes soins, je n'ai pas envie que la *prod* soit au courant qu'on y a eu accès. Tiens, je te laisse te connecter.

Quel étrange comportement de la part de Mike ! Pourquoi est-il tout à coup si curieux ? Je le soupçonne d'être sacrément parano...

La lettre s'affiche à son écran.

— Voilà, on y est. Il y a 2 photos, sa lettre d'adieu originale, que j'ai ensuite traduite, mot par mot, afin de tenter de comprendre les raisons de son acte.

— Alors, jetons un coup d'œil à ta traduction :

« Adieu mes sœurs, adieu mes frères,

Singulièrement j'aimerais bien à travers ces mots,

En ce jour, vous écrire quelque chose d'autre

Cependant j'ai réalisé que je ne pouvais pas

Partir sur Mars, pardonnez-moi d'être une lâche,

Je n'aurai pas le courage de vous le dire en

Face, de peur de vous décevoir

Tout le monde comprendra à travers ces mots,

Que je vous aime... Adieu, pardonnez-moi pour tout.

Veli. »

Mike envoie sa balle contre le mur, et se met à réfléchir. Que va-t-il encore me sortir ?

— Qu'en penses-tu, Claire ?

— Pas grand-chose, ma foi.

— Je suppose que tu n'as jamais écrit de lettre d'adieu.

— Tu supposes bien.

Un bref instant, il réaffiche la version en espagnol, puis revient sur la version française.

— Quelque chose ne tourne pas rond dans cette lettre. La manière avec laquelle elle est rédigée, et certains mots plus que d'autres.

— Quelle est ta théorie ?

— Que faut-il comprendre lorsqu'elle écrit : « Tout le monde comprendra à travers ces mots, que je vous aime » ?

— Qu'elle aime tous celles et ceux pour qui elle écrit cette lettre.

— C'est une manière de voir les choses, mais supposons qu'il s'agisse d'un code ? Pourquoi n'a-t-elle pas juste dit « sachez que je vous aime », au lieu de « comprendra à travers ces mots » ?

— Une manière de nous faire passer un message entre les lignes, peut-être ?

— Quelque chose comme ça oui, qui expliquerait les vraies raisons du suicide.

Linn est en train d'ausculter Pedro comme chaque jour à la même heure, ce qui semble visiblement arranger Mike.

— Et si Velia ne s'était pas suicidée ? Et que genre « on » l'aurait suicidée.

— Pourquoi aurait-on fait ça ?

— Pourquoi se débarrasse-t-on des gens ? me demande Mike d'un air malicieux.

— Mmmm, lorsqu'on ne les aime pas ?

— Mais encore ?

— Lorsque... Je ne sais pas. Où veux-tu en venir ?

— Tu te souviens comment est morte Marilyn Monroe ?

— Elle s'est suicidée, oui.

— C'est une théorie. Maintenant, que penses-tu de « on a fait croire qu'elle s'était suicidée, car elle savait des choses, comme une relation interdite avec JFK » ?

— Tu fais partie de ceux qui sont persuadés qu'on nous ment, et que la théorie du complot est omniprésente ?

— Pour certaines choses, oui. Pour en revenir à Velia, que penses-tu du fait qu'elle savait des choses, mais que « quelqu'un » n'a pas voulu qu'elle les divulgue, et que du coup « on » s'est débarrassé d'elle en la faisant se suicider ?

— Qu'est-ce qui te pousse à croire ça ?

Il m'envoie de nouveau la balle, tout en se saisissant d'une tablette et d'un stylet.

— Tu n'as pas fait d'espagnol pendant ta formation ?

— Relativement peu.

— Ce qui n'est pas mon cas. Un colocataire à l'université était mexicain, ce qui m'a permis de renforcer mes compétences en Espagnol et d'apprendre à cuisiner des tapas. Tu peux réafficher la lettre originale, en espagnol ?

— Oui, la voilà.

« Adiós a mis hermanas, adiós a mis hermanos

Singularmente me lo gustaria, a través estas palabras

En este dia escribe algo más

Sin embargo, me di cuenta de que no podía

Irme a Marte, perdóname por ser un cobarde,

No tendria el coraje de decirtelo cara

A cara, por miedo a decepcionarte

Todos entenderán a través de estas palabras

Os quiero... adiós, perdóname por todo

Veli. »

— Ok. Tu crois au hasard ? reprend Mike.

— Pas vraiment.

— Alors on va faire un jeu. Comme ça, pour voir. On va prendre la première des lettres de chaque ligne. Tu me les donnes ?

— A, S, E, S...

— Attends, pas si vite.

— I, N, A

— OK.

— T, et O.

— Ce qui nous donne, je te laisse lire :

Mike me montre sa tablette avec toutes les lettres mises bout à bout, et stupeur ! Le hasard n'y est certainement pas pour grand-chose.

— ASESINATO. Mais non...

— Et si. ASESINATO veut bel et bien dire MEURTRE en Espagnol.

— Mais qui ? Et pourquoi ?

— Ça, c'est une bonne question à laquelle malheureusement je n'ai pas de réponse. Dis-toi juste que ce n'est peut-être pas par hasard si aujourd'hui tu te trouves à la place de Velia. Ah, et une dernière chose : évite de parler de cette histoire, ça sera notre petit secret.

— Tu n'as pas confiance en Linn et Pedro ?

— Je ne sais pas. J'ai l'impression que quelque chose se trame, mais te dire quoi…

— Bien, je tâcherai de m'en souvenir.

Chapitre 28. Soixante et onze jours avant le jour J

03/07/2023

Salle de conférence de presse de Mars Alpha Corp.

Les flashs crépitèrent lorsque Lars monta sur l'estrade, seul. Quelle était donc la raison qui nécessitait l'organisation d'une conférence de presse express ?

— Mes chers amis, je vous ai réunis en toute urgence afin de vous annoncer une grave nouvelle.

Son discours était ponctué de longs silences, qui auraient rendu fou le plus patient des journalistes.

— Comme vous vous en doutez, décider de faire un voyage sans retour vers Mars n'est pas chose facile. Il faut quitter un monde qu'on ne retrouvera jamais, dire adieu à des proches, faire tout un tas de choses une dernière fois, le mot sacrifice fait alors partie du quotidien. Le combat pour faire partie des colons a fait rage ces dernières années, et je vous ai annoncé il y a quelques jours la liste des heureux élus. Si je vous ai réunis ici ce soir, c'est parce qu'il y a eu un changement dans cette liste.

Qui pouvait avoir quitté le groupe des quatre, comme il avait été surnommé ? Pouvait-il y avoir un rapport avec ce tweet mystérieux « Adieu », posté quelques heures plus tôt par l'un de ses membres ?

— C'est avec la plus grande peine que je me dois de vous annoncer le décès de Velia Estafada la nuit dernière.

Stupeur dans la salle, et multiplication des flashs, alors qu'un portrait de Velia apparut sur l'écran derrière lui. Lars sortit la lettre de testament de sa poche, qu'il déplia. Après l'avoir brièvement parcourue une nouvelle fois, il reprit :

— Dans cette lettre d'adieu, qu'elle adresse au monde entier, elle écrit s'excuser de ne pas avoir la force d'aller au bout, et prie tous ses plus fervents supporters et admirateurs de ne pas lui en vouloir. Je vous cite la traduction de sa dernière phrase, rédigée dans sa langue natale : « J'ai réalisé que je ne pouvais pas partir sur Mars, et que, pardonnez-moi d'être une lâche, je n'aurais pas le courage de vous le dire en face, de peur de vous décevoir. »

Les flashs ne cessèrent de crépiter, afin d'obtenir la meilleure photo d'un Lars qu'il était si rare de voir abattu. La voix enrouée, il continua.

— J'ai très tôt repéré Velia dans ce projet, elle avait l'âme et le charisme pour aller jusqu'au bout... Je ne comprends pas sa décision. Nous marquerons une journée de pause dans la diffusion de nos programmes, afin de laisser place au recueillement.

Les chuchotements commencèrent à résonner dans la salle de conférence de presse, sans que Lars y prête attention.

— Cependant, comme vous le savez, nous n'avons pas une grande marge de manœuvre si nous voulons que le lancement de Mars Alpha se fasse le jour prévu. Voilà la raison pour laquelle dans les projets de lancements spatiaux, les doublures sont toujours précieuses. Souvenez-vous d'Apollo 13 et de Jack Swigert qui remplaça Ken Mattingly trois jours avant le lancement, en raison d'une banale rubéole. Nous espérons bien sûr que Mars Alpha aura plus de chance que ce vol malchanceux. Ma première réaction après avoir appris ce décès a été d'appeler sa doublure, pour lui apprendre la nouvelle, et lui demander si au vu des circonstances, elle était toujours prête à la remplacer. Et croyez-moi, je la trouve incroyablement courageuse d'avoir accepté ce lourd challenge. Claire Keznic est maintenant le quatrième membre de l'équipe de Mars Alpha.

Claire apparut, le visage fermé, mitraillée par les flashs, et s'assit à côté de Lars. Contrairement à son voisin, elle n'était manifestement pas très à l'aise dans ce genre d'exercice.

— J'imagine que vous devez avoir une tonne de questions à lui poser. Je vous écoute. Oui, vous ?

— Claire, comment avez-vous réagi lorsque Lars vous a annoncé la nouvelle ?

— J'ai bien évidemment été bouleversée d'apprendre la mort de Velia. Je ne l'avais pas trop côtoyée, mais elle avait tout en elle pour participer à ce vol. Si elle avait simplement été malade, je pense que cela aurait été plus simple pour moi d'accepter la chose. Après, j'étais sa doublure, cela faisait partie de mon rôle que d'être prête à faire face à ce genre de choses.

— Une autre question, oui ? reprit Lars.

— Claire, vous n'avez pas suivi la préparation avec les trois autres membres de l'équipe, pensez-vous que vous serez prête à temps ?

— Je ne le pense pas, j'en suis sûre. Il le faudra de toute façon. Nous avons suivi une préparation similaire niveau technique, mais « entre doublures », afin d'être au point pour le lancement de Mars Beta. Mais j'ai une totale confiance en l'équipe que je vais intégrer. Ils m'ont tous déjà contactée pour me soutenir dans ce douloureux passage de flambeau.

Les journalistes se bousculaient pour prendre la parole de manière totalement archaïque et désordonnée.

— Claire, comment ont réagi vos proches lorsque vous leur avez annoncé la nouvelle ?

— Je n'ai plus de famille ni d'amis proches. Cela sera donc plus facile pour moi lorsqu'il sera l'heure de quitter la Terre.

— Claire, qu'est-ce qui sera selon vous le plus dur, pour remplacer Velia ?

— Son charisme indéniablement, et sa beauté. Contrairement à elle, je n'ai jamais arpenté les podiums de mannequins, j'étais trop grande. Et, enfin vous savez, elle avait plus de charme que moi. Si si, je vous assure ! Cependant, même si je n'ai pas été la finaliste pour cette mission, j'espère que les gens comprendront que les règles sont ce qu'elles sont. Je ne veux pas être une nouvelle Velia, je n'arriverai pas à la remplacer. Non, je veux me contenter d'être moi, tout en essayant de faire de mon mieux, et bien plus encore, afin que le projet Mars Alpha se solde par une réussite, et que là où elle est, Velia me regarde, et soit fière de moi.

Une larme roula sur sa joue. Face à ce moment d'émotion, Lars estima qu'il était temps de mettre fin à cette courte conférence de presse.

— Messieurs, mesdames les journalistes, je vous remercie pour votre présence. Il est temps pour nous de nous remettre au travail.

Une fois dans les coulisses, à l'abri de la presse, Lars serra Claire fort dans ses bras, qui éclata en sanglots. Contrairement à

Velia, la Française avait une tête de plus que Lars, ce qui rendait la scène d'autant plus émouvante. Il lui caressa les cheveux et la félicita doucement :

— Bravo, championne. Tu as assuré, tu vas assurer, j'en suis sûr.

Chapitre 29. J+222

14/04/2024

— Happy birthday to you, happy birthday to you, happy birthday to you, Claire !

J'oubliais : j'ai 34 ans aujourd'hui.

Je voulais faire en sorte que ça ne se sache pas... Mais l'équipe terrestre nous a fait une belle vidéo pour fêter l'événement, avec des photos de moi toute petite. Et que dire de tous mes *followers* sur mon *Twitter*. C'est vrai que quelque part, je fais partie des people avec ce voyage, je crois que je ne m'y ferai jamais.

— Merci, les amis, mais il ne fallait pas !

Mike, armé d'une webcam, *restreame* en direct la sortie de mon duvet sous le regard de millions de *followers*. Pas coiffée, à moitié somnolente, encore étonnée par cette improbable surprise dès le réveil.

— Et voici la reine du jour, Claire ! Alors, quel effet cela te fait d'avoir 34 ans ? m'interroge Linn.

— Je me dis que c'est un bon âge pour fouler la planète rouge, non ?

Je sors en flottant de mon duvet. Certes, je suis en petite culotte et en T-shirt, mais ce n'est pas comme si les gens me découvraient pour la première fois dans cette tenue. Linn prend la webcam des mains de Mike et continue le teasing :

— Et nous avons un cadeau et une surprise pour toi. Tu es prête ?

— Mais il ne fallait pas, les amis.

— Oh, l'un des deux n'a pas été très difficile à fabriquer. L'autre plus, continue Pedro.

— TADAM !

Mike me présente un petit muffin au chocolat avec une petite bougie. À défaut d'une petite flamme, le feu étant hautement interdit dans le vaisseau, un petit bout d'aluminium est attaché par un petit fil. Quelle merveilleuse surprise !

— Wouah, merci ! Un muffin au chocolat. Mon préféré. Il ne fallait pas. Mais, je croyais que nous n'avions plus de chocolat en réserve !

— J'en ai retrouvé, sourit Linn malicieusement. Il restait deux plaquettes. Par contre, ça n'a pas été simple à cuisiner. J'espère qu'il sera bon.

— J'en suis sûr. Merci beaucoup en tout cas.

Je commence bien évidemment à pleurer devant tant d'attentions de leur part, mes larmes devenant, miracle de l'apesanteur oblige, des poches d'eau sous mes yeux, ce qui fait bien évidemment rire tout le monde.

— Allez, tournée de bisous pour l'occasion !

— Et encore, tu n'as pas découvert ta deuxième surprise, reprend Mike en me serrant contre lui, ce qui va sans doute t'achever d'un point de vue émotionnel.

— Vraiment ?

— Et tout le monde va le découvrir avec toi. Viens avec nous à l'écran de pilotage.

Curieuse, j'y flotte, suivie par mes trois coéquipiers.

La surprise est là, sous mes yeux : une grosse bille rouge est visible sur les quatre écrans principaux des caméras frontales du vaisseau. Le hasard du calendrier a fait que j'ai eu pour mon anniversaire un incroyable cadeau : ON VOIT ENFIN LA PLANÈTE MARS À L'ŒIL NU !

Combien de fois ai-je pu l'observer dans le ciel étoilé lorsque j'étais sur Terre ! À l'époque, ce n'était guère plus qu'une étoile brillante un peu plus rougeâtre que les autres, mais là, elle ne brille plus comme une étoile, elle apparaît dans toute sa splendeur. Une chose est sûre, on est sur la bonne route (si j'ose m'exprimer ainsi), et surtout l'arrivée est proche !

— Wouah... Quel incroyable hasard pour mon anniversaire !

— Oh, tu sais pour le coup, on n'y est pour rien, hein. À la base, il ne devait y avoir que le muffin qu'on a préparé un peu avant ton réveil. Il était prévu de la voir apparaître dans les prochains jours, mais en jetant un coup d'œil ce matin, on a vu qu'elle était là, et je me suis dit que ça te ferait plaisir de découvrir ça pour ton anniversaire, avec le reste de la Terre, en direct.

— C'est le plus beau cadeau qu'on m'ait jamais fait. J'espère qu'à vous aussi ça vous plaît, les Terriens ! Gros bisous et encore merci pour toutes vos attentions ! À très vite.

Fin de la retransmission.

La photo de cette petite bille sur mon Twitter a généré un record au niveau des Retweets ! Il est vrai qu'on approche du jour J. À peine une semaine maintenant.

ENFIN JE VAIS POUVOIR REVIVRE ! Voir autre chose que ces quelques mètres cubes, marcher, courir, prendre une vraie douche, dormir allongée, manger un repas un peu plus diversifié… Les premières cultures martiennes ont l'air de bien pousser à en croire les retransmissions vidéo dans la gigantesque bio serre 1 et 2. Les robots qui bossent sur place depuis plusieurs années en plus d'être d'incroyables bâtisseurs ont une sacrée main verte. On va se régaler avec des légumes bien frais ! J'en ai déjà l'eau à la bouche.

Ce matin, après un briefing vidéo pour le coup assez ennuyeux (du fait du temps de latence qui est aux alentours de cinq minutes maintenant) avec la Terre, Pedro a effectué avec Mike et l'assistance d'Andromac, l'ordinateur de bord, une des manœuvres les plus délicates du parcours, à savoir le retournement de Dragon 3 et l'activation des rétrofusées. Il faudra six jours et les deux tiers de notre carburant pour passer de plus de 25 000 km/h à un peu moins de 1000 km/h.

L'ultime descente débutera alors, avec son pourcentage de risque auquel je préfère ne pas trop cogiter pour l'instant. Pensons au moment présent et à cet excellent muffin !

J'étais d'ailleurs persuadée qu'il ne restait plus de plaquettes de chocolat… Est-ce que j'aurais fait une erreur lors du dernier décompte des vivres restants de la semaine dernière ?

Chapitre 30. Sept jours avant le jour J

05/09/2023

Après trente-deux minutes de concentration, une voix métallique retentit dans le cockpit du simulateur Dragon 3 :

— Simulation terminée.

Chacun retira son casque, en poussant des soupirs de soulagement après cette journée de concentration, consacrée à répéter encore et toujours les mêmes gestes, ceux qui auront lieu grandeur nature une semaine plus tard sous les yeux de milliards de spectateurs : le décollage de l'équipe de Mars Alpha vers la planète rouge.

Quelques techniciens s'introduisirent dans le vaisseau pour aider les quatre finalistes du projet à se détacher de leur siège.

— Pas fâchée que ça se termine ! entama Mike.

— Tu m'étonnes, reprit Claire.

Une bouteille de champagne dans une main, 5 flûtes dans l'autre, Lars se dirigea vers eux pour célébrer la fin des sessions de répétitions du décollage, dont certains extraits serviraient à créer une bande-annonce pour le grand jour.

— Félicitations les champions ! Je vous propose de fêter dignement cette dernière journée d'entraînement avant une journée de repos bien méritée.

Le badge caméra de Lars, rarement activé, permettait pour les possesseurs du forfait « *ultimate* » de Mars Alpha TV d'être au cœur de ce moment festif. Après avoir rempli les coupes de chacun, il leva son verre :

— À Mars Alpha !

— À Mars Alpha, répondirent en chœur les 4 finalistes, ravis de profiter d'un rare moment de décompression.

— Alors pour rappel voilà le programme des prochains jours : demain, journée de repos, je pense que vous l'avez tous bien mérité ! Après demain il y aura encore 2 journées d'entraînement consacrées cette fois-ci à l'amarsissage du vaisseau. Puis ce sera l'heure du jour des familles, où vous pourrez partager un dernier moment avec vos proches, avant cette grande aventure. Je verrai pour qu'on ne vous embête pas trop ce jour-là avec les caméras. Après quoi ce sera la dernière ligne droite avant le départ et l'isolation médicale de 48 h pour éviter tout risque de contamination avant le jour J. Vous avez hâte j'espère ?

— Oh yeah, répondit Mike. On va être les premiers à marcher sur Mars ! Pour Lars, hip hip hip...

— HOURRA !

L'équipe et les techniciens commençant à se disperser pour aller se restaurer, Edward, resté en retrait, se dirigea vers Lars, et après lui avoir éteint son badge caméra, et l'informa d'un changement potentiel de programme :

— Lars, il va sans doute falloir refaire des prises du décollage.

— Comment ça ?

Edward soupira, fatigué d'être l'éternel porteur des mauvaises nouvelles :

— Claire n'a pas suivi les consignes qui lui avaient été données ce matin, à savoir qu'elle s'est maquillée aujourd'hui. On s'en est rendu compte qu'à la dernière prise de la journée.

— Et ?

— Il n'est pas prévu qu'il y ait de démaquillant sur Dragon 3, et le jour J, il n'est donc pas prévu qu'elle soit maquillée…

Lars s'alluma une cigarette, et souffla nerveusement la fumée par le nez :

— Ça se voit tant que ça ?

— Si on zoome suffisamment sur son visage, oui. Si on ne fait pas attention à ce détail, ça peut passer inaperçu.

— Je n'ai pas envie de leur imposer une énième séance de décollage. Ils sont crevés, et je veux qu'ils soient en forme pour le jour J. On a qu'à se dire que personne ne le verra, et que tout ira bien.

— Tu es sûr ? Sans quoi je peux demander à mon équipe de…

— Ne t'inquiète pas, Edward, tout ira bien.

Le dernier technicien sur place, celui qui avait remarqué cet infime détail sur Claire, vérifia une dernière fois que le simulateur avait correctement été mis hors tension. Après avoir éteint les lumières de la salle de simulation, il rejoignit ses collègues autour de la soirée « raclette » organisée par Lars.

Chapitre 31. J+228

20/04/2024

« Ici Mars Alpha. H-3 avant la descente. Que Dieu nous protège ».

— Bon courage, Claire, la France vous regarde.

— Merci, monsieur le président.

Wouah, si on m'avait dit qu'un jour le président de la République française s'entretiendrait avec moi, je n'y aurais pas cru.

Pas plus si on m'avait prédit qu'un jour je serais sur le point de fouler la planète Mars.

Et pourtant, ça y est.

On y est.

Toutes ces années d'entraînement, de combats, de voyeurisme et d'exhibition pour arriver jusqu'à cette dernière difficulté avant d'être enfin les premiers humains à fouler la planète rouge.

Ce soir, à 22 h 12, commencera la dernière partie de notre voyage, l'entrée dans l'atmosphère martienne.

On sait que ça va secouer. Oh, trois fois rien, l'équivalent du programme d'essorage dans un lave-linge.

Les détails de Mars s'offrent devant nous, heure après heure.

Il y a quelques instants, Dragon 3 s'est bien retourné, présentant ainsi le bouclier thermique à l'atmosphère martienne. Une étape cruciale est franchie.

Plus que trois heures. Je suis tellement excitée et aussi terriblement stressée que tout ne se passe pas comme prévu...

— Claire, tu viens ? On t'attend pour le dernier briefing avant la descente.

— J'arrive, Linn.

— Pas trop stressée, Claire ? me demande Mike.

— Juste assez.

Stressée ? Pourquoi ?

Il y a 3 étapes pour que tout se passe bien.

Première étape : trois méga parachutes doivent nous ralentir de cinq à dix pour cent de notre vitesse initiale.

Deuxième étape : l'ultime rétro impulsion, qui devra durer une vingtaine de secondes, et qui consommera les dix pour cent restants de notre carburant, devrait stabiliser notre vitesse.

Si jamais les deux premières étapes ne se déroulent pas convenablement, il faudra espérer que la dernière étape, consistant à éjecter nos sièges afin de finir la descente dans des parachutes individuels, fonctionne. Auquel cas, les robots au sol viendront nous récupérer, étant donné qu'il y a de fortes probabilités que nos corps lâchent au bout de la troisième ou quatrième minute sur les sept minutes de descente. Dire qu'on sera dans les vapes pour assister à ce grand moment... Peut-être est-ce mieux, au final.

— Tu as refait tes calculs, Mike ?

— Oui.

— Et ?

— Tu ne veux pas savoir.

Je doute que la Terre ait pu laisser une erreur dans ce genre, nous laisser foncer tête baissée vers Mars, tout en sachant qu'on n'aura pas assez de carburant pour ralentir. Non, il doit forcément se tromper.

Je le souhaite, sinon on va tous mourir.

— OK. Alors pour rappel, dans un petit quart d'heure, nous passerons en direct pour un dernier message sur Terre avant l'amarsissage. Comme d'habitude, joie, entrain, et putain on va être les premiers à marcher sur Mars. Pour Mars Alpha, hip hip hip...

— HOURRA !

Pedro aura encadré avec perfection le groupe durant ces sept derniers mois, et ce malgré quelques petites tensions avec Mike, que Linn et moi avons su déceler et calmer à temps. Espérons qu'il sera aussi bon pilote que chef pour l'amarsissage.

— Après ce dernier passage en direct, chacun devra se mettre à son poste après avoir revêtu sa combinaison, et nous commencerons à enclencher la procédure de descente.

Le monde entier aura le regard braqué sur nous.

Dans toutes les capitales, des rétroprojecteurs diffuseront avec quelques minutes de latence des images en provenance du poste de pilotage de Dragon 3.

Les caméras sur Mars, installées les années passées par les équipes de Lars, regarderont le ciel afin de filmer notre arrivée.

La seconde de pub devrait être autour du million, m'a confié Mike : de quoi enchanter les investisseurs chaque jour plus nombreux du projet.

— Direct dans dix secondes.

Allez Claire, souris, tu es contente. Tu es ravie. Tu n'es pas morte de peur.

Et tout va bien se passer.

Courage.

Chapitre 32. H-5 minutes

12/09/2023

Cockpit de Mars Alpha

« T – 5 minutes : Mise en route des générateurs de puissance auxiliaires »

— Mise en route des générateurs de puissance auxiliaires *checked*, valida Mike.

Cette fois-ci, tout était vrai. Le monde entier avait les yeux rivés sur sa tablette, son écran de smartphone ou sa télé pour suivre en direct ce décollage, cette incroyable journée où l'être humain avait su accomplir assez de prouesses techniques pour réussir à envoyer des colons sur Mars.

« T – 4 minutes 30 secondes : Amorçage des moteurs des propulseurs SRB et activation des dispositifs de sécurité »

— Amorçage des moteurs des propulseurs SRB et activation des dispositifs de sécurité *checked*, confirma Claire d'une voix sereine.

202 586 participants espéraient y arriver et seulement quatre personnes étaient sur le point de décoller. Le direct permettait de voir l'intérieur du cockpit, ainsi qu'à l'intérieur du casque des quatre finalistes de cet incroyable projet qu'était Mars Alpha.

« T – 3 minutes 55 secondes : ventilation des circuits d'oxygène liquide »

— Ventilation des circuits d'oxygène liquide *checked*, valida Linn.

— Mise en configuration de vol des surfaces mobiles de la navette effectif, annonça Pedro en appuyant avec une incroyable dextérité sur trois boutons.

Lars contemplait la scène sur les écrans de la salle de contrôle où une petite vingtaine de techniciens s'affairaient dans une ambiance aussi studieuse que pesante. Il tenait une bouteille de champagne, prête à être débouchée. Dans une poche de son T-shirt, toujours floqué d'un énorme Mars Alpha rouge sur fond noir, se trouvait un cigare, prêt lui aussi à être consommé. S'il semblait détendu, son fidèle bras droit Edward était stressé et faisait les cent pas à côté de lui, avec un énorme casque audio vissé sur les oreilles. Il ne cessait de donner des consignes avec son micro.

« T – 2 minutes 55 secondes : mise sous pression du réservoir d'oxygène liquide »

— Mise sous pression du réservoir d'oxygène liquide *checked*, annonça Mike.

À deux kilomètres du point de lancement, un énorme stand où seules les familles pouvaient admirer le départ de cette incroyable aventure. Derniers instants sur Terre. Nouvelle vie imminente. Il avait fallu tant de sacrifices pour en arriver là.

« T – 2 minutes 50 secondes : début du retrait du bras de remplissage d'oxygène liquide »

Le bras de remplissage d'oxygène se détacha violemment de la fusée et chuta dans la fumée de l'oxygène liquide, en permanence refroidie pour ne pas imploser. Sur la fusée, il était impossible de manquer un énorme Mars ALPHA inscrit en rouge, accompagné des quelques sponsors qui avaient été les plus généreux dans ce projet.

Un seul lancement était possible, et il se devait d'être parfait. Il l'avait été 99,87 % des fois durant la simulation. 0.13 % de crash. 0.13 % c'est infime, et paradoxalement énorme lorsque la vie de quatre personnes est en jeu. C'était le prix de la gloire. Sans risque, pas d'aventure. Sans mort, pas d'audience.

« T – 1 minute 57 secondes : mise sous pression du réservoir d'hydrogène liquide »

— Mise sous pression du réservoir d'hydrogène liquide *checked*, continua Claire en appuyant sur un bouton bleu clignotant.

— Rappelez-vous tout ce que vous avez fait pour en arriver là. Et profitez de ce moment, car il sera unique dans votre vie. Il l'est déjà, souffla Pedro, toujours très concentré, les yeux vissés sur le décompte.

Dans le cockpit, Mike donna la main à Claire, qui commençait à se liquéfier de stress. Pedro était toujours aussi tranquille. Linn reposa le classeur vert contenant le check-up des annonces du décollage. Aucun journaliste n'était autorisé à commenter le direct pour des questions de droit, et donc de revenus. Lars souhaitait tout contrôler, lancement compris. Et ce que Lars voulait, Edward l'obtenait.

« T – 1 minute : mise hors tension des réchauffeurs des joints des propulseurs »

Mike appuya avec conviction sur un énorme bouton rouge clignotant.

— Réchauffeurs des joints des propulseurs hors tension.

Il avait fallu des trésors de recherches scientifiques pour répondre aux multiples questions vitales qu'il était nécessaire d'avoir en tête pour un voyage spatial jusqu'à Mars : les radiations solaires omniprésentes, la gestion de l'apesanteur sur la durée et l'impact sur le corps humain, le poids du carburant, mais aussi des éléments vitaux tels que l'eau, la bonne régénération de l'oxygène, et également le poids des vivres, du matériel de survie durant les sept mois de voyage, sans parler de la gestion de l'amarsissage, véritable point d'orgue de cette expédition, avant d'envisager avec sérénité la vie et non la survie sur la planète rouge.

En direct sur Mars Alpha TV et sur tous les réseaux sociaux, peu importait ce qu'il en coûterait et comment ça se terminerait, car : « Bad buzz is still buzz ».

« T – 50 secondes : mise sous tension autonome de l'orbiteur »

— Orbiteur sous tension autonome *checked*, valida Claire en appuyant sur une séquence de boutons sur sa gauche.

Il avait aussi fallu du sang, beaucoup de sang pour que ce projet voie le jour. Trop selon les contestataires, Edward et Velia, pas assez selon Lars, mais juste assez selon l'audimat, plus important chaque jour.

« T –31 secondes : mise en route de la séquence automatique »

Les secondes défilaient maintenant, accompagnées d'un bip dans le cockpit. Sur toutes les télés du monde, dans toutes les langues, on assistait au décompte. Les visages tendus chez les uns semblaient festifs chez les autres. Le père de Linn serra sa femme dans ses bras, sur le point de défaillir d'émotion.

L'équipe des Rangers de NY, portant tous le maillot avec le nom de Mike, faisaient le show en énumérant le décompte avec le reste de Manhattan, réuni pour l'occasion sur Times Square.

Le monde entier avait maintenant les yeux braqués sur cette fusée, future colonisatrice de cette planète couleur rouge sang. Linn repensa à cette gifle qui l'avait fait connaître. Lars soupira en mettant sa main sur l'épaule d'Edward : « C'est maintenant que tout commence et que tout finit ». Claire, non maquillée, repensa au suicide de Velia qui lui avait permis d'être dans ce cockpit à sa place. Comment une femme si courageuse avait pu douter de la sorte à quelques semaines du lancement ? Enfin, Mike se demanda comment Joris avait pu décéder des coups qu'il lui avait assénés. Pedro, lui, ne pensait à rien, trop concentré à appuyer sur une suite de boutons dont lui seul connaissait l'ordre exact.

Mars Alpha TV focalisa maintenant sa rediffusion sur un plan serré de la fusée, dont l'allumage des moteurs était imminent.

« T – 6 secondes : allumage des trois moteurs de la navette et du moteur principal »

Les 3 moteurs de la fusée s'allumèrent.

La terre trembla. Dans les cœurs, la vie s'arrêta l'espace d'un instant, le temps se figea.

Doucement, mais sûrement, une fusée s'extrayait de la gravité terrestre sous les yeux voyeurs et experts d'heureux privilégiés qui sautaient de joie et s'enlaçaient de bonheur. Scène de liesse aux quatre coins du monde où des écrans géants avaient été installés pour retransmettre en direct ce grand moment. Dans la salle de contrôle, tout le monde se félicitait, pendant qu'Edward continuait à s'affairer et à donner des ordres dans son micro.

Sur les écrans, le décompte se poursuivait en direct, avec les premières images d'une fusée quittant avec difficulté et puissance l'attraction terrestre :

« T + 3 minutes : Mise en route des générateurs de puissance auxiliaires »

— Mise en route des générateurs de puissance auxiliaires *checked*, valida Mike, dont le visage, plus détendu, apparut à l'écran, après une coupure de deux secondes de la retransmission du direct.

Chapitre 33. Trois cent cinquante-huit jours après l'amarsissage.

13/04/2025

Il coupe le moteur de son véhicule autonome.

Les souvenirs remontent au fur et à mesure qu'il redécouvre ce lieu dans lequel, des mois durant, il a vécu cet incroyable projet, jusqu'à sa terrible fin. Tôt ou tard, cela tournerait au vinaigre, il le savait, il lui avait prédit, en vain.

Que s'était-il passé après son départ ? Il n'en avait aucune idée. C'était la raison même qui l'avait d'ailleurs poussé à revenir.

Peut-être qu'un retour à la base lui permettrait d'avoir des réponses à ses questions.

Il pose un pied en dehors de sa voiture, mais hésite. Il contemple un des miradors, déserté.

C'était ses gars qui s'occupaient de tout, ceux qu'il avait formés, et qui s'étaient tous réunis derrière lui pour mener à bien ce projet fou.

Qu'étaient-ils tous devenus…

Il finit par sortir de son véhicule et, après avoir scruté les environs, se dirige avec hésitation vers la porte d'entrée.

La colère l'avait poussé à réagir de la sorte, celle qu'il avait trop longtemps dû contenir au plus profond de lui-même, mais il ne pouvait pas accepter ce qui lui était proposé, c'en était juste hors de question.

Et pourtant, avec le temps, il s'était calmé et avait voulu renouer contact, mais ses coups de fil étaient restés sans réponse. L'ignorance est le pire des mépris.

Il descend les quelques escaliers permettant d'accéder à l'entrée principale de la base. Sereinement, il scanne son index sur le dispositif de sécurité qui se met à clignoter.

La base sembla sortir d'une profonde léthargie, et des vibrations se firent ressentir. Il reconnaît le bruit léger, mais régulier de la ventilation, que son action vient de sortir du mode veille.

Le système de sécurité, étroitement lié au système informatique du centre doit lui aussi redémarrer, ceci expliquant le clignotement particulièrement long du dispositif de sécurité permettant d'ouvrir la porte.

— Pour quelle raison la base s'est-elle mise en mode veille ? Il faut en général plus d'un mois sans aucune détection d'activité pour que cela se produise. L'auraient-ils déserté ?

Après quelques instants, le boîtier de sécurité cesse de clignoter sans que la porte soit déverrouillée.

Il scanne de nouveau son index, avant de voir cette fois-ci un voyant rouge apparaître immédiatement sur le boîtier, ponctué du message « *Access Denied* ».

— Mais non, vous m'avez interdit l'accès ! Bande de fils de putes...

Il retourne à son véhicule, non sans avoir ragé intérieurement de s'être rendu compte que son accès au centre avait été désactivé, bien loin de s'imaginer qu'en sortant cette base de sa torpeur, il venait de rouvrir la « boîte de Pandore ».

Chapitre 34. Nouveau dossier

14/04/2025

On ne va pas se mentir, l'horreur est mon quotidien.

C'est incroyable de voir le nombre d'homicides et de disparitions quotidiennes « inexpliquées ». Mon job consiste à savoir si un coupable a tué par amour, par dépit ou par folie, ou si le suicide en est vraiment un : je suis un détective privé.

Je n'aime pas les lundis. Je n'ai jamais aimé les lundis.

Sans doute parce qu'ils annoncent le début d'une longue semaine de travail, semaine durant laquelle l'adrénaline de la résolution d'une enquête fera souvent face à l'horreur et l'atrocité du genre humain : l'art de faire souffrir ou de tuer son prochain n'a de limite que l'imagination des hommes.

Je ne suis pas devenu détective, je suis né pour l'être. Il faut avoir une vraie vocation pour ce métier, sans quoi on n'y survit pas bien longtemps.

Tous les matins, j'enfourche mon vélo pour aller travailler, traversant pont après pont les canaux de la Venise du Nord, j'ai nommé : Amsterdam.

J'adore cette ville.

Mais malgré tout ça, je n'aime pas les lundis. Je n'aime définitivement pas les lundis.

Tous les jours, je passe dans le quartier rouge, devant ces touristes s'abreuvant du voyeurisme de ces pauvres femmes qui s'exhibent pour payer leur loyer, peut-être pour pouvoir nourrir leurs enfants. À force de passer devant ces vitrines, j'ai presque fini par reconnaître chacune de ces prostituées.

Ah, si seulement j'avais une petite femme avec qui partager ma vie. Peut-être que cela me donnerait du baume au cœur, qui sait. Peut-être pas… Je n'ai pas vraiment de problèmes avec les femmes, c'est plus une question de temps, oui, c'est ça : je n'ai pas le « temps » de faire des rencontres. Mon métier, que j'adore pourtant, m'en prend trop. Mais est-ce que je me noie dedans, pour oublier que je n'ai pas de petite amie ?

Le rayon de soleil du matin, dans nos bureaux bien sombres situés à quelques pâtés de maisons du Quartier Rouge, c'est notre belle factrice : Audrey.

Le courrier se fait bien évidemment de plus en plus rare, mais pas son sourire.

Malheureusement, il n'y a rien pour moi aujourd'hui ni pour François, mon collègue à lunettes spécialisé dans les homicides infanticides.

Ce matin, c'est Fabrice, le grand et maigre Fabrice qui aura droit à un beau paquet du laboratoire d'analyses : le cerveau de sa « victime » attestera bien un début de démence : une affaire classée de plus, son suicide en est bien un, suite à une crise de folie a priori. Une chance qu'il ne se soit pas tiré une balle dans la tête, car on n'a pas encore de spécialistes en puzzle.

Rémi, lui, n'a même pas fait attention à la présence de la « factrice » dans nos locaux, trop absorbé à fouiller le *dark we*b, à la recherche d'une récente vente de grenade, cherchant en vain un moyen de résoudre une enquête datant de plus de 3 mois maintenant.

La voilà, tentons une approche discrète :

— Rien pour moi aujourd'hui Audrey ?

— Eh non ! Mais peut-être demain… Vous attendez quelque chose en particulier ?

— Oui, que vous m'invitiez à déjeuner.

— Ah ah ! Sacré Stephen. Qui sait, peut-être recevrez-vous une invitation dans un prochain courrier, ou pas ? Bonne journée Stephen.

Un jour, je lui dirai que je l'aime.

— Salut Rémi.

— Yo.

Je soupçonne mon Rémi de ne pas être rentré chez lui ce week-end. Niveau « accro au job », il me bat à plates coutures. Sauf que lui, son job, c'est la seule passion qui lui reste, depuis que sa nana l'a quitté. Du peu qu'il m'en avait raconté, ils s'étaient rencontrés sur un MMORPG, un jeu vidéo massivement en ligne. Étant un amoureux des livres, je dois bien admettre être bien loin de tout ça, les ordinateurs, le concept d'être connecté en permanence, la télé, ce n'est vraiment pas trop mon truc.

— Ah tiens, au fait, le boss t'a envoyé un mail, et vu que tu dois être le dernier Terrien au monde à ne pas avoir de smartphone avec le push d'activé, et donc à ne pas être déjà au courant, je t'annonce que tu as un rendez-vous à 10 h. Mais va prendre un café d'abord.

— Merci, c'était dans mes projets du moment, ça tombe bien.

Là, franchement, l'idée serait plus de sauter sur mon ordi et de dépiler mes mails avec un tel teasing. Un lundi de bon matin, je pense en effet qu'un bon café ne me fera pas de mal pour m'aider à me réveiller. « *Life begins after a coffee* [6] », c'est ma devise.

En plus, Fabrice a apporté des viennoiseries !

— Hey, salut Fabrice.

— Salut, Stephen, passé un bon week-end ?

— Écoute, ça va. Et toi ?

— Peu dormi, c'est ça d'avoir un nouveau-né. Tu ne sais pas ce que c'est, petit veinard. Peut-être qu'un jour tu auras cette chance.

Connard, va.

— Ah ! C'est le troisième, c'est ça ?

— Oui. Je me serais bien arrêté à deux, mais tu connais le dicton, ce que femme veut, Dieu le veut.

— Certes. Après tu sais, moi, je ne suis ni avec une femme ni croyant ! Alors ce sujet, ça me dépasse un peu.

— Parfois, reprend Fabrice, je pense à louer mes enfants à des gens qui auraient envie d'en avoir, mais qui ne peuvent pas, afin qu'ils voient à quel point il y a peut-être des petits moments de bonheur, mais il y a aussi beaucoup d'emmerdes.

— Hum, ce n'est pas dit que cela soit très légal. Cependant, il y a sans doute un créneau à prendre !

---

[6] En Français : « La vie commence après un café ».

— Oh, tu sais, moi et la légalité...

— C'est vrai que vu tout ce que tu télécharges illégalement, je suis surpris que tu ne te sois jamais fait choper. Ah et merci pour les viennoiseries, hein ! Pour le petit dernier du coup ?

— Mais, je t'en prie. Et pour toi, c'est gratuit en plus !

Fabrice est un grand plaisantin qui adore demander de l'argent pour tout et n'importe quoi, toujours sur le ton de l'humour. Enfin je crois...

— Et en quel honneur ?

— Eh bien, vu l'affaire sur laquelle tu vas devoir enquêter, je pense que tu mérites bien ça.

— Hein ? De quoi tu parles ?

— Ah, tu n'as pas dépilé tes mails on dirait... « J'oubliais ».

— Non, Rémi m'en a parlé, mais il m'a dit de me « caféiner » d'abord.

— Et il a eu raison.

— Bon, c'est quoi cette histoire ? Que contient-il ce mail ?

— Ah ah. De belles heures d'enquête en perspective en tout cas. Un bon conseil, ressers-toi un café avant d'ouvrir tes mails. Bonne journée !

Voilà.

Voilà les raisons pour lesquelles je n'aime pas les lundis.

Alors certes, tous les lundis ne sont pas comme celui-ci, mais là...

C'est partagé entre excitation et appréhension que j'ouvre ma messagerie.

Expéditeur : Gregor Smeets

Objet : RENDEZ-VOUS

```
Je t'ai planifié un rendez-vous à 10 h avec
Madame Von Bauer ce matin. Son mari a disparu
depuis quelques années, mais son corps n'a
jamais été retrouvé. Il lui aurait envoyé un
mail, hier, peu explicite. N'hésite pas à
demander à Rémi de t'aider, vu comme tu es au
fait des nouvelles technologies.

Bon courage.
```

Ça va, je m'attendais à pire.

— Mr Koekelberg ?

— Oui c'est moi, mais appelez-moi Stephen, je vous en prie. Installez-vous là.

Déjà 10 h, le temps passe beaucoup trop vite.

— Merci.

— Madame… Von Bauer c'est ça ?

— Oui, c'est bien ça.

— Souhaitez-vous que je vous apporte un petit café ?

— Non merci, vous êtes gentil.

— Alors, qu'est-ce qui vous amène ici en cette belle journée de printemps ?

Elle observe mon bureau, les yeux déjà embués, avant de se lancer.

— Voilà. En mai 2016, il y a un peu plus de neuf ans, mon mari, Hendrik Von Bauer a disparu. Il allait à rendez-vous professionnel, mais il a eu un accident de voiture, cette dernière est tombée du haut du pont Algerabrug dans le fleuve Yssel. On a retrouvé le véhicule quelques kilomètres plus loin, mais aucune trace du corps. On a supposé qu'il avait réussi à s'en sortir, mais qu'il avait sans doute fini par se noyer. Après quelques jours, la recherche a cessé, et mon mari a officiellement été porté disparu.

— Triste histoire.

— Jusqu'à ce qu'il reprenne contact avec moi, il y a quelques jours, par mail.

— Comment pouvez-vous être sûre qu'il s'agit de lui ?

— Au début, j'ai cru à une mauvaise blague, mais la manière avec laquelle il s'adresse à moi, ce surnom qu'il m'a toujours donné, prouve bien que c'est lui. J'ai fait une capture d'écran, la voilà.

Le contenu de son mail est des plus succincts : « Mon petit poulet rose je suis toujours en vie j'ai été enlevé la »

— Merci, je vais le récupérer sur mon poste. Dans quoi travaillait-il ?

— Il était programmeur en robotique. Un métier d'avenir à l'époque.

— Au moins, votre mari est encore en vie, c'est plutôt une bonne nouvelle. Ce message a-t-il été envoyé à partir de sa boîte e-mail habituelle ?

— Non. Celle-ci a été désactivée par mes soins une année après sa mort. Je m'étais fait une raison et avais fini par accepter qu'il ne soit plus parmi nous.

— Dans ce cas, avez-vous pu récupérer l'identifiant de l'adresse e-mail d'où ce message est parti ?

— Il apparaît ici, il s'agirait d'un dénommé : Demetrios.D.P.

— Bien noté. On va essayer d'en savoir plus. Êtes-vous allée voir la police à la réception de ce message ?

— Non. Je les ai un peu harcelés au moment des recherches de mon mari. J'étais agacée qu'ils ne trouvent rien et cessent si rapidement d'enquêter. J'ai même été retenue quelques jours en garde à vue pour cause de coups et blessures sur un agent de police. Le désespoir vous pousse parfois à faire des choses que vous regrettez par la suite. Cela ne vous dérange pas si je *vapote* ?

— Je vous en prie.

Moi qui veux arrêter de fumer, merci.

— Auriez-vous quelques informations supplémentaires à me donner, par exemple son smartphone ? Ainsi que l'adresse de ses précédents employeurs ?

— Il était indépendant, et ne travaillait avec des clients que sur commande. Il fabriquait les robots dans son atelier, et les livrait en temps et en heure. Regardez, c'était un véritable artiste.

Sur sa tablette, elle me montre quelques photos de ses plus belles œuvres dont certaines sont juste magnifiques.

— Vous pourrez également voir à quoi il ressemble sur ces photos. Pour le reste, à défaut d'avoir pu récupérer son smartphone, je vous ai apporté son ordinateur portable. J'ai essayé d'y accéder, mais il est protégé par un mot de passe. Aucun de ceux que j'avais en tête n'a fonctionné. Peut-être aurez-vous plus de chance que moi.

— Merci. Nous avons un spécialiste en informatique, pour qui les ordinateurs n'ont plus de secret. Eh bien, écoutez, je crois que j'ai toutes les informations pour pouvoir commencer mon enquête.

— N'hésitez pas à me contacter, s'il vous manque quoi que ce soit. Je vous ai marqué mon numéro sur les captures d'écran.

— Je vous remercie. Je vous laisse passer à l'accueil pour le règlement de nos honoraires ? Je vous souhaite une bonne journée.

— Merci. Bon courage Stephen.

— Merci bien. Accrochez-vous, je suis sûr qu'on va le retrouver, votre mari !

Chapitre 35. Sésame, ouvre-toi

— Rémi ? Je vais avoir besoin de ton aide.

— Tu connais le tarif.

— Café long, 2 sucres c'est ça ?

— Avec une touillette, merci.

Mon Rémi boit beaucoup trop de café, mais il reste une aide incroyablement précieuse dans nos enquêtes, lorsqu'il y a un rapport avec le numérique.

Café long, double sucre, avec une touillette, scan de mon empreinte digitale, compte débité.

— Et voilà, monsieur.

— En quoi puis-je t'être utile, l'ami ?

— Alors, par quoi commencer… En gros, un porté disparu il y a 8 ans a redonné signe de vie, en envoyant un mail à sa dulcinée à partir d'un compte qui n'était pas le sien. Cet e-mail a relativement peu de contenu, comme si on avait empêché son auteur de l'écrire jusqu'au bout, mais assez pour être sûr que c'est bien le mari de la femme que j'ai reçue ce matin qui l'a écrit.

— Intéressant. Quoi d'autre ?

— Tiens, cet ordinateur portable. Il appartenait à la victime, mais sa femme n'a pas été capable d'y accéder, vu qu'il est protégé par un mot de passe. Peut-être qu'on trouvera quelques pistes dessus.

— Fais-moi voir ça !

Il observe avec passion l'objet.

— Un « AlienWare », un ordinateur de *gamer*. Par contre, on a bien progressé au niveau du poids des portables en 9 ans. Regarde, il pèse une tonne.

— Tu sais, moi et l'informatique…

— Oui c'est vrai. Bon, on va voir ce qu'il a dans le bide.

Après avoir fait un peu de place au milieu du bordel sur son bureau, il appuie sur le bouton POWER du portable.

— Forcément, après 8 ans d'inactivité, la batterie est à plat. Il y a un chargeur livré avec, j'espère ?

— Oui, le voilà.

— Alors…

Une fois branché, le portable s'allume.

— Mon Dieu, j'avais oublié comme les démarrages étaient lents avant l'apologie du SSD, reprend Rémi.

— Hein ?

— Rien. Windows 7. OK, c'est dans mes cordes.

Il éteint le portable et ouvre un de ses tiroirs, d'où il tire une clé USB violette avec l'inscription « W7 ».

— À la sortie de chaque nouveau système d'exploitation, Microsoft rend implicitement « violables » les précédents systèmes afin de rendre obsolète leur sécurité et forcer les entreprises à migrer vers un système plus récent pour éviter ce genre de chose.

— Sympa.

— Nous y voilà. Je vais fouiller son historique de navigation. En attendant, jetons un coup d'œil à sa boîte mail, on en apprendra peut-être plus sur l'identité de la personne avec laquelle il avait rendez-vous.

J'aime voir les étoiles briller dans les yeux de mon Rémi lorsqu'il excelle dans son art.

— Par chance, ses mails ont tous été téléchargés en local, on n'aura pas donc de messagerie à forcer. Voyons quels sont les derniers messages auxquels il a répondu, dans la boîte des éléments envoyés… Voilà, qui pourrait nous intéresser, celui qui porte l'intitulé « RENDEZ-VOUS ». Cher monsieur, comme convenu blablabla, le lieu de rendez-vous, OK, le téléphone, je le récupère, l'adresse mail aussi. Son destinataire est un certain Monsieur Zenodote.D.E. Google ne renvoie aucune information sur cette adresse. Tu veux que j'essaie de la pirater ?

— Non, n'essaie pas, fais-le, ou ne le fais pas.

Rémi me regarde, médusé que je puisse lui sortir une citation de Yoda.

— Attention, monsieur cite *Star Wars* ? Laisse-moi vérifier un instant de quel hébergeur de mail il s'agit. Avec un peu de chance, ça devrait passer. Yes, je confirme. Bon, par contre, je vais avoir besoin de débloquer quelques bitcoins pour faire une attaque en force brute du mot de passe.

— Tu as accès au stock de l'entreprise, si je ne m'abuse ?

— C'était une affirmation plus qu'une question. Je lance le processus, ça y est. Voilà, d'ici une heure, on devrait avoir le résultat.

Il s'allume la dernière cigarette de son premier paquet de la journée.

— Attends...

— Oui ?

— Ça y est, j'ai eu le mot de passe de la boîte mail en question, il n'était pas violent niveau sécurité... Password1234 ? Oh mon Dieu... On devrait interdire ce mot de passe. Bref, connectons-nous sur le compte mail de ce Monsieur Zenodote pour en savoir plus. Sésame, ouvre-toi !

Sous les doigts incroyablement rapides de Rémi, la boîte de réception apparaît sur l'écran. Totalement vide.

— Et merde.

— Il n'y a rien ?

— Et non, il a tout effacé, éléments envoyés, reçus, poubelle.

— Un coup dans l'eau.

— Attends... Je veux vérifier un truc : regarde, il n'a pas effacé les différents contacts avec lesquels il a communiqué. Il y en a cinq, je te fais une capture d'écran et je te l'envoie. À partir de ces données, tu devrais avoir un peu de grain à moudre afin de savoir si d'autres entreprises ont été en contact avec ce monsieur « Zenodote ».

— Super, merci.

— Par contre, reste méfiant, Stephen, il est fort probable que le propriétaire du mail, un certain « Callimaque.D.C », ait eu une notification comme quoi quelqu'un avait essayé et réussi à forcer sa boîte mail. Tiens-moi au courant si tu observes quelque chose d'étrange autour de toi, et tâche de ne pas abuser des outils numériques les prochains jours.

— Bien noté.

Chapitre 36. Valerian

15/04/2025

Après plusieurs heures de recherches, d'échanges, d'autorisations administratives, l'enquête avance, et une chose est sûre : « Mr Zenodote » n'est pas un tendre.

Six contacts, cinq disparitions. Score honnête.

Une seule personne semble avoir échappé au piège de la première rencontre, un chercheur en physique, travaillant à quelques pas de mon bureau, à l'université des sciences d'Amsterdam. Il se dirige vers moi, les cheveux grisonnants, parmi la foule d'étudiants.

— Détective Koekelberg ?

— Lui-même. Vous devez être Mr Valerian Lourenço ?

— Effectivement. Mon bureau est en travaux, mais je peux vous proposer d'aller prendre une collation ou quelque chose à la cafétéria afin que vous m'expliquiez ce qui vous amène par ici.

— Bien volontiers.

— Suivez-moi, c'est par là.

À cette heure-ci, l'université ressemble à une ruche, dans laquelle bourdonnent des centaines d'étudiants. Contrairement aux autres professeurs croisés dans le couloir, mon témoin potentiel est une véritable armoire à glace, qui doit bien mesurer dans les deux mètres, sans doute un ancien sportif.

— Vous faites du sport, Professeur Lourenço ?

— J'en faisais. J'ai pas mal pratiqué le volley-ball, à un niveau honorable, mais j'ai dû arrêter, suite à des entorses à la cheville à répétition. Et puis je devais dégager plus de temps pour mes recherches, mais par chance je n'ai pas trop perdu en muscles.

— Je confirme.

— Nous y voilà. Que prenez-vous ?

— Un expresso.

Valerian enregistre notre commande, puis scanne son empreinte digitale pour régler. L'automate derrière le comptoir sort de son mode veille, et se dirige vers une machine à café qui semble sortie du passé, où il commence à préparer un expresso, et un cappuccino à l'ancienne.

— Alors monsieur le détective, qu'est-ce qui vous amène dans cette université ? J'espère que vous ne pensez pas que j'ai commis un crime. Je crois bien que jusqu'à présent toutes mes ex-copines sont toujours en vie, plaisante-t-il avec un léger sourire qui vient animer sa moustache grise.

— Non vous n'avez pas à vous inquiéter, rassurez-vous. Une enquête m'a amené jusqu'à vous, car il semblerait qu'il y a quelques années de cela, un dénommé Monsieur Zenodote soit entré en contact avec vous.

— Oui, en effet ! Je me souviens maintenant, je devais le rencontrer.

— Vous deviez ?

Il pose ses lunettes sur la table.

— Cela remonte un peu, mais je me souviens bien du jour en question. Jeune chercheur à l'époque, je revenais d'un meeting à Berlin où j'avais pu assister à un passionnant colloque sur les futures technologies de demain. Cela devait faire trois ou quatre mois que j'étais établi dans cette université lorsque cette personne m'a contacté par e-mail. Elle était intéressée par mes travaux sur « les effets de l'apesanteur sur l'homme », et souhaitait me rencontrer afin de me soumettre un projet qu'elle avait décrit comme étant prometteur, avec un financement sur les dix prochaines années, mais qui devait rester dans le domaine du secret. Vous savez ce que c'est, nous les scientifiques, nous avons toujours eu du mal à trouver du financement pour faire avancer nos recherches, alors j'ai accepté de le rencontrer pour qu'il m'en dise plus.

L'automate nous apporte notre commande. Un expresso, et un cappuccino avec un dessin en forme de cœur sur le dessus.

— Aviez-vous l'identité de votre interlocuteur, ou quelque chose d'autre, un numéro de téléphone par exemple ?

— Non, nous n'avons eu que peu d'échanges, uniquement par e-mails. Mais le côté secret demandé par cet étrange expéditeur a piqué ma curiosité, et sans prévenir personne comme cela m'avait été indiqué, je me suis rendu au lieu du rendez-vous.

— Vous souvenez-vous de l'endroit ?

— Oui, je vous l'indiquerai si vous le souhaitez, mais je doute que cela fasse avancer votre enquête, car une fois sur place, je me suis rendu compte que l'adresse qui m'avait été donnée n'existait pas.

— Que voulez-vous dire par là ?

— Eh bien, il n'y avait aucune porte, habitation, rue ou que sais-je au numéro que monsieur Zenodote m'avait donné.

— Bizarre pour un rendez-vous. Vous n'aviez aucun numéro de téléphone ?

— Non, aucun.

— Qu'avez-vous fait ensuite ?

— Rien. J'ai mis ça sur le compte d'un plaisantin, et je n'ai pas donné suite. Lui non plus d'ailleurs.

— Étrange. Avez-vous souvenir de quelque chose de bizarre qui vous soit arrivé sur le chemin ?

— Une chose, oui. Je suis allé au lieu de rendez-vous à vélo. Je l'ai posé, attaché et j'ai traversé la rue afin d'être sur le bon trottoir. Quelques mètres plus loin en amont, un camion est entré en collision avec une fourgonnette, qui visiblement lui avait grillé la priorité et roulait bien trop vite. Après m'être rendu compte que mon lieu de destination n'existait pas, je suis revenu sur le lieu du carambolage, qui devait être à une cinquantaine de mètres. On entendait la sirène des pompiers au loin, alors que le conducteur du camion semblait totalement désemparé. Les badauds entouraient déjà la scène. Du peu que j'ai pu en voir, le conducteur du véhicule accidenté avait la tête totalement explosée dans son volant, et son passager ne faisait plus qu'un avec le camion qui l'avait embouti par la droite : je doute que l'un des deux ait survécu.

— Vous souvenez-vous de la date précise et du lieu de l'accident ?

— La date précise, non, mais cela devait être... Laissez-moi réfléchir... Il y a neuf ans et quelques, par là. J'aimerais bien vous retrouver nos échanges pour pouvoir vous répondre avec plus de précisions, mais nous avons eu des soucis de messagerie, peu de temps après, la totalité de notre serveur a été piratée et effacée. Un vrai travail de pro, dixit notre ex-responsable de la sécurité informatique, qui a d'ailleurs été limogé juste après.

— Pensez-vous que cela ait un rapport avec le rendez-vous en question ?

— J'en doute. Mais dites-moi, pour quelle raison enquêtez-vous sur cette personne ?

— Malheureusement, je ne peux guère vous en dire plus ; le secret professionnel, vous comprenez.

— Je vois.

Ce café est sans doute un des meilleurs que j'ai jamais pris. Cela me rappelle Rome, ou un double expresso équivaut à deux gorgées de café.

— Le café d'ici est un délice. Et je ne parle pas de votre environnement, le parc aux alentours, relativement bien entretenu par ces droïdes humains, ça doit être sympathique de bosser ici !

— Je ne vous le fais pas dire ! répond le professeur dans un sourire.

— Sur quoi portent vos recherches sur l'apesanteur exactement ?

— Portaient, vous voulez dire. Je faisais des recherches sur « l'impact de l'apesanteur sur l'homme, sur les vols stationnaires et distants ».

— Pourquoi en parlez-vous au passé ?

Il soupire.

— L'ISS ayant été réduit en poussière quelques mois après cet épisode, suite à un incident dont on ignore encore la raison, il m'était impossible de continuer à travailler, les simulateurs d'apesanteur n'existant toujours pas à ma connaissance. Ce projet a donc été mis au placard, faute de moyens.

— Professeur Lourenço, je vous remercie pour votre temps précieux et pour toutes ces informations.

— C'est moi, désolé de ne pas vous avoir aidé plus que cela.

— Détrompez-vous, vous m'avez donné de précieux éléments.

— Tant mieux ! Je vous raccompagne.

Les couloirs sont maintenant quasi déserts, autant que les amphis doivent être bondés. Valerian plaisante sur les derniers travaux de son bureau, qui lui semblent interminables, avant de clôturer cet échange en me tendant la main :

— Je vous souhaite bon courage dans votre enquête sur monsieur Zenodote.

— Merci bien. Bonne fin de journée.

Chapitre 37. Javier

16/04/2025

J'aime beaucoup l'Espagne. J'ai vécu durant six mois à Barcelone pour mes études. À cette époque, je voulais devenir ingénieur en architecture. J'étais jeune... Qu'est-ce qui a merdé en chemin pour que je finisse détective ? Je ne saurais dire. Malheureusement pour moi, ce n'est pas cette fois-ci que je reverrai la Sagrada Familia qui est « enfin » terminée depuis quelques mois, vu que ma prochaine destination est la banlieue de Madrid.

Spécialiste en effets spéciaux, Javier Gonzales fait partie des cinq disparus à avoir été contacté par Mr Zenodote. La société dans laquelle il travaillait n'existant plus, c'est sa mère que je vais devoir interroger pour essayer d'en savoir plus sur sa disparition.

Après une heure trente de vol jusqu'à Madrid, il faut compter encore une heure de voiture pour rejoindre Torrijos au « 38, Calle Rosalia de Castro ». « Durée estimée : 1 h 12 » me répond en espagnol l'ordinateur de bord de mon véhicule autonome de location. Je repense au passé, où il était encore possible de conduire librement sa voiture. C'était il y a quelques années, mais ça me paraît tellement loin.

Le 38, Calle Rosalia de Castro est une petite maison aux briques orangées, construite « à l'ancienne », plantée dans ce qui ressemble être un terrain vague, ayant visiblement souffert de l'excès d'ensoleillement des étés passés. Vive le réchauffement climatique, toujours pas enrayé.

Je sonne à l'interphone, pas de réponse. Fonctionne-t-il seulement ?... Je retente ma chance, l'écran finit par s'allumer :

— *Hola*[7] ?

— Qui êtes-vous ?

— Señora Gonzales ?

— Elle-même, que voulez-vous ?

— Bonjour, je suis le détective Stephen Koekelberg. J'aimerais vous parler de votre fils.

— Javier ? Il est décédé il y a des années de cela, j'ai déjà tout raconté à la police ! Allez-vous-en.

— Écoutez, je ne sais pas ce qu'a pu vous raconter la police, mais... Nous venons d'avoir de nouveaux éléments.

— Javier est mort, sinon il m'aurait donné des nouvelles, que voulez-vous savoir de plus ?

— Laissez-moi juste vous parler, j'ai besoin d'en savoir plus sur lui. S'il y a un espoir de le retrouver, il dépend peut-être de vous.

L'écran de l'interphone s'éteint, et après un silence interminable, la lourde porte se déverrouille : la mère de Javier m'invite à rentrer, le visage fermé.

— Le cœur n'y est pas, mais l'hospitalité m'oblige à vous demander si vous souhaitez boire quelque chose.

— Un café, ce serait très bien.

---

[7] En Français : « Bonjour ».

Au centre du séjour trône un large canapé de qualité moyenne, qui grince lorsque je m'y assieds. Sur le mur, un rétroprojecteur diffuse une émission de divertissement en Espagnol. Sur la table basse, une tablette avec ce qui ressemble être des mots croisés dessus. Les autres murs sont nus. Quelques éventails de décoration par-ci par-là. Sur une étagère, à côté d'une lampe, une poupée de collection dans son étui transparent, en costume d'Andalouse. Un objet d'antiquité. La climatisation vibre dans un silence approximatif, couvert par le bruit du café en train d'être passé.

Javier apparaît entre deux paysages sur un cadre numérique, photo sur laquelle il sourit à pleines dents, entouré de ses deux parents.

Sa mère revient de la cuisine, un café à la main. Elle a la peau mate, excessivement ridée par un excédent de soleil. Quelques cheveux blancs font de la résistance sur son crâne lisse, comme pour tenter de survivre au combat déjà perdu du temps qui passe.

— Tenez, me dit-elle en tendant une tasse en porcelaine. Asseyez-vous, je vous en prie.

— Merci. Jolie maison, et au moins, les voisins ne vous embêtent pas.

— Venez-en au fait, détective. Que voulez-vous savoir sur mon fils ?

— Bien bien… Avant de vous en dire plus, j'ai besoin que vous me racontiez ce dont vous vous souvenez du soir de l'accident ?

Elle s'assied à son tour dans le canapé et commence à touiller fébrilement son café.

— Avez-vous des enfants, détective ?

— Non.

— Alors vous ne savez pas ce que c'est que de devoir raconter encore et toujours le soir durant lequel la mort est venue vous prendre votre unique enfant.

— Je suis désolé.

— Avez-vous lu les divers rapports de police ?

— En totalité. Mais peut-être que des choses ont été oubliées, ou n'ont pas été mentionnées ?

— D'où venez-vous ? Je reconnais à votre accent que vous n'êtes pas du pays.

— Je viens d'Amsterdam, aux Pays-Bas.

— Amsterdam ? Quel rapport avec mon fils ?

— Une bien longue histoire. Et si nous reparlions du soir en question ?

Prenant un air grave, elle se lance enfin.

— Ce soir-là, il semblait assez agité, répondit-elle en commençant à sangloter. Il a quitté la maison juste après avoir dîné, nous expliquant qu'il avait une course à faire. Il ne nous en a pas dit plus.

— Savez-vous de quoi il s'agissait ?

— Non, il n'avait pas envie de parler ce soir-là. C'était un passionné de voitures, il voulait être pilote de rallye et excellait dans cet art, mais il n'a pas réussi à percer dans ce domaine. Il venait de s'acheter une nouvelle voiture, qu'il avait réussi à bricoler illégalement afin de pouvoir de nouveau la conduire, sans aucune assistance informatique. Il ne faisait pas confiance à ces nouvelles technologies.

— Elles sont pourtant fiables, si l'on en croit la diminution des accidents de voiture.

— Il était amateur de sensations fortes. Il avait également une moto, il voulait toujours plus d'adrénaline… Mais ce soir-là, la mort l'attendait dans un tournant. Il est tombé dans un fossé à cause d'un virage mal négocié, semble-t-il. La police m'a dit que la voiture avait flambé toute la nuit, et ce n'est qu'au petit matin qu'on a retrouvé ce qu'il restait de son bolide, et de mon fils. Le feu avait consumé les os et toute forme d'ADN pour faire d'éventuelles recherches.

— Personne n'a été en mesure de raconter ce qu'il s'était passé ?

— Non. L'enquête a été assez brève, à vrai dire. Il a été supposé qu'il avait perdu le contrôle de son véhicule dans le virage. Il avait piloté dans des rallyes, je n'ai jamais voulu croire à cette version des faits.

— Avez-vous pensé qu'on ait mis en scène cet accident ?

— Ne soyez pas stupide, une mère ressent ces choses-là. Et dans quel intérêt aurait-on fait ça ?

Seul Mr Zenodote connaît la réponse à cette question visiblement.

— Votre fils était-il à votre connaissance dans une secte ?

— Pas que je sache.

— Avait-il un jour eu des problèmes d'argent, ou de drogue ?

— Il gagnait bien sa vie, d'où l'achat de cette voiture. Pour ce qui est des drogues, l'adrénaline était ce qui le faisait vivre. Il lui en fallait toujours plus.

— En quoi consistait son travail ?

— Il était spécialiste en effets spéciaux numériques, dans une petite entreprise madrilène, laquelle a dû déposer le bilan peu de temps après sa mort, à cause d'un incendie qui a tout brûlé. Il était doué, ça, je vous l'assure. Il est parti beaucoup trop tôt…

Crise de larmes. Je me sens obligé de lui saisir la main. Qu'il doit être dur de parler de ses enfants lorsqu'ils sont morts.

— Voulez-vous encore un peu de café ? reprend-elle après un long soupir pour se calmer.

— Oui, merci.

Elle retourne à sa cuisine, en sanglotant. Le café passe de nouveau.

— C'est lui sur cette photo ?

— Oui. Nous l'avions prise un été à Alicante. Il nous avait payé une villa avec une piscine pour l'occasion. Le grand luxe pour nous qui n'avions pas beaucoup d'argent. Ça aura été son dernier été…

De nouveau, une larme perle sur sa joue, sa voix devenant tremblante.

— Son père n'a pas supporté de savoir que son fils était mort. Il s'est suicidé, me laissant seule. Je dois être maudite.

— Je… Je suis désolé… Je ne sais pas quoi vous dire… Vous êtes forte, vous avez su passer à travers ces épreuves. Votre mari vous a-t-il laissé une lettre ?

— Il m'a écrit qu'il m'aimait, et qu'il était désolé, mais qu'il n'avait plus le courage de vivre en côtoyant la mort de son enfant. « Je vais rejoindre notre fils. » C'est un lâche d'avoir fait ça. L'enfer, c'est tout ce qu'ils méritent. Mais à ce propos, vous m'aviez dit que mon fils n'était peut-être pas mort ?

Elle se mouche bruyamment, et soupire longuement, comme cherchant dans sa mémoire.

— La seule chose qui m'a marquée ce jour-là, c'est qu'il a demandé si nous connaissions l'histoire de la bibliothèque d'Alexandrie.

— Avez-vous une idée de la raison pour laquelle il vous a parlé de cela ce soir-là ?

— Pas la moindre. Javier n'est pas rentré dans la nuit comme il l'avait promis, et le lendemain j'ai appelé la police pour signaler sa disparition. Comme je vous l'ai dit, je ne sais rien de plus que ce que vous avez déjà pu lire dans les rapports. Inspecteur, j'aimerais bien vous aider, mais... Je doute que Javier soit encore en vie.

— Ne désespérez pas, tant qu'il y a de la vie, il y a de l'espoir.

— Cela fait plus de 9 ans qu'il est mort. S'il était encore en vie, ne croyez-vous pas qu'il aurait tenté d'une manière ou d'une autre de me joindre ?

Le retour vers Madrid fut long, interminable. Je n'étais guère plus avancé qu'avant mon voyage. Ma destination suivante était Lima, au Pérou. Le voyage aurait pu se passer sans tracas, mais c'était sans compter ce SMS en grec ancien, d'un expéditeur inconnu, réceptionné peu de temps avant que je n'embarque : « Οι αγαθοί ευαπάτητοι [8] ».

---

[8] En Français : « Les gens qui sont bons sont facilement dupés » (Citation de Bias de Priène).

Chapitre 38. Andrea

17/04/2025

Madrid/Lima : 10 heures de vol pour essayer de faire le point sur les quelques maigres indices en ma possession, et rien de transcendant.

Mon prochain témoin est le mari d'une des personnes ayant eu un contact avec Mr Callimaque, une chercheuse péruvienne qui avait travaillé par le passé sur une sonde étant allée sur Mars. Peut-être cette enquête finirait-elle enfin par avancer.

Le mari de la défunte travaille dans un zoo, il est soigneur de crocodiles.

Ce parc animalier est, de ce que j'en ai lu, un des derniers du genre : pour des raisons de coût d'entretien et de maltraitance animale, la plupart des zoos sont maintenant de grandes salles vides que l'on visite avec des lunettes à réalité augmentée sur le nez, où des animaux plus vrais que nature apparaissent. Pour parfaire les choses, un simulateur d'odeurs permet d'impliquer un peu plus le visiteur dans sa visite virtuelle. Le seul avantage que j'y trouve, c'est que cela permet de voir évoluer toutes les espèces disparues, celles que j'ai pu connaître en étant gamin, et celles d'un autre temps comme les dinosaures.

Pour ma part, ce sera la deuxième fois que je visite un zoo « à l'ancienne », la première fois ayant été le zoo de l'île Maurice, quelques années avant l'épisode de 2022 durant lequel la montée des eaux brutales a quasiment rayé l'île du globe. Il ne doit plus rester qu'une dizaine de zoos dans ce genre sur Terre, dont celui de Lima.

— Où dois-je vous conduire, Monsieur ?

— Au zoo « Parque de las leyendas ».

— Bien.

Un taxi encore cent pour cent conduit par l'homme. Ça existe encore...

C'est dans ce genre de voyages qu'on se rend compte du décalage technologique entre les pays. Une vraie voiture, conduite par une vraie personne, n'utilisant même pas de GPS, car il sait à quel endroit se situe le zoo. Il faut dire que la ville de Lima n'est pas bien grande, de plus, ma destination n'est qu'à une dizaine de minutes de mon hôtel.

— Étranger, hein ?

— Mon accent m'a trahi, on dirait.

Il conduit son taxi en mâchant des feuilles de coca, tellement atypique. Le visage barbu, les deux mains crispées sur son volant, une vierge est accrochée à son rétro, à côté d'une bouteille de coca. Une musique péruvienne provient de sa playlist Spotify, seul détail rattachant ce véhicule à notre époque.

— Qu'est-ce qui vous amène ici, señor ?

— Le travail.

Sa peau bronzée est bien trop ridée, sûrement à cause de l'excès de soleil.

— Le travail ? Que faites-vous comme travail pour vouloir aller au zoo ? Vous êtes biologiste ?

— Non, pas exactement.

Le feu passe au rouge.

— Je m'occupe d'événements culturels internationaux, et… et je pensais organiser un meeting dans cette ville. Et puis ce zoo est un des derniers à ne pas être virtualisé, et comme je suis un peu curieux…

Le feu passe au vert. En démarrant, j'ai l'impression d'entendre vibrer toute la mécanique de la voiture. Il reprend la discussion après s'être engagé sur ce qui ressemble à une voie rapide, non sans avoir injurié dans un patois local le véhicule devant nous.

— Vous êtes curieux, gringo ? reprend-il.

— Qui ne l'est pas ?

— Vous savez ce que l'on dit chez nous ?

— Vous allez me le dire ?

— *La curiosidad es malaconsejera* [9] !

— La curiosité est un vilain défaut, hein. Mon cher monsieur, il serait tellement triste d'être parfait. Et puis, vous aussi vous êtes curieux, n'est-ce pas vous qui m'avez demandé en premier quel était mon métier ? lui réponds-je.

---

[9] En Français : « La curiosité est un vilain défaut ».

Le moteur s'arrête, nous sommes arrivés. Je paye avec mon empreinte digitale le montant de la course, et au moment de sortir, il me donne un dernier conseil :

— Gracias señor. Prenez garde quand même señor, la police du coin n'apprécie pas les gens trop curieux.

— Je tâcherai de m'en souvenir.

Voilà les enclos des crocodiles, et le soigneur arrive pour les nourrir. C'est l'homme que je viens rencontrer.

— Señor Jimenez ?

— Lui-même, vous devez être le détective que j'ai eu l'autre jour en visio-call ?

— Oui, je suis le détective Koekelberg, mais vous pouvez m'appeler Stephen.

— Va pour Stephen.

— Ils avaient l'air d'avoir faim, vos pensionnaires.

— Ah, les crocodiles, toujours. On les nourrit 2 fois par semaine, mais ils peuvent tenir plusieurs mois sans manger.

— Combien y en a-t-il ?

— On en recense une petite cinquantaine.

— J'imagine que vous les élevez pour leur peau et leur viande ?

— Si, señor. Mais parlons peu, parlons bien, j'imagine que vous n'êtes pas venu pour parler crocodiles, je me trompe ?

— Non, en effet.

Je sors ma cigarette électronique, car oui, je suis faible et je n'arrive pas à arrêter. OK, c'est dit.

— Comme je vous l'ai expliqué par visio-call, j'enquête actuellement sur une série de disparitions, dont votre femme fait sans doute partie.

— Andrea a disparu depuis plus de neuf ans. Comment expliquez-vous la réouverture d'une enquête aussi tardivement ? Ne croyez-vous pas que si elle était encore en vie, elle aurait donné des nouvelles ?

— Il s'avère qu'un groupe de scientifiques a disparu sur cette période, et que l'un d'entre eux a récemment brièvement donné signe de vie à sa femme, qui le croyait mort, elle aussi.

Machinalement, il continue de lancer de la viande au loin. Cependant, je ne peux m'empêcher de voir perler une goutte de sueur sur sa tempe gauche. Est-ce le soleil ? Ou sait-il quelque chose ?

— Que souhaitez-vous savoir sur Andrea, señor ? reprend-il, entre deux lancers.

— Racontez-moi ce qui s'est passé, tous les détails qui vous ont peut-être échappé, tout ce qui pourrait faire avancer mon enquête, qui n'a pas été mentionné dans le rapport de police.

— Andrea revenait d'un colloque en Allemagne, où elle m'avait raconté avoir fait d'incroyables rencontres, et avoir récupéré plein de contacts avec des personnes intéressées pour investir dans ses recherches.

— En quoi consistaient ses recherches, plus exactement ?

— Andrea avait travaillé par le passé sur une sonde envoyée sur Mars, sur un sujet en rapport avec l'apesanteur, il me semble. Elle me parlait de problématiques techniques, je crois qu'il lui fallait un liquide hautement inflammable, du mercure ou quelque chose dans ce genre, et une grande quantité d'énergie pour faire je ne sais quelle expérience, mais a priori son labo était incapable de lui en fournir. N'y comprenant pas grand-chose, je ne peux guère vous en dire plus, la seule chose dont je me souviens c'est qu'elle était sur le point de faire une incroyable découverte qui aurait révolutionné le corps scientifique dans sa totalité.

— Elle revenait de Berlin, vous dites ?

— Effectivement. Le lendemain de son retour, il devait être 19 heures environ, elle m'a juste dit qu'elle prenait la voiture pour aller acheter des clopes. Elle n'est jamais rentrée.

— Et le véhicule dans lequel elle était ?

— On l'a retrouvé en pleine forêt, mais elle n'était plus dedans. Il ne s'agissait pas d'une panne, car il était en parfait état de marche. Il a beaucoup plu ce jour-là, rendant impossible de suivre une quelconque piste. Quelqu'un l'a enlevée, j'en suis sûr.

— Qu'est-ce qui vous fait dire ça ?

— Son SMS, reçu un peu plus tard dans la soirée, me disant que tout était fini entre nous.

— Elle aurait disparu de peur de vous dire en face qu'elle souhaitait rompre ?

— Je lui avais fait une déclaration de mariage la veille, alors qu'elle revenait d'Allemagne. Elle m'avait tanné des années durant pour qu'on se marie alors j'avais tout organisé pour faire ça dans les règles de l'art, vous savez, le dîner aux chandelles, la demande à genoux, les musiciens, tout ça. Elle a explosé en sanglots de joie avant d'accepter. Elle était folle amoureuse, c'est certain, alors je ne la vois pas envoyer un SMS de ce genre. Son agresseur ne devait pas avoir ce détail en tête lorsqu'il l'a envoyé à sa place.

— Une rencontre à Berlin peut-être ?

— J'en doute.

— La police a enquêté ?

Les yeux dans le vide, il réalise avec une incroyable dextérité des cercles parfaits avec la fumée de sa cigarette.

— Ils n'ont pas trouvé grand-chose. La dernière triangulation de son Smartphone a indiqué qu'elle se situait à l'aéroport de Lima, après quoi il a cessé d'émettre. Après leur avoir parlé de son dernier SMS, ils ont mis ça sur le compte d'une rupture amoureuse et ont cessé les recherches.

Il écrase sa cigarette par terre, avant de la mettre dans un cendrier, et reboit une gorgée de ce que je prenais de l'eau, et qui est en fait un mélange alcoolisé.

— L'alcool ne résout pas les problèmes, mais l'eau non plus. Quitte à mourir à petit feu de quelque chose, autant que ça soit d'une cirrhose plutôt que de chagrin.

— Je suis désolé.

— C'est de l'histoire ancienne, détective. Andrea est morte, j'en suis certain, sans quoi elle m'aurait redonné signe de vie. Je ne sais pas sur quoi vous enquêtez, mais vous perdez votre temps.

— Et un certain Mr Zenodote, ça vous parle ?

— C'est pas le capitaine de l'équipe de foot de Grèce ?

— Euh… non. Laissez tomber. Merci pour votre aide en tout cas.

Chapitre 39. Brian

20/04/2025

Lima – Londres, une dizaine d'heures de vol, et toujours autant de questions.

Dans la capitale anglaise, je dois rencontrer une dénommée Cameron Wenstley, veuve du scientifique Brian Wentsley, constructeur d'attractions, disparu durant les mêmes périodes que les autres scientifiques.

Arrivé à l'adresse en question, je remarque qu'ici l'authenticité est de mise, pas d'interphone, de caméra ou de judas, un simple marteau de porte en forme de tête de lion me permet de faire connaître ma présence.

À peine ai-je toqué de 3 coups secs que je reçois un nouveau SMS : « Πολέμιον ανθρώποις αυτοί εαυτοίς[10] ».

Je ne sais pas qui s'amuse à m'envoyer ces messages auxquels je ne comprends strictement rien, mais ça commence à être pénible. Il faudra absolument que j'en parle à Rémi.

Personne ne semble ouvrir la porte. Je retoque trois fois de manière un peu plus appuyée. J'entends cette fois-ci qu'on déverrouille plusieurs cadenas.

— Oui, qui êtes-vous ?

---

[10] En Français : « L'ennemi de l'homme, c'est lui-même », citation de Anarcharsis.

— Bonjour, je suis Stephen Koelberg, détective privé. Je vous ai contactée il y a quelques jours au sujet de votre mari Brian.

— Ah tout à fait, entrez détective, je vais vous préparer du café.

— Merci bien.

Sa maison est sombre, envahie de cartons. Est-ce un emménagement ou un déménagement ? Je ne saurais dire…

— Pardonnez le désordre, je viens d'emménager ici, une opportunité que je ne pouvais pas louper. Cette petite maison n'est pas incroyable, mais elle est extrêmement bien localisée.

Sur les murs courent des fissures, il y a des toiles d'araignée un peu partout, et une sérieuse odeur de renfermé. Aucune photo, un vieux canapé, une table, rien de plus. Je m'assieds, encore gêné de ma première méprise.

— Je suis sûr qu'avec un peu de décoration, ce sera un parfait petit nid douillet !

— Mon neveu se chargera de ça. Mais dites-moi, détective, qu'est-ce qui vous amène à rouvrir l'enquête sur mon défunt mari, disparu il y a plus de huit ans maintenant ?

— Je peux juste vous dire que d'autres disparitions ont eu lieu en même temps que celle de Brian, par un même interlocuteur, assez mystérieux. Sans vouloir vous peiner, pourriez-vous me raconter comment votre mari a disparu ? Les circonstances ? Les détails ? Tout ce qui vous vient en tête pourra peut-être m'aider à en savoir plus.

Avant de s'asseoir, elle me présente une boîte métallique dans laquelle se trouve un grand nombre de parfums de thé.

— On ne sait que choisir !

— Oui, j'ai eu la chance de visiter une fabrique de thé sur l'île Maurice lorsque c'était encore possible, la plupart sont donc des collectors.

— Thé noir, c'est parfait.

Elle verse de l'eau chaude dans ma tasse, puis après avoir choisi le sien et s'être servie à son tour, elle s'installe dans le canapé. Après avoir pris une grande inspiration, elle commence son récit :

— Brian était surexcité ce soir-là. Il travaillait en tant que créateur d'attractions pour une société privée, mais sur le point de faire faillite, faute de clients. Une personne, visiblement intéressée par ses travaux était rentrée en contact avec lui. Un certain Mr Zenodote. Ce qui m'a particulièrement surprise, c'était qu'il lui avait demandé de ne parler de ce rendez-vous à personne. Mais vu que mon mari et moi ne nous cachions jamais rien, il m'en avait tenu au courant.

— Que vous a-t-il dit sur ce contact ?

— Il m'a transféré le mail si ça peut vous intéresser. Il y a un lien vers le site en question qui a rapidement été désactivé malheureusement. J'ai juste pu télécharger la brochure qui allait avec. Tenez.

— Pandora Corp.

— Oui. Il s'agissait d'un projet de parc d'attractions lunaires. Comme vous le voyez, il devait se composer de modules de simulateurs de fusée, incluant le décollage, l'atterrissage, mais également permettant de reproduire l'apesanteur dans l'espace. Ici, on peut voir des modules de vie similaires à ceux que les Américains ont installés sur la Lune aujourd'hui. Bref, un projet passionnant pour Brian.

— Et que s'est-il passé le soir de sa disparition ?

— Il s'est rendu en métro dans un bar, car méfiant de nature, Brian souhaitait que leur rencontre ait lieu dans un endroit public. Il n'est jamais revenu.

— Comment s'appelle ce bar ?

— Le « home sweet home ». Mais il n'existe plus depuis belle lurette, il a été remplacé par un vendeur de restauration turc.

— Ah, d'accord. L'enquête de la police n'a rien donné ? Pas de témoins ?

— Le bar en question était fermé depuis plusieurs mois pour cause d'insalubrité, mon mari l'ignorait, vous vous en doutez. Le quartier étant désert et plutôt malfamé, personne n'a rien vu, rien entendu. Le jour suivant a eu lieu l'attentat de Waterloo Station, qui a nécessité d'importants déploiements policiers, autant vous dire que l'enquête pour retrouver des traces de mon mari a rapidement été stoppée, faute de moyens humains.

Elle s'arrête pour essuyer une larme qui roule sur sa joue. Après un bref instant, elle reprend :

— Pardonnez-moi... L'émotion.

— Je comprends, pas de problème. Votre mari était-il en contact avec des sectes ? Ou avait-il des problèmes de drogue en général ?

— Pas que je sache. Sa drogue à lui, c'était le travail.

— L'hypothèse d'un départ pour une nouvelle vie, avec une autre femme ?

— Je n'y crois pas. Nous avions plein de projets tous les deux, des voyages, ouvrir un gîte en Écosse, faire construire une extension à la maison, non, pas à l'époque en tout cas.

— Y a-t-il des choses que vous avez en tête, des détails que vous auriez oubliés ?

— Ah oui, quelque chose d'important. Le lendemain de sa disparition, totalement désemparée, je me suis rappelé que sur son téléphone, j'avais installé par le passé un *tracker* GPS. Vous savez, le genre d'application qu'on utilise lorsque la confiance dans un couple est fissurée à cause d'une « pétasse blonde de 19 ans », un « accident de parcours » comme il disait. Cela me permettait de localiser son smartphone à tout moment afin de savoir où il était.

— Oui je connais ce genre d'application. Son téléphone était donc encore allumé au moment où vous avez fait ce test ?

— Oui, mais il faut croire que ses ravisseurs s'en sont rendu compte, car quelqu'un l'a éteint juste après.

— Vous parlez de ravisseurs, vous êtes donc convaincue qu'il a été enlevé ?

— Une intuition, oui.

— Et où se trouvait-il au moment où vous l'avez géolocalisé ?

Elle se lève, va chercher une tablette, et revient avec l'application Google Maps lancée. Une petite étoile indique l'emplacement en question.

— Lodeïnoïe Pole ? En Russie ?

— Oui. Et il continuait à se diriger vers le nord-est. Tenez, j'ai fait différentes captures indiquant le chemin qu'ils ont fait au moment où j'ai réussi à les localiser, jusqu'à ce que la communication soit coupée.

— Merci. J'imagine que votre mari n'a pas essayé de vous joindre...

— Je ne vais pas vous mentir, détective. Pour moi, mon mari est mort. Essentiellement, car je suis sans nouvelles de lui depuis tout ce temps. Pendant des années, j'ai refusé d'accepter son sort, mais à un moment, il faut savoir avancer, et vivre dans l'attente d'un signe de sa part tout ce temps a été un véritable handicap pour moi. Je me suis renfermée sur moi-même. Je ne lisais plus les infos, ne regardais plus la télé, je me suis fabriqué une bulle des années durant, à me morfondre sur sa disparition. Et puis une fois son faible héritage totalement grignoté, j'ai pris mon courage à deux mains. J'ai revendu notre précédente maison que nous avions achetée tous les deux pour repartir de zéro ici, avec un nouveau travail, ayant été licenciée du précédent pour abandon de poste...

— Je ne veux pas vous donner de faux espoirs, je n'ai pas assez d'informations en ma possession pour l'instant, mais j'espère sincèrement que votre mari est toujours en vie.

— N'espérez pas trop, détective.

Chapitre 40. Anniversaire

20/04/2025

— « Home Sweet Home ». Pas le bar, non… Juste le plaisir de revenir chez soi, de se poser après un long périple d'une semaine. Ces quelques jours de voyage m'ont littéralement épuisé. Lasagnes devant la télé. Alors, comment va le monde ?

Stephen appuie sur sa télécommande, et un écran apparaît sur son mur. Il zappe jusqu'à arriver sur une chaîne d'informations.

« … en politique. Et maintenant, notre dossier spécial. Cela fait aujourd'hui un an exactement que le projet Mars Alpha s'est terminé. On s'en souvient tous, commencé en 2016, il avait duré huit ans avant de se conclure par l'écrasement du vaisseau Dragon 3 sur la planète rouge, tuant ainsi les quatre colons qui étaient à bord : Linn Thomas, Claire Keznic, Mike Realt et Pedro Alvarez. »

Leur portrait apparaît sur l'écran.

« Suite à cet échec, le responsable du projet, Lars Von Truck, a déclaré à la presse qu'il ne se le pardonnerait jamais, que le projet Mars Alpha était abandonné et sa société dissoute. Appelé devant la justice, il a par la suite été porté disparu ».

Un court extrait où l'on voit Lars annoncer le nom des quatre finalistes est diffusé quelques instants, sans que cela intéresse Stephen, cherchant en vain le temps de cuisson de ses lasagnes au micro-ondes.

« L'homme qui était considéré comme son bras droit, Edward Johnson, également appelé par la justice, est lui aussi porté disparu. »

Edward apparaît sur une courte séquence, dans laquelle il débriefe le décollage de la fusée de Dragon 3.

À cet instant, Stephen jette un bref regard avant de se figer. Avec la détente d'un chat, il saute sur sa télécommande et appuie sur le bouton « pause ». Il s'assied dans le canapé, en jurant : « Non, ce n'est pas vrai... »

Tout s'éclaire en un instant, face au visage de Stephen.

— Edward, la clé de tout... Le jardinier parmi les droïdes jardiniers à l'université d'Amsterdam, mon voisin de derrière dans l'avion à destination de Madrid, le conducteur de taxi à Lima, et ce touriste à Londres me demandant de le prendre en photo... Depuis le premier jour de mon enquête, il est sur mes traces.

Les pièces du puzzle s'assemblent petit à petit dans sa tête, ponctuées de « Oh putain », tout paraît maintenant beaucoup plus clair.

— Le piratage de la boîte e-mail... Rémi m'avait prévenu que l'insertion dans la boîte e-mail de Monsieur Callimaque enverrait à son propriétaire une notification... Et ce reportage sur Mars Alpha... Se pourrait-il qu'il y ait un rapport entre Pandora Corp et Mars Alpha, et entre Mr Zenodote et Edward ?

Cette folle théorie empêcha Stephen de dormir, et c'est l'esprit embué qu'il la raconte le lendemain à Rémi, qui avait également pu avancer de son côté sur le dossier.

— J'ai une bonne et une mauvaise nouvelle, Stephen. Par laquelle veux-tu que je commence ?

— La mauvaise.

— Tu ne veux pas la bonne, plutôt ?

— Accouche !

— Bien, tu l'auras voulu. En analysant un peu plus profondément l'e-mail envoyé à Madame Von Bauer par son mari, j'ai pu constater qu'il avait en fait été rédigé il y a presque un an.

— Quoi ?

— Oui. C'est compliqué à t'expliquer. Mais en gros, lorsqu'un e-mail est émis, il passe par plein de petites boîtes aux lettres. Imagine-toi que ce sont des bureaux de poste, représentés dans la vie par des ponts de connexion Internet. Dans ce cas précis, il a été émis il y a un an et un jour et a été envoyé à une première boîte. Pour une raison qu'on ignore aujourd'hui, il y est resté pendant une certaine période, quasiment un an. Il est fort probable que ce soit lié à une action manuelle, comme le fait d'avoir éteint soudainement un répéteur de wifi, lequel aurait été rallumé il y a quelques jours de cela, libérant ainsi le flot d'informations stockées en cache à ce moment-là.

— Tu m'as perdu avec tes explications techniques… Si j'ai bien compris, ce message a été écrit il y a un an, a été envoyé, le facteur a eu un avis de grève avec toutes ses lettres dans sa besace, et s'est donc arrêté de travailler, avant qu'on ne lui ordonne, il y a quelques jours de cela, de retourner bosser, moment où Madame Von Bauer a reçu l'e-mail de son mari, c'est bien ça ?

— C'est exactement ça !

— Oh, mon Dieu... Cela remet en cause la bonne santé de son expéditeur au moment où on se parle. Je peine à imaginer quelle peut être la bonne nouvelle dans tout ça.

— J'ai pu approximativement géolocaliser la position GPS d'où est parti ce message. Et pour le coup, ça coïnciderait pas mal avec le rapprochement que tu as fait entre Mars Alpha et Pandora Corp, car l'emplacement d'un des transmetteurs de messages, le fameux bureau de poste dont je t'ai parlé à l'instant, n'est autre que le centre Cosmodrome de Plessetsk, en Russie, d'où est parti Dragon 3.

— Ce qui collerait également avec la dernière position émise par le Smartphone de Brian en Russie.

Stephen se rend, pensif, à la machine à café, d'où il revient quelques secondes plus tard un café dans chaque main avant de reprendre.

— OK, on commence à être pas mal. Mais quelque chose cloche...

— Quel est le lien entre les scientifiques disparus et Mars Alpha, c'est ça ?

Une notification retentit, et Stephen sort son Smartphone où un SMS est affiché : « Τον εχθρόν φίλον ποιείν και ευεργετείν »[11]

— Ah oui, Rémi, je voulais te demander : je n'arrête pas de recevoir des messages que je ne comprends pas, ça t'évoque quelque chose ?

---

[11] En français : « Faites du bien à votre ennemi pour vous en faire un ami ».

— Fais-moi voir. Mmmm, on dirait du grec ancien. Ouh là, j'espère que ce n'est pas ce que je crois… Tu en as reçu beaucoup ?

— Trois ou quatre, pourquoi ?

— J'imagine que le groupuscule « Les enfants d'Alexandrie » ça ne te dit rien ?

— De quoi s'agit-il ?

Rémi touille son café et après en avoir pris une gorgée, retire ses lunettes, les essuie avant de continuer :

— Il s'agit d'un groupement de hackers et de techniciens en tout genre qui prône la théorie du complot. Des complotistes, si tu préfères.

— Jamais entendu parler. Tu peux m'en dire plus ?

— Fréquentant avec assiduité Twitter pour désinformer un maximum de personnes, ils sont convaincus qu'un vaste complot existe, « qu'on » leur ment. Que ce soit via les médias ou les politiques, ils pensent que tout est régi par un groupe d'une douzaine de familles, dont les Rothschild, qui agissent, tapis dans l'ombre, et que toutes ou tout du moins une grande partie des informations sont manipulées pour cacher la vérité. Par exemple, ils sont persuadés que l'homme n'est jamais allé sur la Lune, que la zone 51 est une station spatiale où vont et viennent les petits hommes verts sur Terre, ou que les attentats du 11 septembre étaient prévus par la CIA.

— Sérieusement ? En 2025, il y a des gens qui croient encore à ça ?

— Je te parlerai des créationnistes un autre jour… Bref, pour en revenir à ces fameux enfants d'Alexandrie, ce sont de redoutables hackers. À croire que tu as dû fâcher l'un d'eux.

À son tour, Stephen touille son café en essayant d'hypnotiser sa tasse, une manière pour lui de se remémorer un élément dans ses souvenirs.

— Alexandrie... La grande bibliothèque a connu plusieurs influences, dont celle d'Alexandre le Grand, le grec. Tu peux taper Zenodote et bibliothèque d'Alexandrie dans Google ?

— Alors, sur la page Wikipédia, ça précise que Zenodote d'Éphèse a été un des directeurs du monument. Attends, ce n'est pas tout. Il a succédé à un certain Callimaque de Cyrène.

— Callimaque.D.C ? Le propriétaire de la boîte e-mail. Oh, mon Dieu...

— Pas la peine d'aller plus loin, Steph, il est maintenant évident que les enfants d'Alexandrie sont dans le coup. Et à mon avis, Callimaque.D.C n'est autre que leur grand chef, à savoir Edward. À l'époque de Mars Alpha, j'avais fait des recherches sur lui, il a été hacker par le passé.

Stephen envoie sa tasse en carton dans la poubelle, à deux mètres de lui, mais rate sa cible. Rémi l'imite, mais en l'atteignant cette fois-ci.

— Loser, va, charrie l'informaticien.

— OK, on a les enfants d'Alexandrie d'un côté. Des chercheurs disparus autour d'un projet de parc d'attraction spatiale, tous probablement enlevés par un des sbires de Monsieur Callimaque, qui serait en vérité Edward volatilisé dans la nature, bras droit de Lars du projet Mars Alpha, dont on n'a également plus aucune trace.

— Ça en fait des disparitions.

— Quels étaient les métiers de tes scientifiques ?

— Le premier, Hendrik Von Bauer, créait des robots. Le second, Valerian Lourenço qui aurait dû être kidnappé, faisait des travaux sur l'impact de l'apesanteur sur l'homme. Le troisième, Javier Gonzales, travaillait dans un studio spécialisé dans la réalisation d'effets spéciaux numériques. Andrea, la quatrième, faisait des travaux sur l'apesanteur, et était sur le point de faire une importante découverte. Enfin, Brian Wentsley était spécialisé dans la création d'attractions.

— Le tout pour faire un parc d'attractions lunaire qui n'a jamais vu le jour, et qui semble surtout avoir été créé pour appâter des techniciens chevronnés.

— Mais quel rapport pourrait-il y avoir avec Mars Alpha ?

— Tu suivais Mars Alpha, toi ?

— Non pas trop.

— On peut voir à quoi ça ressemblait ?

— Ça doit pouvoir se trouver sur YouTube.

De longues minutes durant, les deux collègues regardèrent le long processus de sélection, l'annonce des finalistes, la mort de Velia, jusqu'au décollage, jusqu'à ce que Stephen interpelle Rémi.

— Attends, tu peux revenir sur la prise de vue précédente ?

— Oui, ça doit être possible.

— Il y a quelque chose qui me chagrine.

— Quoi donc ?

— Regarde, là on voit toute l'équipe se diriger vers l'ascenseur allant jusqu'à la capsule Dragon 3, et... Claire ne semble pas maquillée, non ?

— En effet, répond Rémi.

— Sauf que quinze minutes plus tard, une fois sanglée et pendant le décollage, regarde… Fais un zoom. On dirait qu'elle est sur le point de tomber dans les vapes, et hop, elle est maquillée et tout va bien.

— Mec, on dirait bien que tu as raison…

— Et si tu reviens un instant plus tôt, elle ne l'est pas. Regarde, il y a une brève coupure, on peut également voir une légère diminution de la luminosité. Je ne comprends pas. Si c'est du direct, comment ça a pu se produire ? demande Stephen en s'étirant.

— Ils avaient fait des images durant les sessions d'entraînement, ils les ont utilisées pour faire des teasings sur le jour du lancement, je m'en souviens.

— Tiens, regarde, là Claire est non maquillée, et il y a de nouveau cette petite coupure et cette légère évolution de la luminosité.

— Vingt-sept minutes de diffusion n'auraient pas été du direct. Mais pourquoi ?

— Une coupure, tu crois ?

— Non, Lars a assuré qu'il n'y aurait que du direct, se rappelle Rémi.

— Qu'a-t-il donc pu se passer pendant vingt-sept minutes…

— À mon avis, quelque chose de pas clair. Vu qu'Edward est « techniquement » porté disparu, alors que si l'on en croit ce que tu m'as dit, il était en train de te traquer. S'il s'agit en plus du chef des enfants d'Alexandrie, et que la disparition des scientifiques est en rapport avec Mars Alpha.

— Sans parler de la géolocalisation de l'e-mail dont tu m'as parlé toute à l'heure. Selon toi, la localisation de l'emplacement initiale serait loin de cette base ?

— D'après les plans d'adressage IP que j'ai vus, il n'y a pas de redirection satellite donc oui, ce serait tout proche. J'ai une autre idée : tu peux me filer ton Smartphone ? Je vais tenter un truc.

— Tiens.

Rémi branche l'appareil sur son téléphone. Il ouvre une fenêtre de commandes, et tape plusieurs lignes totalement incompréhensibles.

— Je suis remonté vers l'émetteur de tes SMS bizarres en grec ancien, et par d'obscurs moyens techniques que je ne t'expliquerai pas de peur de te perdre, je peux te confirmer qu'il s'est rendu à un emplacement précis à proximité de la base, il y a exactement une semaine de cela. Ce qui coïncide également avec la réception du message de Madame Von Bauer. Dis donc, que de coïncidences…

— Triangulation 4G, c'est ça ?

— Donc les données sont stockées dans les répéteurs 4G entourant la base, on ne peut rien te cacher.

— Je ne suis pas détective pour rien. Tu peux zoomer sur l'endroit en question ?

— Oui, je vais te le montrer, le temps que ça charge…

Il déplace avec une incroyable dextérité sur ses deux écrans tactiles des données d'un écran à l'autre, jusqu'à trouver le bon logiciel capable de traiter correctement celles-ci. Un programme de cartographie s'ouvre :

— Bingo, on l'a, m'annonce Rémi. À cinq kilomètres de la base de lancement.

— On a quoi ? Je ne vois que des arbres. Qu'est-ce que l'émetteur serait allé faire dans des arbres ? Construire une cabane ?

— Parfois je te trouve bien naïf, Stephen. Je vais te montrer autre chose. Si nous prenons les mêmes données, et que nous prenons une image satellite en temps réel, voyons ce que nous avons...

— Une image satellite ? Et comment tu vas faire ça ?

— Tu ne veux pas savoir. Attends, le temps de trouver un satellite qui nous permettrait d'envoyer un bon cliché, celui-ci devrait faire l'affaire.

Il ouvre une nouvelle fenêtre, dans laquelle il tape quelques lignes de code avec une suite de chiffres, et son navigateur affiche instantanément une capture satellite d'un point donné.

— Depuis qu'ils ont optimisé leur liaison, ça speede, dis donc... Voilà, c'est mieux comme ça. OK, alors je l'ai récupéré sur ce périphérique-là (il se déplace en roulant sur sa chaise jusqu'à une tablette de l'autre côté de son bureau en bordel). Jusque-là, ça a l'air pareil hein ?

— Je valide.

— Alors, regarde.

Il positionne la tablette à gauche de l'écran, puis la glisse vers son écran principal, et fait la même chose avec celle de droite.

— À droite, la photo Google Maps nous montre une forêt, et ce point est l'emplacement où ton mystérieux émetteur de SMS s'est trouvé il y a une semaine. À gauche, il s'agit d'une image que je viens de récupérer, provenant d'un des milliers de satellites qui survolent notre belle Terre. Et qu'est-ce qu'on obtient ? Une clairière…

— Ce qui voudrait dire que ?

— Certaines images de chez Google auraient été piratées afin de cacher ce bâtiment. Il se peut même que ça soit fait de manière officieuse par les gouvernements, prétextant le secret-défense de certains endroits. Il y a le même genre de sujets autour de la zone 51 aux USA.

— Et donc, qu'est-ce que c'est ?

— Ça ressemble à l'entrée d'une base militaire enterrée, et ces quatre carrés ce serait sans doute des miradors ?

Rémi s'étire longtemps, satisfait d'avoir pu, grâce à sa dextérité de hacker, résoudre un nouveau problème.

— Tu vas y aller du coup ?

— Il y a de fortes chances.

— Attends, reprend Rémi, je voudrais essayer quelque chose. En théorie, la base de lancement doit être équipée de vieux modèles de drones, utilisés pour patrouiller au moment des décollages, et avec un peu de bol…

Après avoir ouvert une nouvelle fenêtre, Rémi saisit des suites de nombres sans en dire plus. Il marmonne des termes incompréhensibles.

— En faisant un scan d'IP sur les valeurs que j'ai pu récupérer en remontant sur les informations autour du centre de commandement de Mars Alpha, je devrais avoir les machines disponibles. Tout dépend comment leur firewall est foutu. Ah ah, les débutants... Une petite attaque de DDOS, et il n'y en aura plus.

— DDOS ?

— Ouais. En gros, imagine-toi un bureau administratif pouvant gérer trente dossiers en même temps, et cinquante mille demandeurs qui arrivent au même moment, celui-ci ne survit pas bien longtemps. En gros, je viens de faire à peu près la même chose.

— Ah oui, vu comme ça, c'est plus clair. Tu es le champion des métaphores informatiques...

— L'habitude d'avoir à expliquer mon job à des néophytes. OK, maintenant, tâchons de repérer les drones reliés sur le réseau. Bon, a priori, j'en vois quatre. Je vais les pinger pour identifier lesquels sont réactifs, et sur quels systèmes ils sont branchés avec un peu de chance...

— Où veux-tu en venir ?

— Bingo ! Passe-moi le casque à réalité augmentée qui se trouve sur l'étagère.

— Tain, il y a un de ces bordels dans ton bureau... Voilà.

De ses doigts agiles, il continue à entrer des suites de code, avant de lancer un programme qui affiche durant de longues secondes : « *Connection establishing...* »

— Allez...

Puis dans l'interface où il n'y avait qu'un écran noir apparaissent plusieurs écrans, visiblement des caméras filmant un paysage.

— De quoi s'agit-il ?

— Des environs de la base de lancement de Mars Alpha, vu d'un des drones de surveillance que je viens de pirater, me répond Rémi en mettant son casque sur la tête. Tu vois, on distingue au fond une rampe de fusée pour un prochain lancement européen. Car oui, pour ta gouverne, cette base est la seule base de lancement de satellites, de fusées ou de quoi que ce soit qu'utilise le continent européen.

— On n'a pas de base en Europe ?

— Eh bien non. Du coup, on squatte celle des Russes. Je ne sais pas si j'aurai assez d'autonomie pour aller jusqu'à la clairière, mais on va essayer.

Il se saisit d'un joystick et le drone décolle.

— Yhaaa, s'écrit Rémi, en plein dans son élément. Je suis une machine.

— Et l'objectif de tout ça ? lui demande Stephen, perplexe.

— Vérifier à quoi ressemble le centre qu'on recherche, reprend Rémi. Si le drone se fait attaquer par des drones de surveillance, ça voudra dire qu'il te sera compliqué de t'y infiltrer. On y arrive. Tain ces petites bestioles, ça speede. Bon par contre, on n'aura qu'un aperçu du centre, car je risque de sortir de la zone de contrôle du drone ou d'être limite en autonomie d'énergie.

Sur les différents écrans représentant les caméras fixées au drone que pilote Rémi s'affiche une épaisse forêt à perte de vue. Un indicateur permet de montrer le niveau d'éloignement de l'engin volant par rapport à sa source, avant qu'il ne cesse de répondre. Celui-ci tend de plus en plus vers le rouge, jusqu'à ce qu'une clairière apparaisse enfin au loin.

— Je crois qu'on y est, souffle Rémi.

— En effet, ça y ressemble. Pas de drones en vue ?

— Non, mais des miradors. Bon, par contre, ça va être tendu d'en voir plus. Et pour combler le tout, le drone n'avait qu'une très faible autonomie. Je fais une pointe de vitesse, afin de me projeter le plus loin possible...

D'un clic, Rémi démarre un logiciel afin de capturer le *stream* vidéo pour étudier avec plus de précision chaque image par la suite.

— Ça y est, je vais tomber en panne sèche. Allez, tiens encore un peu...

Alors que la clairière est bientôt sous nos yeux, le drone chute de manière brutale à quelques mètres de celle-ci, dans un sapin, avant de couper totalement sa retransmission, faute de batterie.

— Bon. Ben écoute, a priori on a une piste, et ça a l'air safe, à part peut-être les 4 miradors. Pas de drone de surveillance en vue en tout cas.

— OK. Je prends les coordonnées et j'y fonce. J'ai hâte de voir ce que ce centre cache.

— Laisse ton portable branché, je te suivrai à la trace !

— Ah oui, j'oubliais, Rémi, peux-tu m'envoyer tout ce que tu trouveras sur Lars, Edward, et les différents protagonistes de Mars Alpha ? Biographie, CV, empreintes digitales, loisirs, tout ce que tu as sur eux ? Je vais avoir besoin d'occupation durant mon vol.

— C'est comme si c'était fait ! Sois prudent, mec.

Quelques heures d'avion plus tard, Stephen marche dans une épaisse forêt de sapins et de pins. La pleine lune n'est pas le meilleur moment pour ce genre d'opération, mais des vies sont en jeu.

Au loin apparaît le début d'une clairière. Stephen tient son arme contre lui comme si c'était son unique ange gardien.

Sous chacun de ses pas, des branches craquent.

250 mètres. Il y est presque.

Chapitre 41. Découverte

21/04/2025

L'entrée du centre est maintenant devant moi

Après un premier essai sans succès avec l'empreinte digitale d'Edward, je repositionne une nouvelle fois mon Smartphone sur le lecteur d'empreinte avec la photo de celle de Lars, et croise les doigts.

Le voyant orange clignote trois fois, avant de passer au vert accompagné d'un bref bip.

La porte s'ouvre automatiquement, laissant échapper une violente odeur nauséabonde, pendant que toute une rangée de néons s'allume, éclairant un long couloir interminable.

Cette fois, ça y est, j'y suis.

L'odeur de mort est difficilement soutenable. Le silence est omniprésent, mis à part peut-être le bourdonnement du troisième néon de ce couloir qui clignote aléatoirement. Serrant mon arme dans mes deux mains en joue, je me décide à débuter mon exploration de ce lieu mystérieux.

Combien peut-il mesurer ? Peut-être une centaine de mètres de long pour une dizaine de mètres de large.

De chaque côté, des portes, manifestement blindées.

Pas après pas je m'avance, toujours aussi prudemment.

La porte d'entrée se referme lourdement dans un claquement qui me fait sursauter. Du calme Stephen, du calme.

Au pied de la porte, un énorme sac sport floqué « Mars Alpha ». Il n'a pas été fermé en totalité, et je peux aisément voir qu'il contient des liasses et des liasses de billets. Je me sens envahi de questions. Pourquoi ce sac, surtout à cet endroit ?

Je surgis dans la première pièce sur ma droite, colt en avant. Elle est vide. Le mur d'écrans reliés à des caméras sans doute disséminées dans le site me laisse à penser qu'il doit s'agir du poste de surveillance. À en croire le message « Out of Memory » présent sur le gigantesque écran de contrôle principal, l'endroit a été déserté depuis quelque temps. J'espère que je pourrai en tirer des informations une fois que j'aurai fait le tour des lieux.

Un rapide coup d'œil sur le mur d'écrans me permet de confirmer qu'il n'y a a priori plus âme qui vive dans le centre.

J'aperçois sur un des écrans des corps inertes au sol durant les courtes prises de vue de chacune des caméras, ceci pouvant sûrement expliquer l'odeur infecte à laquelle j'ai pourtant fini par m'habituer. Ayant une idée un peu plus précise des différentes pièces que je suis sur le point de découvrir et étant maintenant certain que je suis le seul dans le centre, je poursuis plus sereinement mon exploration.

Sur la gauche du couloir, j'entre dans ce qui semble être un énorme réfectoire : des grands réfrigérateurs dont le ronronnement berce les lieux, deux énormes congélateurs, quatre micro-ondes, deux machines à café, cinq tables, deux éviers, des étagères remplies de réserves de nourriture ainsi que de bonbonnes d'eau. Indéniablement, ce centre est ou était quasi autonome en nourriture, et avait le nécessaire pour vivre en totale autarcie plusieurs mois durant. Combien de personnes avaient pu vivre ici ?

En face, une porte blindée, fermée, avec une petite fenêtre permettant d'en découvrir l'intérieur. Je ressors la photo de l'index de Lars de mon Smartphone et la positionne au niveau du scan, malheureusement le voyant rouge clignote et le message « *Access Denied* » apparaît. Après avoir juré, j'ouvre la petite fenêtre et découvre dans un faible éclairage une cellule vide, où trônent en plein milieu trois lits superposés, et dans l'angle un simple lavabo et des toilettes. À supposer que ce soit à cet endroit que logeaient les scientifiques, que sont-ils devenus ? Je commence à m'imaginer le pire.

Après être passé devant les sanitaires, je découvre une nouvelle pièce dont la porte est entrouverte. L'odeur de mort se fait plus forte, et pour cause, ce qui devait être une énorme salle de réunion est jonchée de cadavres. Impossible de dire depuis combien de temps ils sont là, la faible température ambiante et l'absence d'insectes ayant forcément retardé le début de la putréfaction. Mais sachant que l'e-mail a été envoyé il y a un peu plus d'un an de cela...

Combien peut-il y avoir de corps ? Certains sont assis et affalés sur la table, d'autres gisent par terre. À en juger par ce qui ressemble à de la bile séchée et leurs yeux ensanglantés, lorsqu'ils sont encore présents, il y a fort à parier que la plupart aient été empoisonnés, ou que le champagne était vraiment infect.

Parcourant la salle entre effroi et fascination, j'essaie de m'imaginer toutes les hypothèses qui ont pu aboutir à une telle scène. Une main sur le nez, j'avance en enjambant les corps, écœuré par l'odeur de putréfaction, d'urine et de merde, rejetées par un être une fois ses muscles totalement relâchés, quelques instants après la mort.

Parsemés un peu partout sur les corps et les tables, quelques billets de grosses coupures semblent s'être égarés : euros, dollars, yens et yuans. Que faisaient-ils là ?

L'horreur de la scène me fait vite oublier ce détail.

Tous ces visages qui ont pour la plupart les yeux ouverts me donnent l'impression de me regarder en me disant : « S'il te plaît, venge-nous. »

— Vous venger, j'aimerais bien, mais de qui, de quoi ?

Je continue à évoluer dans la pièce, tout en examinant brièvement chaque cadavre, à la recherche d'indices. Ils portent pour la plupart des T-shirts avec un étrange écusson : un bâtiment ressemblant à un phare sur un livre, en dessous duquel est écrite la mention « *Verum Erit* ».

— « La vérité éclatera », leur devise. Mon Dieu, tous ces morts seraient donc des enfants d'Alexandrie ?

Les pièces du puzzle commencent à s'assembler dans ma tête. Jusqu'à ce qu'une femme attire mon attention, la première que je vois. Ni elle ni son voisin ne portent le T-shirt à l'écusson. Se pourrait-il qu'il s'agisse de… Ce qu'il reste de son visage me laisse à penser qu'elle avait les yeux bridés. Il y avait une Asiatique, je crois, dans le projet. Comment s'appelait-elle déjà…

— Linn, c'est ça, Linn !

Comment expliquer sa présence ici ? Son corps devrait être en train de pourrir sur la planète Mars, avec ce qu'il reste de Dragon 3. Sauf s'ils n'ont jamais quitté la Terre ! Si on suit cette théorie, à côté d'elle, cet homme plutôt petit, relativement bien conservé au teint américano latino doit être Pedro. Oui, Pedro, c'est ça.

Lui aussi semble avoir été empoisonné. Théoriquement, je devrais trouver les deux derniers colons de l'expédition. Ce corps donc, serait… Mickael ou Mike, je crois.

— Mike l'Américain, l'ingénieur informaticien, le redoutable ex-hacker, jamais sans sa casquette des Rangers de NY.

Il l'aura portée jusque dans la mort.

Je m'accroupis pour observer un détail intrigant : lui n'a visiblement pas été empoisonné, à en juger la tache brunâtre autour de lui qui devait être du sang avant de se dissoudre dans la moquette. En regardant plus près, son torse a été perforé par une balle de revolver. Il a dû suffoquer, jusqu'à ce que son sang emplisse ses poumons et qu'il s'étouffe.

Je n'imagine pas à quel point son agonie a dû être interminable.

Derrière lui, la balle a fini sa course dans le mur, ce qui confirme bel et bien la théorie que quelqu'un lui a tiré dessus.

Il tient dans sa main gauche un revolver et une douille à proximité me laisse à penser qu'il a lui aussi utilisé une arme.

Mais sur qui a-t-il tiré ? Et comment expliquer qu'il soit le seul à ne pas être mort empoisonné ?

De l'autre côté de la pièce, le mur blanc est éclaboussé de sang séché. J'enjambe les corps jusqu'à découvrir les traces d'une autre mare de sang séchée sur la moquette, où se trouve un cadavre avec un trou dans la tête. Visiblement, c'était lui qui présidait la réunion au moment où la mort est venue le chercher.

Enrobé dans un T-shirt Mars Alpha, je reconnais immédiatement à sa couleur de cheveux ce grand rouquin :

— Lars et Mike se sont donc entretués. Mais pour quelle raison ?

Peut-être que les verres de champagne pleins de ces deux protagonistes sont un début de réponse. Lars ou Mike n'en ont pas bu, étant donné qu'il ne reste que ces deux verres qui n'ont pas été vidés. Deux ? Non, trois…

Je retourne à l'emplacement où se trouve le corps de Mike. Trois colons côte à côte, et une troisième coupe de champagne qui n'a pas été vidée. Sachant qu'il n'y a pas d'autre femme parmi les cadavres…

— Où te caches-tu, Claire. Es-tu seulement encore en vie ?

Je prends quelques photos des lieux avec mon Smartphone, avant de décider de continuer à m'aventurer un peu plus profondément dans le centre.

De nouveau dans le couloir, l'air me semble moins nauséabond, et même si je sais que ce n'est que psychologique, je ne suis pas mécontent d'être sorti de cette improbable et mystérieuse scène de crime.

Au fond du couloir, la dernière pièce du centre, protégée par une double porte coupe-feu, un sas, puis une double porte vitrée, que la photo de l'index de Lars me permet d'ouvrir.

Je découvre en contrebas une très grande salle de la taille de deux gymnases.

Stupéfait devant l'immensité des lieux, je prends quelques instants pour m'imprégner de tous les détails.

Sur la gauche, de gigantesques containers veillent, tels des géants. Une petite flamme et une tête de mort collées un peu partout sur eux mettent en garde les éventuels prédateurs imprudents que ces mastodontes peuvent être synonymes de fumée toxique s'ils brûlent. Le plus gros des trois possède un détail précisant leur contenance :

— Du mercure, de gigantesques réservoirs de mercure... Mais pourquoi ?

Telles d'immenses racines partent à leurs pieds de multiples tuyaux, qui courent jusqu'à un étrange élément au milieu de la pièce, ressemblant à la réplique parfaite du vaisseau de Mars Alpha « Dragon 3 », tenu en suspension par trois énormes grues.

En dessous, sur une surface d'environ 50 m² se trouve un étrange tapis noir solide d'une texture assez spéciale, à la fois pâteuse et translucide. Sur la droite de cet élément courent d'énormes câbles jusqu'à l'extrémité droite du bâtiment où se situe ce qui ressemble à des transformateurs électriques.

— Du mercure, des transformateurs d'électricité, la centrale à thorium... Mon Dieu, Andrea aurait-elle réussi à simuler l'apesanteur sur Terre ?

Partout, comme surveillant la navette telle de petits soldats, des rangées d'ordinateurs, certains derrière des vitres, d'autres au pied des containers.

Je peine à accepter le fait que le voyage vers Mars n'avait donc été que simulation, et pourtant c'est maintenant évident : je fais face au simulateur d'apesanteur qui a berné la Terre entière, dans lequel sont restés prisonniers huit mois durant les quatre colons qui étaient persuadés d'être en train de parcourir l'espace à destination de Mars.

Fichtre.

Je descends les escaliers me permettant d'accéder au niveau où trône la fameuse navette. Elle paraît encore plus grande une fois à ses pieds. J'aurais été curieux de la voir flotter, lorsque la pesanteur, sous elle, disparaissait grâce au simulateur d'Andrea.

J'immortalise chaque point de vue en prenant un maximum de photos avec mon Smartphone. Je continue de parcourir les lieux, m'imprégnant de chacun des détails. Les ordinateurs sont tous en mode veille, et arborent le logo des enfants d'Alexandrie : « *Verum Erit* ».

— La vérité va finir par éclater, ne vous en faites pas, je terminerai votre travail, faites-moi confiance.

Quel dommage que tous ces petits génies de l'informatique aient voué un culte à la théorie du complot ! En touchant les claviers, j'arriverais presque à percevoir la cohue organisée qu'il devait y avoir lorsque la Terre s'imaginait suivre la première odyssée humaine vers Mars.

Alors que je pense avoir fait le tour des lieux, je remarque au fond de la salle une double porte vers laquelle je me dirige. Je scanne une nouvelle fois la photo de l'index de Lars, et accède, après avoir franchi un nouveau SAS, à une autre salle, sans doute encore plus grande que la première.

— Oh, mon Dieu… Je suis sur Mars.

Un gigantesque hangar dans lequel se trouvent les restes d'une navette, dont les rétro-parachutes se sont, à ce que j'en ai compris, activés trop tôt, transformant l'amarsissage en un tollé planétaire. Plusieurs robots sont parsemés çà et là à l'arrêt, comme figés dans le temps, et ce après avoir pourtant construit de longues années durant, sous l'œil passionné des abonnés de

Mars Alpha TV, un complexe enterré, dans lequel devaient vivre les colons, dont je découvre l'entrée. Le travail d'Hendrik, bien évidemment.

Tout autour de moi, la planète rouge, parfaitement représentée. Je me sens comme le premier colon mettant un pied sur Mars. Brian était un génie pour concevoir des décors de cinéma.

Le seul fait de lever les yeux me ramène à la réalité : le plafond est parsemé de câbles électriques, de tôles, de projecteurs et d'un système duquel a dû être projetée la navette, au moment où le crash a été diffusé à la télé en direct grâce aux caméras implantées par les robots les années précédentes. Peut-être même celui-ci avait-il été enregistré ? Et Javier s'est occupé de le rendre plus réaliste ?

J'imagine les scientifiques disparus procéder à des arrangements, des mises à jour de robots, des retouches au moment où les caméras de Mars Alpha TV étaient coupées, à l'abri des regards indiscrets des gens qu'ils devaient berner pour survivre.

Je fais quelques pas, m'imaginant ailleurs, l'espace d'un instant. La poussière par terre se soulève à chaque fois que mon pied touche le sol, et voltige doucement avant de revenir à terre. Quel incroyable boulot.

« *That's one small step for man, one giant leap for mankind.* » [12]

Je me dirige jusqu'au module de survie, dans lequel devaient être amenés à vivre les colons. Je me souviens avoir

---

[12] Citation d'Armstrong : « C'est un petit pas pour l'homme mais un pas de géant pour l'humanité »

entendu qu'il était enterré dans le sol, afin de se protéger des radiations solaires. Astucieux.

J'appuie sur un bouton où une main clignote, ce qui provoque l'ouverture d'une porte : il s'agit du sas de décompression.

Une ventilation se met en marche, puis la seconde porte s'ouvre.

D'un pas hésitant, je découvre ce module de survie, qui se réveille doucement avec le bourdonnement de plusieurs néons qui s'allument :

— Home sweet home.

Tout semble fonctionnel et tellement futuriste.

Les logos Mars Alpha sont collés sur chaque élément du décor et flottent sur les écrans des ordinateurs en veille.

Le ronronnement de périphériques électroniques redémarrant donne une vraie impression de s'y croire. Tout ce matériel avait été créé durant les différentes simulations et a été totalement assemblé par les robots restés à la surface. Un travail d'expert qui a permis, pendant plusieurs années de fabriquer un peu de vie et de rêve sur une planète rouge imaginaire, et pourtant bien réelle.

— Derrière tes décisions douteuses, tu étais quand même un petit génie, Lars. Un génie machiavélique sans doute, mais un petit génie malgré tout.

De retour au poste de surveillance, je m'installe devant l'ordinateur principal, afin de me mettre en quête des derniers enregistrements.

Après avoir posé mon Smartphone sur la table, je commence à manipuler sans grande conviction le logiciel de surveillance que je découvre pour la première fois.

— Si seulement j'avais eu du réseau téléphonique ou une connexion Internet, j'aurais demandé de l'aide à Rémi. Foutu trou paumé. Et ce logiciel que je ne connais pas… Raaaa, je hais l'informatique. Je ne suis pas né au bon siècle !

Mais la patience finit toujours par payer, et après de longues minutes, je parviens néanmoins à en comprendre le fonctionnement.

— OK, donc cette molette nous permet de visionner les enregistrements passés, et ce bouton-ci permet de varier les emplacements de prise de vue. Essayons de remonter le plus loin possible sur la caméra focalisée sur la sortie. Si une personne a pu s'échapper du centre, c'est forcément par là qu'elle est passée.

Inlassablement, je remonte dans le temps, encore et toujours, à la recherche d'âme qui vive. Jusqu'à ce que quelqu'un apparaisse…

— Oui, enfin quelqu'un !

Arrêt sur image, Zoom. *Depixelisation* de l'image. Il s'agit d'une femme grande, cheveux courts, portant trois énormes sacs de sport avec elle, a priori relativement lourds, en tout cas assez pour qu'elle en dépose un à l'entrée :

— Te voilà donc, Claire. Mais où donc pars-tu si vite avec tout cet argent ?

J'immortalise la scène avec mon Smartphone. Malheureusement pour moi, il m'est impossible de revenir quelques instants plus tôt, l'enregistrement a cessé, faute de libération manuelle d'espace mémoire.

— ET PUTAIN. FOUTUE TECHNOLOGIE À LA CON.

Comme répondant à mon insulte, un message d'authentification apparaît soudain à mon écran, me demandant un scan d'empreinte digitale pour une vérification automatique.

Totalement serein, je ressors l'image de l'empreinte de Lars, et le scanne.

Un nouveau message apparaît : « *Welcome Lars, please type your password* ».

— Password, password, quel password ?

J'en essaie trois, en rapport avec Mars Alpha, sans résultat, avant de me rendre compte que mon nombre de tentatives maximum est atteint.

Des lumières rouges que je n'avais pas remarquées s'allument et se mettent à clignoter, le tout dans bruit d'alarme totalement assourdissant. Tous les écrans de *stream* caméra affichent dorénavant ce message : « *Authentification failed, auto destruction initialized* ».

— Et merde.

Sur l'écran de l'ordinateur sur lequel j'ai tapé trois mots de passe erronés, un compteur m'indiquant 57 secondes restantes défile bien trop vite.

Ayant en tête l'inflammabilité et la nocivité du Mercure, mieux vaut que je sois loin lorsque tout pètera.

Ni une ni deux, je fonce vers l'extérieur, non sans m'insulter intérieurement d'avoir merdé de la sorte avec ces foutus mots de passe. Je pousse la lourde porte à l'entrée, et m'apprête à piquer un sprint vers la sortie, au moment où je me rends compte que mon Smartphone, contenant toutes les preuves de l'existence de ce centre, est resté dans la salle de surveillance. Je fais demi-tour, pour arriver devant la lourde porte, qui s'est refermée.

Bloqué à l'extérieur de ce bijou technologique sur le point de s'autodétruire, qui permettait d'expliquer l'escroquerie qu'avait été Mars Alpha. Génial.

— AHHHHHH, FOUTUE PORTE !

Comme je l'imagine, un coup de pied dans celle-ci ne m'aide pas plus à l'ouvrir. Il doit me rester encore une trentaine de secondes…

Vite, foutons le camp avant que tout explose.

Sprint en direction de la forêt. Intérieurement je suis à bout.

Craquer nerveusement comme un débutant, perdre son sang-froid et laisser son foutu téléphone dans le stress de l'urgence…

La forêt est maintenant à une centaine de mètres.

Et toutes ces énigmes, dont ce qui ne sera pas brûlé finira sous peu sous terre, et ces scientifiques, et Claire…

Une cinquantaine de mètres encore. J'y suis presque…

Une violente explosion retentit et souffle les alentours avec une force improbable, arrachant les miradors de leurs trépieds et faisant s'envoler tous les oiseaux de nuit qui peuplaient les arbres environnants. Je suis projeté par terre quelques mètres plus loin, la tête la première sur un arbre, avant de sombrer dans l'inconscience.

Derrière moi, le centre s'est écroulé sur lui-même, et il ne reste plus rien de visible de ce qu'a été Mars Alpha.

Lars a emporté dans sa tombe son terrible secret, dont seule Claire et peut-être Edward pourraient m'en dire plus.

Chapitre 42. Souvenirs du présent

19/04/2025

Tenue légère, talons hauts ouverts, elle marche, sereine mais méfiante, en tirant sa petite valise. Le fil des précédents jours se refait doucement dans sa tête. Autour d'elle, les gens se pressent. Certains optent pour un débarbouillage en règle et un passage aux toilettes, d'autres préfèrent être les premiers à se présenter au contrôle aux frontières après cet interminable vol Genève/Miami. Une année de chirurgie, un total de 23 opérations pour changer de peau, mais le résultat est incroyable. Et dire qu'il y a un an, elle avait failli y rester…

« Arrivée dans 3, 2, 1, ça y est, on y est ». Tout avait pourtant bien débuté, et Dragon 3 a commencé à vibrer violemment, ce qui était prévu. Mais ça ne durerait qu'un instant, suite à quoi la postérité, et les premiers pas sur Mars. Tout se passerait bien, il le fallait.

Le doute, le doute dans chaque visage qu'elle croise, l'appréhension que quelqu'un puisse la reconnaître. Foutue notoriété.

Les vibrations continuaient, de plus en plus violentes. L'énorme parachute s'était déclenché bien trop rapidement, et avait du coup été déchiré comme un fétu de paille, l'altimètre s'étant visiblement allègrement planté dans ses estimations. Durant les simulations, ce scénario avait été une fois mis en application, et s'était soldé par un crash, mais le pilote n'était pas le même, et ils avaient tous appris comment s'en sortir. L'expérience allait parler. Les voyants ont commencé à clignoter de partout, et Dragon 3 a continué à vibrer de plus en plus fort. Mike lui a alors donné la main, qu'elle a serrée comme si c'était la seule chose qui la rattachait à la vie.

Personne ne peut l'identifier, maintenant, elle le sait mais elle doute, malgré tout. Même elle ne se reconnaît plus, tout le monde n'y verra que du feu, il le faut. Opération du menton, du nez, des oreilles, des mains, implantation de nouvelles lentilles définitives et nouvelles empreintes digitales, sans parler de cette nouvelle coiffure. Est-ce que le blond lui sied bien avec sa couleur de peau ?

Elle n'en est pas sûre. Mais par chance, tout se passera bien, vu que jusqu'à présent, tout s'était bien passé.

Une personne juste devant elle, tenant un bébé dans les bras, laisse tomber un magazine, avec le titre suivant : « Mars Alpha : anniversaire d'une défaite annoncée ». Prise de panique, elle accélère le pas, évitant même le regard de cette petite fille aux yeux bleus, qui tient de la main droite son papa et dans la main gauche une poupée, et qui l'observe, avec un magnifique sourire édenté.

L'horreur, en effet, le terme était juste. Les tremblements s'étaient mis à s'accentuer. La Terre entière était figée devant le direct, avec une petite vingtaine de minutes de latence, liée à l'éloignement entre la Terre et Mars à cette période. Des retransmissions avaient lieu un peu partout sur Terre, on se serait presque cru en pleine coupe du monde de football. Pedro et Linn restaient calmes, solidement harnachés à leur siège, l'un donnant des ordres, l'autre appuyant sur des boutons. Mike, lui, ne pouvait s'empêcher de pester : « Le parachute principal vient d'éclater, on descend trop vite, je répète, on descend trop vite !

Putain Pedro, envoie les rétrofusées maintenant, sinon on va tous y passer, mec ». L'altitude était annoncée toutes les secondes, et il était évident qu'ils allaient trop vite, et ce même si pour le coup, la descente était bizarrement plus longue que prévu. Une fumée, liée à la surchauffe du bouclier thermique, avait doucement mais sûrement commencé à envahir le cockpit. Tout allait se jouer dans les derniers instants : les rétrofusées devaient être activées manuellement par Pedro, vu que l'altimètre électronique était faussé, à une centaine de mètres d'altitude. Trop tôt ou trop tard, et c'en était fini de Dragon 3, c'en était fini d'elle.

Le ciel bleu, le soleil, les palmiers, elle n'est pas encore sortie de l'aéroport, mais déjà sa nouvelle vie commence à frémir.

Les douanes sont au prochain virage, elle ne doit pas se tromper et bel et bien choisir : « US CITIZEN ». Semblant fuir quelque chose, peut-être son passé, elle accélère le pas avant de trébucher, maladroite sur ses talons trop hauts, un exercice qu'elle devrait maîtriser dorénavant. Un charmant Américain au teint bronzé accourt pour l'aider à la relever. Elle le remercie à peine avant de reprendre sa fuite en avant vers les douanes.

« C'est maintenant ou jamais », s'exclama Pedro dans un calme approximatif en appuyant sur deux boutons orange. Les dernières réserves de carburant furent grillées à ce moment-là, faisant subir aux colons 15G de pression sur une dizaine de secondes. Mike, convaincu que sa dernière heure était imminente suite à ses calculs, tomba dans les pommes et lâcha la main de Claire qui commença à prier, s'adressant pour la première fois à un dieu à qui elle n'avait jamais vraiment parlé par le passé.

« On va toujours trop vite », annonça le capitaine du Dragon 3, dans un calme impassible. « C'est fini », conclut-il.

Il reste deux personnes devant elle. Elle tremble comme une feuille avec son nouveau passeport en main. Tout va bien se passer, se répète-t-elle dans sa tête. Tout va bien se passer. Un guichet s'ouvre sur sa gauche, une policière métisse en surpoids l'invite d'un air sévère à s'y rendre d'un signe de la main. Elle hésite, et finalement se décide à y aller.

« Ça a été un honneur d'être votre capitaine », souffla Pedro. Linn aussi était tombée dans les vapes, il ne restait plus qu'elle et lui. Pourquoi n'activait-il pas l'expulsion des sièges en dehors du cockpit ? C'était leur dernier espoir, si seulement Claire pouvait atteindre le bouton bleu clignotant à sa droite, ça les sauverait peut-être tous, mais impossible avec les forces gravitationnelles agissant comme des poids sur ses bras, lui donnant l'impression de peser une tonne. Les secousses s'intensifièrent, au fur et à mesure que l'altitude continuait à diminuer : « l'effet lave-linge » repensait-elle.

Tout allait bientôt s'arrêter.

Tout ça pour ça.

Toutes ces années à s'entraîner pour atteindre son rêve, pour finir broyée à plus de 500 kilomètres heure sur la planète rouge, l'objectif de sa vie. Quel gâchis. Quel incroyable gâchis.

— Papiers, s'il vous plaît ma'am[13], lui demande le douanier, commençant sa journée en sirotant un café américain dans un mug thermos imprimé « Miami Beach ».

Tout allait s'arrêter. Brusquement, mais sûrement. Tu étais poussière, et tu redeviendras poussière. Elle n'allait pas tarder à

---

[13] En anglais dans le texte : Madame.

rencontrer ce fameux Dieu qui ne répondait pas à ses prières. Elle allait avoir une petite discussion avec lui.

— Ma'am ? Papiers, s'il vous plaît !

Tout s'arrêta.

— Oh, euh oui, excusez-moi, les voilà.

Il lui prend son passeport, le scanne, et l'observe de longues secondes.

— Retirez vos lunettes s'il vous plaît.

— Ah oui, pardon.

Elle lui sourit timidement, incapable de cacher son stress. Il l'observe en comparant la photo de son passeport. De la fumée blanche envahit le cockpit, et soudainement, toutes les vibrations s'arrêtèrent. Ça y est, elle était morte, et sûrement au paradis.

— Vous êtes nerveuse ma'am ? lui demande le douanier.

— Non, mais, j'ai peu dormi ces derniers temps, voyez-vous.

— Mettez votre main sur le détecteur d'empreintes, s'il vous plaît ma'am.

— Bien.

Subitement, la pesanteur fut rétablie, et elle se trouva clouée à son siège, totalement déphasée. Pedro regarda dans le rétroviseur et vit qu'elle était encore consciente. Il retira son casque, le jeta par terre, et il tenta de la rassurer : « C'est terminé maintenant Claire. Bravo, tu as été parfaite. »

— Il y a un problème ?

— Nous avons un nouveau système de scan qui est un peu plus long que le précédent, je vous demande encore un instant, répond le douanier.

C'était fini.

Mais, qu'est-ce qui était fini ? Elle devait être morte, broyée par la collision, mais elle était toujours en vie ?

Des vibrations résonnèrent sur la carlingue, comme si quelqu'un était en train de dévisser quelque chose. C'était flou dans sa tête, elle ne réalisait pas encore où elle pouvait être, et s'attendait tellement à y passer qu'il était compliqué pour elle de rester consciente. « Où sommes-nous Pedro ? Où sommes-nous ? »

Le cockpit fut soudainement détaché et soulevé par ce qui ressemblait être une grue. Autour de ce cockpit apparurent plusieurs visages, et un spot puissant l'aveugla. « Nous sommes à la maison, Claire. »

— Bien, tout est en ordre, voilà votre passeport. Bon retour à Miami, Madame Clarisse Dupont.

Chapitre 43. Retrouvailles

22/04/2025

— Détective… Détective…

J'entends une voix, mais impossible d'être en mesure de faire quoi que ce soit. Elle me paraît loin, si loin. Je ne sais plus.

— Détective Koekelberg… Réveillez-vous !

Quel nom bizarre, roulé avec des R. Cependant, il ne m'est pas inconnu… Oui, je me rappelle maintenant, c'est moi ! Je suis Stephen Koekelberg, c'est moi ! Revenir à moi… Essayer… Pourquoi est-ce que c'est si dur…

— Tiens, mets-lui un peu d'eau sur le visage.[14]

— Tu crois ? [15]

— Tu n'as rien à perdre. [16]

Une eau gelée provenant d'une bouteille me sort brusquement de mon inconscience, comme on pourrait se réveiller d'un cauchemar.

— Ah, vous revoilà parmi nous, détective.

J'ouvre les yeux, fais le point et, oh mon Dieu que j'ai mal au crâne, qui a vraisemblablement pris cher, ces derniers jours.

---

[14] En russe dans le texte.
[15] En russe dans le texte.
[16] En russe dans le texte.

Je tâche de remettre les pendules à l'heure en scrutant les lieux : une forêt, un mirador au sol, des traces d'explosion et une gigantesque clairière. J'y suis... Mars Alpha. Le centre était là, avant qu'il n'explose. Mais... Je ne crois pas me souvenir de ces deux hommes :

— Qui, qui êtes-vous ?

— Ne vous inquiétez pas détective, c'est Rémi qui nous envoie. Venez, nous allons nous occuper de vous.

Son anglais est impeccable malgré son accent russe omniprésent. Son ami joufflu me regarde en souriant, puis m'aide à me relever. Visiblement, lui ne parle pas la langue de Shakespeare :

— Vous pouvez marcher, détective ?

— Oui, je crois... Comment vous appelez-vous ?

— Je m'appelle Igor, et voici Alexandar. Il est très gentil, mais ne parle pas votre langue.

— Da ! ponctue Alexandar comme s'il avait compris la phrase.

— Je vous amène dans un lieu sûr, où vous pourrez vous reposer avant de rentrer à Amsterdam.

— Merci. Comment Rémi a-t-il su ?

— Oh, il ne m'a pas tout raconté, il m'a juste envoyé des coordonnées où nous devions venir vous chercher.

— Vous le connaissez ?

— Da, nous faisons partie du même collectif, d'informaticiens si vous voulez.

— Ah, vous êtes un hacker également ?

— Da ! En route.

À bout de force après ces efforts surhumains pour marcher et m'exprimer, je m'endors instantanément dans la voiture, bercé par les vibrations du terrain accidenté. Mon corps est meurtri de partout, mais je me sens surtout épuisé et dans un état d'épuisement avancé. Après plusieurs heures de route, nous arrivons chez Igor, chez qui je finis ma nuit. Au réveil, il me tend une tablette, et je reconnais Rémi en visio-call :

— Hey, comment ça va, amigo ? me demande-t-il l'air joyeux.

— Rémi, merci. Merci de tout cœur. Sans toi, je serais sans doute mort de... De quelque chose, de froid, de faim, ou je ne sais pas.

— Ne l'oublie pas, tu me seras désormais redevable à vie ! plaisante-t-il en me faisant un petit sourire malin. Alors, raconte, qu'as-tu vu ?

— Non toi ! Raconte-moi comment tu m'as retrouvé !

Igor m'apporte un bol de quelque chose de chaud et de fort, que je ne parviens pas à identifier, mais qui me réveille et me réchauffe. Pour ne pas le vexer, je commence à le siroter, emmitouflé dans ma couverture.

— Tu peux remercier ton Smartphone, sans lui tu serais mort, reprend Rémi. En fait, je savais à quel endroit tu étais, et la synchronisation des photos était automatique. D'ici, par géolocalisation, je t'ai vu avancer dans le centre, jusqu'à ce que ton signal se coupe. Visiblement, la réception d'un signal était trop faible, pour que tu puisses accrocher ton appareil à un réseau, la liaison étant hachée. J'ai attendu que tu ressortes, mais après une heure, aucun signe de vie de ta part. Et puis j'ai pu accéder à ton cloud, où j'ai vu une photo s'uploader.

— Je pensais ne pas capter du tout à vrai dire.

— En fait, tu captais par de toutes petites brides, et le temps que l'envoi d'une photo de plusieurs mégas se fasse, tu n'en as envoyé qu'une seule avant que je ne perde totalement ton signal.

— De quelle photo s'agit-il ?

Il prend le papier sur laquelle il l'a imprimée, l'observe et me la montre.

— C'est la dernière que tu as prise. On dirait une femme qui sort de quelque part, avec deux sacs de sport trop lourds pour elle, sur ce qui semble être un écran de surveillance. C'est ça ?

— Oui, c'est bien ça.

— Il va falloir que tu m'en dises plus. Bref, après le transfert de cette unique photo et sans retour de ta part, je me suis dit que quelque chose de louche s'était passé. Alors j'ai piraté un autre des drones de surveillance que j'avais utilisés l'autre jour. Je ne suis même pas sûr que quelqu'un ait remarqué la disparition du premier. Le fait est que, par chance, celui-ci avait une autonomie un peu plus importante que le précédent drone, ce qui m'a permis d'aller explorer la base en question que je n'avais qu'entraperçue la fois précédente. Malheureusement, il faisait nuit et un épais nuage de poussière m'empêchait de distinguer quoi que ce soit. En m'aventurant un peu plus bas, les hélices du drone ont en partie dissipé la fumée, et à force d'explorer les différents recoins de la clairière, j'ai fini par te trouver, au pied d'un arbre. J'ai alors contacté Igor pour qu'il vienne te chercher au plus vite.

Igor, qui ne me lâche pas des yeux, me fait un petit signe de la tête, auquel je réponds par un petit sourire.

— Il ne comprend pas le néerlandais, j'espère ?

— Non, juste l'anglais. Bon, et toi alors, qu'y-avait-il dans la base ? Et cette photo, de qui s'agit-il ?

Par chance, ma mémoire n'a pas été touchée, ce qui me permet de lui raconter en rentrant dans les détails mon exploration du centre. Mis à part une énorme bosse sur le crâne et quelques côtes fêlées à cause de ma chute suite au souffle de l'explosion, je crois qu'on peut dire que je ne m'en suis plutôt pas trop mal sorti.

— Oublier ton Smartphone, avec toutes ces photos. Quel scandale ! Et que dire de tes 3 mots de passe erronés…

— Merci pour ta compassion Rémi, tu es un ange.

— Bon, du coup si on résume, suite à ta boulette, on n'a plus aucune preuve de l'existence de la base secrète de Mars Alpha. Il ne reste plus que Claire, qui s'est a priori barrée on ne sait où avec potentiellement deux sacs remplis de billets pour essayer de comprendre pourquoi Lars, trois colons et tous les enfants d'Alexandrie sont morts. C'est bien ça ?

— C'est à peu près ça. Claire et peut-être Edward. Et c'est là que tu interviens.

— Pour scanner les différentes activités au niveau des aéroports et essayer de la retrouver. Je lance une recherche de suite.

Igor m'apporte du pain, et une espèce de confiture à base d'un fruit que je ne reconnais pas, tant celle-ci est amère. Je le trempe dans l'étrange liquide chaud. À défaut d'être bon, c'est bourratif, et j'avais vraiment faim pour le coup.

— Réfléchissons, Rémi, comment aurait pu réagir Claire… Essayons de nous mettre à sa place un instant. Tu voyages pendant sept mois dans un simulateur, persuadée que tu es en route sur Mars, et tu te réveilles, on t'annonce qu'en fait tu es encore sur Terre, et que les sept dernières années de ta vie n'ont servi qu'à créditer une vaste escroquerie.

— Déjà, quand tu t'en rends compte, je pense que tu dois bien avoir les boules.

— Indéniablement. Ensuite, à peine sortie de ton simulateur, tu vois tout le monde s'entretuer, pour une raison qu'on ignore encore, et par miracle tu survis. Et tu repars du centre incognito avec deux sacs remplis de billets.

— Peut-être est-elle la responsable de l'empoisonnement de tout le monde, pour se venger ?

— C'est une hypothèse. Cependant, pourquoi aurait-elle empoisonné ses partenaires colons, et comment expliquer la mort de Lars et de Mike par balle ?

— En effet.

— Prenons une autre hypothèse, si elle avait voulu revenir à la lumière des projecteurs, alors que tout le monde la pense morte, dans les ruines fumantes de Dragon 3 sur Mars, ça serait déjà fait vu qu'elle a quitté le centre il y a un an maintenant.

— Ou alors, quelqu'un lui est tombé dessus, lui a volé son argent, et s'est débarrassé d'elle.

— Combien pouvait-il y avoir dans deux sacs bourrés de billets ?

— Je vais te dire ça tout de suite.

Pendant que Rémi pianote sa requête sur un moteur de recherche, je dépose le bol sur la table de nuit. Et dire que je ne sais pas du tout où je suis... Je me sens juste loin de tout.

— Visiblement, un micro-ondes peut contenir l'équivalent d'un million de dollars avec des billets de cent dollars. Vu la taille de ses sacs, je pense qu'elle a pu y caser le contenu de deux micro-ondes dans chacun d'entre eux, et à supposer qu'elle ait de grosses coupures, elle devait avoir pas loin de vingt millions de dollars dans différentes devises, m'explique Rémi.

— Assez pour se refaire une nouvelle vie, vu que visiblement elle n'a pas cherché à retrouver l'ancienne.

— Je te vois venir. Allez, vas-y, pose ta question !

— Est-il possible de changer totalement d'identité ? Nos systèmes étant basés sur la biométrie, cela voudrait dire changer tes empreintes digitales, rétiniennes, ton ADN, voire se faire refaire le visage et tout le toutim ?

— Qu'en penses-tu ?

— Ça me paraît compliqué…

— Stephen, tu apprendras que tout est bien plus simple lorsqu'on a beaucoup d'argent, reprend l'informaticien. Donc oui, je te confirme, c'est possible. Moyennant un montant important de bitcoins, quelques hackers te proposent un package « changement de vie ». Ils bossent avec des chirurgiens plastiques qui te refont une beauté et une nouvelle identité au black.

— Des nouvelles identités, carrément ?

— Parfois oui, parfois il s'agit d'identités de gens décédés ou disparus, qui réapparaissent de l'autre côté du globe. Les voies du trafic de la biométrie humaine sont impénétrables !

— Combien de temps tu mettrais pour en savoir plus à ce sujet ?

— Il va falloir regonfler la cagnotte des bitcoins qui me permet de faire ce genre de recherches. Les gens à la recherche d'une nouvelle vie investissent beaucoup justement pour qu'on ne les retrouve pas. Tu te doutes que ceux qui ont en charge de leur créer une nouvelle identité sont difficilement corruptibles… Enfin ils le sont, mais il faut aligner, quoi. En attendant, je vais quand même essayer de voir si je peux trouver quelque chose du côté de sa boîte mail. Ça sera peut-être plus simple.

— Tu penses qu'elle aurait commis la boulette de s'y connecter, alors qu'on la pense morte ?

— Elle n'est pas une experte de l'évasion donc il est probable qu'elle fasse des erreurs. Et puis il est compliqué de se créer un nouveau compte mail totalement anonyme, sans numéro de téléphone, depuis les dernières législations internationales autour de l'anonymat des e-mails du 18 mars 2020. Sans pour autant avoir un nom précis, à partir de son IP, à supposer qu'elle s'y soit connectée, je pourrai peut-être la géolocaliser, et à partir de là j'aurai de meilleures pistes pour trouver son *transformeur* d'identité. À supposer que cette hypothèse soit la bonne, bien sûr. Je te tiens au jus.

— Ça marche. Bon courage !

Alexandar, voyant mon appel terminé, entre dans la chambre, le sourire aux lèvres et les joues déjà bien rouges, avec une bouteille remplie d'un liquide transparent et deux verres. Il semble déterminé à me faire goûter les spécialités locales et alcoolisées du coin.

Fais vite Rémi, je t'en conjure, fais vite.

Chapitre 44. Grain de beauté

01/05/2025

— C'est pour vous la Pinã Colada, madame ?

— Oui, merci.

Clarisse scanne le lecteur présenté par le serveur avec son index, qui encaisse ainsi sa consommation.

— Bonne continuation, madame.

— Merci.

Sur le dos, bien installée, la tête à l'ombre de son parasol, elle sirote tranquillement son cocktail à base de rhum, de jus d'ananas et de crème de coco. Elle observe ses jambes et remarque qu'un peu de son vernis rouge aux pieds s'est déjà écaillé, avant de se rallonger en poussant un soupir de bonheur. Durant les longs mois passés dans Dragon 3, elle avait cauchemardé de ne plus jamais vivre des moments comme celui-ci : siroter un cocktail au bord d'une piscine sous un soleil de plomb. Ne penser à rien et lézarder. Oublier le passé, vivre pleinement cette nouvelle vie, en tâchant de ne pas trop dilapider sa petite fortune, afin qu'elle dure jusqu'à la fin de ses jours.

Adieu célébrité, rebonjour anonymat.

Personne ne l'avait identifiée dans ce complexe hôtelier « le Riu Plaza », bordant Miami Beach. Qui aurait pu ? Même elle, face à son reflet dans un miroir, était incapable de reconnaître la Claire qu'elle avait été par le passé. Si personne ne s'était manifesté jusqu'à présent, c'est qu'elle pouvait être sereine, personne d'autre ne la retrouverait.

— Excusez-moi, il n'y a personne à côté de vous, madame ?

— Non, je vous en prie, ponctua Clarisse d'un soupir à peine caché.

— Vous vous faites à la chaleur ? lui demande-t-il.

— Pardon ?

— Je vous demandais si vous arriviez à vous accoutumer à la chaleur.

— Oui, ça va, merci, tente-t-elle de conclure en s'équipant de ses écouteurs sans fil.

Il la contemple longuement, sans vraiment faire preuve de discrétion. Derrière ses lunettes de soleil, il sourit, amusé. Il pianote quelque chose sur son Smartphone, avant de reprendre la conversation.

— Vous avez beaucoup changé, reprend-il.

Clarisse fait mine de ne pas entendre, les yeux fermés, l'excellent album : *Appetite for destruction* des Guns N' Roses résonnant dans son casque. Vexé de la voir faire la sourde oreille, il se racle la voix et répète sa phrase, un ton plus fort.

— Je disais « vous avez beaucoup changé ».

Elle ouvre les yeux, retire ses lunettes et foudroie l'étranger du regard :

— Excusez-moi, mais on se connaît ?

— Moi oui. Vous, non.

— Je ne crois pas, je m'en souviendrais, conclut Clarisse, excédée.

— Vous n'êtes pas le genre de personne qu'on oublie.

— Excusez-moi, mais puis-je avoir la paix ? Ou faut-il que j'appelle la sécurité ?

— C'est à vous de voir, quelle version des faits vous préférez.

— Pardon ?

— Soit vous appelez la sécurité, et je leur raconte qui vous êtes vraiment, soit nous papotons tous les deux. Je suis sûr que vous avez des tonnes de choses à me raconter, Claire, sur votre voyage sur Mars et votre retour fracassant sur Terre.

Stephen, satisfait de son entrée, retire son T-shirt, et commence à s'appliquer de la crème solaire sur le torse. Il est maigre mais sec, et la crème met en valeur ses pectoraux. Par contre, il est totalement suicidaire de s'exposer, pâle comme il est, en plein soleil, sans risquer des brûlures, et ce même malgré une bonne protection.

À côté de lui, telle une petite fille dont le mensonge viendrait d'être découvert, Claire reste bouche bée, incapable de sortir le moindre mot, paralysée par la peur. Après quelques instants, elle reprend ses esprits :

— Je ne suis pas celle que vous croyez, vous devez faire erreur, bredouille-t-elle.

— Allons, s'il est indéniable que votre rhino plasticien a fait un merveilleux travail pour votre nez et votre menton, vos grains de beauté vous ont trahie, ma chère. Surtout le gros, que vous avez au niveau du genou droit. C'est une photo de vos vacances, sur le compte Instagram de votre précédente identité, qui m'a permis de vous retrouver. Il est charmant, mais pour bien faire les choses, vous auriez dû vous le faire retirer.

Elle regarde le grain de beauté qui orne son genou droit, légèrement en dessous de sa rotule, et le recouvre de sa main, comme si cela pouvait le faire disparaître.

— Je ne vois toujours pas de quoi vous voulez parler, continue à nier Claire, en se cachant derrière sa liseuse.

— Écoutez, je n'ai pas de motivation hostile à votre égard. J'enquête sur la disparition de plusieurs scientifiques, et il est plus que probable qu'ils aient été les artisans de Mars Alpha. Mon enquête m'a conduit jusqu'au centre enterré dans lequel je vous ai vue quitter les lieux sur les enregistrements de vidéosurveillance, avec deux gros sacs remplis de billets. Vous êtes la seule survivante et donc la seule personne capable de me raconter ce qui s'est passé là-bas.

— Je ne sais pas qui est cette Claire, je m'appelle Clarisse.

— Et moi je ne suis pas Stephen, je suis Lars Von Truck. Voulez-vous qu'on appelle la sécurité pour qu'elle mette les choses au clair ?

À court d'idées, la crédibilité chez Claire s'effrite, phrase après phrase.

— Quelles preuves avez-vous contre moi ? Mes papiers sont en règle, et je n'ai rien à me reprocher, je vous l'assure.

— Très bien, vous voulez jouer à ça... Vous voyez l'attroupement de paparazzis au loin, qui attendent tels des vautours que la star de la mode du coin se montre avec sa nouvelle copine ? Si vous y tenez, je peux toujours aller leur raconter votre histoire, mais quelque chose me dit qu'avec les quelques photos de votre Instagram que j'ai pour argumenter mes propos, ils n'hésiteront pas bien longtemps avant de vous remettre sous le feu des projecteurs. Vous imaginez le scoop ? Je vois déjà les gros titres : « Claire encore en vie, alors qu'on la croyait morte sur Mars ! », ou que pensez-vous de « Mars Alpha, l'arnaque du siècle ».

Combien de temps resterait-elle anonyme, si les médias s'emparaient du sujet ? Peut-être était-il plus raisonnable pour elle de coopérer.

— Qui êtes-vous ?

— Je ne me suis pas présenté, excusez-moi. Je suis le détective Stephen Koekelberg.

— Que voulez-vous savoir ?

— Tout. Tout ce qui s'est passé à partir du moment où vous nous avez fait croire que vous étiez morte sur Mars, et tout ce que vous savez sur les scientifiques que je recherche.

Pour se donner du courage, elle reprend une gorgée de Piña Colada, regrettant déjà la sieste qu'elle avait prévu de faire tout l'après-midi, qui visiblement n'aurait pas lieu.

— Comment avez-vous fait pour remonter jusqu'à moi ?

— Vous avez de la chance. En général, c'est moi qui pose les questions. Mais cette enquête dans ce lieu paradisiaque me met de bonne humeur, du coup je vais vous y répondre, si en contrepartie vous me promettez, lorsque ce sera votre tour, de faire pareil. Nous avons un deal ?

Claire donne comme seul engagement en retour un « Mmm » à peine perceptible, que Stephen accepte comme gage de sincérité. Il lui raconte alors comment à travers les adresses

IP de ses connexions à sa boîte mail ils l'ont géolocalisée : Genève. Un seul *transformeur* d'identités œuvrait dans la capitale suisse, et quelques bitcoins plus tard, beaucoup à vrai dire, il leur avait fourni sa nouvelle identité. Par la suite, il a été assez simple de remonter à sa trace, à partir de sa nouvelle empreinte bancaire digitale : son vol de Genève à Atlanta, puis jusqu'à Miami, le taxi jusqu'à l'hôtel, puis la chambre de luxe dans laquelle elle logeait pour une durée indéterminée.

— Impressionnant, détective. Très impressionnant.

— Oh, j'ai la chance d'avoir un très bon informaticien pour lequel le piratage des systèmes d'information n'a plus de secret. Bien, êtes-vous disposée à m'en dire plus ?

— À une condition.

— Je ne pensais pas que vous étiez en position de négocier, mais je vous écoute.

— Je vous dirai tout ce que j'ai vu et ce que je sais, mais en échange, promettez-moi de ne pas révéler ma véritable identité à qui que ce soit. Vous pouvez utiliser mon histoire comme bon vous semble, pour les médias ou je ne sais pour quelle autre raison, mais vous ne m'avez jamais vue, et si c'est le cas, je ne suis ni plus ni moins que Clarisse Dupont, une jolie Française qui est américaine depuis qu'elle a décroché sa *Green Card*, que vous draguez le temps de votre séjour. Claire est bel et bien morte durant le crash de Mars Alpha. Deal ?

Stephen, à son tour, réfléchit. Il n'avait qu'une parole, et elle était peut-être la clé de son enquête.

— Deal.

Claire tend alors sa main, que Stephen empoigne et serre avec vigueur, plongeant son regard dans les yeux bleus de la demoiselle.

— La pose des lentilles permanentes est-elle douloureuse ? reprend-il, satisfait de cette négociation.

— Il faut rester les yeux fermés pendant 24 heures. La pose des nouvelles empreintes digitales est une opération bien plus compliquée à réaliser et qui m'a beaucoup fait souffrir. Mais le chirurgien s'en est plutôt bien sorti, à en croire mes précédents passages au contrôle aux frontières. Dommage pour lui qu'il n'ait pas su tenir convenablement sa langue...

— Je vous préférais les yeux marron, ceci dit.

Claire reprend son verre, et sans lâcher du regard le détective, en termine son contenu, jusqu'à faire volontairement du bruit avec sa paille.

— Et si vous nous recommandiez quelque chose, détective ? Pour moi, ce sera une Piña Colada. Cela va m'aider à me souvenir de ce qu'il s'est passé, je pense.

Stephen sourit, amusé, et pianote sur la tablette à côté de lui une commande à destination du bar.

— C'est parti. Je vous écoute.

Claire se redresse, afin de bronzer de face, et remet ses lunettes de soleil.

— Avez-vous au moins suivi mon parcours durant la sélection de Mars Alpha ?

— Hélas non, vous allez rire. La télé-réalité, ce n'est pas trop mon truc. En général, en sortant du boulot je me plonge dans des livres pour m'évader. J'évite d'allumer la télé. Les nouvelles qu'elle donne nous rappellent trop souvent à quel point nous vivons dans un monde de fous.

— Que savez-vous du projet ?

— Il y a quelques jours, j'ai vu un résumé des meilleurs moments, décrivant l'équipe dans laquelle vous faisiez partie, et puis bien évidemment, les images de l'amarsissage, et le fait que Lars et Edward étaient portés disparus. L'un d'eux ne donnera plus jamais signe de vie, ça c'est sûr.

— Lars… Je ne sais quoi penser de lui. C'était un gentil fou ou un malade visionnaire.

Claire raconte ses souvenirs du chef de Mars Alpha, mais aussi la manière avec laquelle il avait changé de comportement vis-à-vis d'elle une fois passée de l'ombre à la lumière des projecteurs après le décès de Velia, et comment elle avait dû se faire à l'idée que finalement, dans quelques jours, et non dans deux ans, elle ferait partie des quatre premiers colons à partir pour Mars.

— La Piña Colada et le verre de vin blanc, c'est bien ici ?

— Oui, merci.

Stephen scanne son index sur l'appareil. Le droïde serveur récupère le précédent verre vide de Claire, et dépose sur la table les deux consommations accompagnées de popcorn.

— Bonne continuation, termine-t-il avant de s'éloigner, dans un bruit sourd et électrique.

Claire se jette sur le cocktail comme si elle n'avait pas bu depuis des jours.

— Quand je pense que j'ai failli dire adieu à tout cela.

— J'imagine que vous étiez préparée à cela, non ? Allez, trinquons à la vérité.

— À la vérité !

Le bruit des verres retentit, peinant à couvrir le bruit des photographes tentant vainement d'alpaguer à quelques mètres d'eux, de l'autre côté du muret, la fameuse styliste à la mode et sa nouvelle petite amie s'étant finalement décidées à se montrer.

Voulant se mettre à l'aise, Claire dégrafe sans aucune pudeur son haut de maillot de bain, laissant apparaître deux magnifiques seins pâles et ronds sous le regard gêné de Stephen. Essayant indéniablement de le déstabiliser afin de mieux le contrôler alors qu'elle commence à s'étaler de la crème dessus, elle reprend le fil de la discussion :

— Lorsque vous avez cherché des informations à mon sujet, avez-vous visionné une des vidéos dans laquelle on me voit me doucher, durant la phase de sélection du projet de Mars Alpha ?

— Eh bien non, répond Stephen, peinant à masquer son teint pivoine. Je ne savais pas que des vidéos de ce genre existaient. Pfiouuu... c'est qu'il tape le soleil. Un peu voyeur comme concept, non ?

Claire sourit, amusée de la situation, prenant bien soin d'étaler tout autour de ses mamelons de la crème solaire, afin qu'il n'en perde aucun détail, et que bien évidemment elle n'attrape pas de coups de soleil à ces endroits si sensibles.

— On ne peut rien vous cacher, détective. Pas même moi.

— Reprenons, si vous le voulez bien. Que s'est-il passé dans les dernières heures ? Avez-vous soupçonné un instant que vous étiez dans un simulateur ?

— Non, à aucun moment. Pour être franche, il y avait surtout l'angoisse que l'amarsissage se passe mal, Mike était persuadé que nous n'aurions pas assez de carburant pour ralentir suffisamment une fois arrivés dans l'atmosphère martienne. Mais très rapidement, les choses ont commencé à se gâter. Tout allait trop vite, et très lentement en même temps. La descente devait durer sept minutes et je me souviens avoir regardé l'heure, nous approchions des dix minutes lorsque tout s'est terminé. C'était d'autant plus étrange vu la vitesse théorique trop élevée à laquelle nous étions censés nous déplacer.

— Et comment cela s'est-il passé une fois la fausse séance d'amarsissage achevée ?

— Il n'y avait plus que Pedro et moi de conscients, Linn et Mike étaient tombés dans les pommes à cause des G endurés. Il m'a juste dit « nous sommes à la maison ». Il savait que ça se terminerait comme ça.

— Pedro ?

— Oui, et Linn également, mais je ne l'ai appris qu'après.

Stephen découvrait la vraie Claire, bien loin d'être celle qu'il s'était imaginée.

— Quelles ont été vos réactions, lorsque vous avez découvert qu'il s'agissait d'un simulateur ? reprend le détective.

— Comment réagiriez-vous, lorsque vous consacrez pas loin de huit ans de votre vie à un projet, que vous le concrétisez, et qu'au moment le plus important, vous vous rendez compte qu'il n'était qu'illusion, et qu'on vous a berné depuis le début ?

— Mal, je suppose.

— C'est un euphémisme. On m'a volé huit ans de ma vie pour quoi au final ? Une vaste supercherie.

— J'imagine. Que s'est-il passé ensuite ?

— Les moteurs se sont arrêtés, la lumière s'est rallumée. Le cockpit a été ouvert quelques instants après le « pseudo » amarsissage, et une équipe de techniciens s'est chargée de détacher Linn et Mike de leur siège. Je n'arrivais pas vraiment à accepter la vérité qui pourtant était là, sous mes yeux, nous n'avions jamais quitté la Terre.

Le couple de people à côté d'eux, donnant l'impression d'ignorer les paparazzis essayant d'avoir le meilleur cliché de la scène, s'embrasse tendrement, avec des gestes assez explicites, à la limite de la pudeur.

— Pedro n'a eu de cesse de me rassurer après ma sortie, reprend Claire. Il m'a mis une couverture de survie sur les épaules, et m'a aidée à marcher, entourée par une poignée de techniciens. J'étais affaiblie après ces longs mois sans pesanteur. Quelqu'un m'a ensuite apporté une boisson chaude, du café je crois. Je découvrais l'immensité du centre dans lequel toute la supercherie avait eu lieu. Dans ma tête, c'était un peu l'anarchie, je me sentais totalement partagée entre l'admiration du site dans lequel je me trouvais, et l'impensable vérité qui se décantait minute après minute. Et puis il y a eu un coup de feu.

— Un coup de feu ?

— Oui. Je n'ai pas vraiment pu identifier d'où cela venait, mais plusieurs techniciens armés, avec un drôle de symbole sur leur T-shirt, se sont dirigés vers l'endroit d'où le tir avait eu lieu, d'où ils revinrent en portant un homme a priori inconscient, qui venait d'être touché à la tête. Derrière lui, un de ces techniciens tenait dans sa main un Smartphone, sur lequel il pianotait avec insistance. Et puis j'ai quitté la salle, poussée par une personne de la sécurité, qui ne voulait visiblement pas que j'en apprenne plus.

— Avez-vous une idée de la personne sur qui on a tiré ?

— Je n'en suis pas sûre, mais maintenant que vous me le dites, je serais presque prête à parier qu'il s'agissait d'un des scientifiques dont vous m'avez parlé. Dans l'espèce de réfectoire dans lequel j'ai été conduite, j'ai brièvement entendu quelques informations, comme quoi il avait subtilisé un Smartphone à un de ses geôliers et l'avait utilisé, je ne sais dans quel but.

Stephen profita du moment pour lui détailler l'origine de son enquête.

— Peut-être s'agissait-il d'Hendrik Von Bauer, ceci expliquant la raison pour laquelle le message n'avait pas été terminé et surtout pourquoi il n'y en a pas eu d'autres par la suite. Et une fois dans le réfectoire, que s'est-il passé ?

— Mike et Linn nous ont rejoints, Pedro et moi. Je me suis jetée dans les bras de Mike, et j'ai pleuré. Il semblait encore sous le choc de voir que nous n'avions au final jamais quitté la Terre. Certes, nous étions terriblement déçus que tout ça n'ait été qu'une vaste supercherie, mais à vrai dire tellement heureux d'être toujours en vie. On nous a apporté de quoi manger. Les techniciens nous entourant donnaient l'impression d'être ravis de voir que l'opération s'était bien déroulée, cependant les 2 gardes armés à l'entrée de la pièce ne nous ont pas vraiment rassurés. Auraient-ils dégainé en cas de débordement ou... je ne sais pas. De fuite ? Notre vie était-elle encore en danger si nous ne coopérions pas ?

— J'imagine qu'il était « physiquement » impossible d'envisager quelque chose de la sorte, vu votre fatigue musculaire après ce long voyage.

— Exact. Et après quelques instants, le temps pour nous de reprendre nos esprits, Lars est entré dans la pièce.

— Le machiavélique génie.

Le regard de Claire se pose soudain sur quelque chose au loin, et elle décide alors de remettre son haut, et de rattacher sommairement son paréo.

— Allons faire un tour, détective. J'ai des envies d'emplettes.

— Mais nous n'avons pas fini !

Claire répond avec un sourire, et se dirige vers la sortie pendant que Stephen se rhabille, sans la quitter des yeux, il serait dommage qu'elle disparaisse une fois de plus.

Chapitre 45. J+228 – Acte 1

20/04/2024

— Mais bordel, que s'est-il passé ?

Lars était furieux, et transpirait à grosses gouttes, conséquences d'un sprint improvisé après qu'il eut entendu retentir le coup de feu. Penaud, son agresseur lui raconta la scène :

— Il s'agit d'Hendrik Von Bauer, l'ingénieur en robotique. Il nous a aidés durant la dernière phase d'amarsissage, afin que tout se passe comme prévu. Sauf qu'au dernier moment, il a disparu, après avoir réussi à nous chaparder un Smartphone déverrouillé.

— Ce n'est pas vrai, combien de fois faudra-t-il vous le dire ! Lorsqu'un des détenus est de sortie, il faut qu'une personne soit affectée uniquement à sa surveillance, et ne fasse rien d'autre !

Il contempla le scientifique mort dont la balle dans la tête avait rendu le visage totalement méconnaissable, sans aucune compassion visible.

— Vous avez pu vérifier qu'il n'avait pas pu contacter l'extérieur sous quelque manière ? reprit-il.

— Techniquement non. Le seul réseau accessible était le wifi, et on a juste eu le temps d'éteindre le répéteur avant que le message qu'il était en train de taper n'ait été envoyé. J'ai désactivé le redémarrage automatique quotidien de celui-ci afin de voir plus précisément avec qui il tentait de correspondre, et ce qu'il y racontait.

— Il n'y a pas de risque qu'il arrive à son destinataire, vous en êtes certains ?

— À moins que le centre n'entre en veille prolongée dans les prochaines semaines ou que quelqu'un ne redémarre la totalité du système, ce qui n'est a priori pas prévu, non, c'est sous contrôle.

— Bien. Mais ne tardez pas trop à vous en occuper.

— Ce n'est pas tout, chef.

— Je vous écoute ?

David, l'enfant d'Alexandrie d'origine israélienne n'osait pas lui raconter la suite. Il savait ce que c'était que de subir les foudres de Lars, pourtant il fallait qu'il le lui dise :

— Un autre détenu a profité de l'amarsissage pour se faire la malle.

— Qui ?

— Javier.

— L'ingénieur en effets spéciaux…

— Oui. Pour l'amarsissage, il fallait rattacher des tuyaux de fumée à l'intérieur de Dragon 3. D'après ce qu'on a pu voir, il en a visiblement percé deux sur les trois, ce qui a plongé quelques instants la salle du simulateur dans un épais brouillard. De plus, le rendu était beaucoup plus épais que ce qu'on avait prévu, ce qui nous a empêchés dès lors qu'on nous a signalé sa fuite de le retrouver à partir des caméras de surveillance. On le cherche encore. Il ne peut pas être loin.

Lars prit un mug de Mars Alpha, et le jeta par terre de colère. Il saisit l'arme de David, et le plaça sur sa tempe :

— Vous allez me fouiller toute la zone, et vous avez intérêt à me le retrouver, sinon il y aura un mort de plus dans ce projet. Est-ce que j'ai bien été clair ?

— Affirmatif, chef.

Lars lui confisqua l'arme, qu'il cala à l'arrière de sa ceinture, sous sa veste, avant de se diriger vers le réfectoire. David, avec deux autres enfants d'Alexandrie, se remit à la recherche de Javier.

Ayant participé aux travaux de transformation de cette ancienne base militaire, personne ne connaissait mieux les lieux que l'Espagnol.

Au vu de tous les recoins que présentait l'installation, il ne semblait pas bien compliqué de se trouver une bonne cachette. Allait-il gagner cette partie de cache-cache géant dans lequel sa vie était en jeu ?

Dans le centre, le code couleur était primordial : les T-shirts rouges étaient les enfants d'Alexandrie habilités à porter une arme. Ils représentaient pour la plupart le service d'ordre de la base, et si une majorité possédait également une compétence technique en plus, une petite poignée était uniquement destinée à la surveillance du site.

Les informaticiens, eux, étaient vêtus d'un haut noir, et enfin, les techniciens spécialisés ou hommes à tout faire « non armés » étaient habillés de bleu.

Lars, qui peinait à redescendre dans les tours, s'adressa à un de ses gardes armés.

— Jaime ?

— Oui, chef ?

— Tu vas aller te débarrasser des deux autres chercheurs, je ne veux pas qu'il y ait de nouvelles tentatives d'évasion.

— Mais je croyais que…

— Ne crois pas, fais ce qu'on te dit, un point c'est tout.

— Et les corps, on en fait quoi ?

— À la centrale, comme d'habitude. Allez hop hop hop, on s'active !

— Bien, chef.

Jaime appela un coéquipier pour l'accompagner jusqu'à la cellule où ils étaient retenus. Sans être particulièrement en mauvaise condition physique, ils donnaient l'impression d'avoir peu dormi, et leur peau était terriblement pâle, du fait qu'ils n'avaient pas vu le soleil depuis des années.

— Allez, on se réveille là-dedans, entama le garde en tapant avec une matraque sur la porte.

Andrea et Brian se levèrent péniblement. Pendant que Jaime les tenait en joue à l'entrée, Francis, son coéquipier, leur attacha les mains. La physicienne, malgré son teint maladif, lui esquissa un sourire, qu'il essaya d'ignorer.

Sur la vingtaine d'enfants d'Alexandrie qui étaient présents sur le site, il avait fallu que cela tombe sur l'amoureux secret d'Andrea. Il lui avait fallu de longues années pour réussir à la séduire et lui faire comprendre son attirance pour elle. Elle avait fini par s'abandonner à lui en échange de quelques rations de nourriture supplémentaires.

— Allez, on se dépêche Francis, il ne faut pas trois heures pour attacher des poignets.

— Voilà, voilà.

Après avoir échangé quelques mots avec le responsable de la sécurité qui recherchait activement le détenu disparu sur le système de caméra, Jaime appuya sur un bouton, et la lourde porte d'entrée du centre s'ouvrit.

La physicienne et le designer en parc d'attractions prirent une profonde bouffée d'air pur comme s'il s'agissait de leur première inspiration ; des années qu'ils n'avaient pas été autorisés à sortir à l'extérieur, prisonniers de ce satané projet.

Trop occupés à profiter du moment présent en découvrant les lieux et aveuglés par la luminosité du soleil, ils oublièrent de se demander quelle pouvait être la raison de cette sortie, la première depuis leur incarcération. Jaime reçut un appel sur le talkie-walkie qu'il avait accroché à l'épaule. Il s'agissait de la vigie armée d'un fusil sur le mirador, qui voulait avoir confirmation que tout allait bien. Jaime lui fit signe de la main pour lui indiquer que tout était sous contrôle.

Ils contournèrent la base en direction de la centrale à thorium qui se trouvait à quelques mètres de là. Les prisonniers avançaient, précédant leurs gardiens qui les tenaient en joue.

— Que va-t-on faire d'eux ? susurra Francis.

— S'en débarrasser, répondit Jaime.

— Mais, je croyais que…

— Moi aussi, mais visiblement les plans ont changé. Maintenant tais-toi, il ne faudrait pas qu'on ait à les traquer dans la forêt en plus de ça.

Francis repensa à son idylle amoureuse, à ces promesses intenables qu'il lui avait faites. Une larme roula sur sa joue, qu'il eut le temps d'essuyer avant que son collègue ne puisse la remarquer. Jaime fit arrêter les prisonniers face à l'imposante centrale à thorium qu'ils découvraient pour la première fois.

— À genoux, leur ordonna-t-il.

Comprenant enfin ce qui les attendait, pris d'effroi, les deux scientifiques se retournèrent, et commencèrent à implorer leurs bourreaux.

— Silence ! Retournez-vous, et agenouillez-vous, répéta Jaime en armant son revolver.

Francis, à contrecœur, suivit l'ordre implicite que lui donna son équipier en lui indiquant Andrea d'un hochement de la tête. Il mit son arme en joue, prenant pour cible le crâne de sa dulcinée.

Alors qu'il entendait pleurer son amoureuse, le garde commença à cogiter. Était-il un assassin ? Avait-il signé pour ça ? Il avait vécu le sang et la mort durant son service militaire obligatoire au pays, mais il n'était pas chez les enfants d'Alexandrie pour ça. Tout ce qu'il voulait c'était que le monde accepte l'idée qu'un terrible complot était à la base de tout. Fallait-il pour cette cause qu'il tue la femme qu'il aimait ?

Jaime prononça sa sentence : « Alea Jacta est[17] », avant d'appuyer sur la gâchette de son arme.

Ce coup de feu le ramena à la réalité, et Brian s'effondra à terre. Andrea, en pleurs, se mit à hurler, implorant son bourreau de ne pas tirer.

— Je ne peux pas, conclut Francis.

Soudainement, il visa la tête de son coéquipier, qui n'eut pas le temps de réagir, et lui asséna un coup fatal avec son

---

[17] « Le sort en est jeté » en français.

revolver. Andrea poussa un nouveau cri, ignorant ce qui se passait derrière elle. Le corps de Jaime s'effondra à son tour.

— Fuis, fuis mon amour pendant qu'il en est encore temps. Je t'aime. « Te amo, lux mea, quantum amabitur nulla[18] ».

Prudemment, Andrea se retourna et vit Francis, positionnant son arme sous son propre cou. Malgré le choc, l'instinct de survie reprit rapidement le dessus, et elle rassembla ses dernières forces pour tenter de s'échapper de ce lieu maudit.

Quelques secondes plus tard, un nouveau coup de feu retentit : son bourreau s'était sacrifié pour la sauver.

Recouverte du sang de son coéquipier et ami Brian, ainsi que celui de Jaime, elle courait, en essayant de ne penser à rien d'autre qu'à fuir. Si elle atteignait la forêt, peut-être s'en sortirait-elle. Sa liberté était au bout de ces quelques foulées, et elle tâchait de concentrer toutes ses forces dans ses jambes, oubliant ses poumons qui la brûlaient ; elle se répétait : « ne pas défaillir, ne pas défaillir, tu peux le faire, tu peux le faire, bordel. »

Mais un nouveau coup de feu retentit, venant du mirador.

Touché.

Elle s'écroula à terre, le nez dans l'herbe.

Elle porta sa main à sa poitrine gauche et ne tarda pas à comprendre en sentant son sang chaud s'écouler entre ses doigts que son heure approchait. Elle était foutue, elle le savait, mais quelque part, son corps refusait la vérité, et elle tenta malgré tout de se relever, en vain. Elle lâcha un cri rauque, qui contenait toute la souffrance et la frustration qu'elle avait en

---

[18] « Je t'aime ma chérie, comme aucune autre ne sera aimée » en français.

elle. Elle ne pouvait pas abandonner maintenant, et ce malgré cette douleur qui l'étouffait petit à petit ; son poumon gauche était bel et bien perforé.

Pourtant, elle abdiqua et, dans un ultime effort, se retourna sur le dos. Une dernière fois, elle observa le ciel bleu, qu'elle n'avait pas vu des années durant. Chaque inspiration était de plus en plus douloureuse.

Elle allait mourir là, d'étouffement ou d'hémorragie interne, étendue dans l'herbe.

Jamais elle ne reverrait Rico, son mari.

Jamais ils ne se marieraient, dans la robe blanche qu'elle s'était imaginée porter.

Jamais, ils n'auraient cet enfant qu'ils avaient tant désiré.

Jamais...

Quelques instants plus tard, une balle de revolver fut tirée à bout portant en plein milieu de son front, la tuant une seconde fois.

La vigie, qui avait déjà fait mouche à plus de soixante-dix mètres quelques minutes plus tôt sur un Texan du nom de Jeff, vérifia qu'elle était bien morte cette fois-ci.

Satisfait de son tir, il lui cracha au visage avant de rentrer à la base.

Chapitre 46. Emplettes

01/05/2025

Stephen rejoint Claire, qui l'attend à l'entrée de l'hôtel.

— Vous voilà, détective, j'ai failli perdre patience.

— Oui, désolé. Où en étions-nous ?

— J'avais envie de changer d'air. Si nous marchions un peu ?

— Je ne suis pas sûr que…

— Allons, ça me fait du bien de pouvoir enfin me confier à quelqu'un après tout ce temps à veiller sur mon petit secret. Ne soyez pas timide, détective.

L'air étouffant et humide de Miami Beach est un véritable bonheur pour Claire, alors que Stephen regrette déjà l'air surclimatisé de cet hôtel hors de prix.

— Où allons-nous ?

— Faire des emplettes. Nous allons dîner ce soir, détective, et j'ai envie de me faire belle. J'espère que vous avez emmené une tenue de soirée avec vous !

— Je… suppose que le concierge devrait m'arranger ça.

— Tenez, entrons là.

L'air frais de la climatisation redonne vie à Stephen. Une vendeuse à l'entrée leur souhaite la bienvenue, et leur demande s'ils ont besoin d'aide :

— Nous allons trouver, merci, lui rétorque Claire. Vous voyez, détective, je me suis découvert une passion pour les boutiques depuis ma nouvelle vie. Comment ai-je pu passer à côté de cela, tout ce temps durant...

— Bien, et si nous revenions à Mars ?

— Détendez-vous, détective. Je vous raconterai tout ce que je sais, je vous l'ai promis. En attendant, je vais avoir besoin de votre avis, venez.

Après avoir choisi deux robes et de deux ensembles de lingerie, Claire amène Stephen par le bras jusqu'à l'espace essayage de la boutique. Après avoir vérifié qu'ils sont seuls, elle entre dans une cabine, et en tire approximativement les rideaux.

Par terre tombent rapidement son paréo et son haut de maillot de bain.

— Vous savez Stephen, nous n'avions que deux tenues dans le vaisseau Dragon 3, autant vous dire que c'était d'une tristesse. En fait, je crois que cette expérience un peu austère m'a transformée et m'a redonné goût à la vie, et à un peu de fantaisie. Que pensez-vous de cette robe-là ?

Claire ouvre les rideaux, et sort de la cabine avec une petite robe en soie couleur nacre, largement fendue au niveau du décolleté, arrivant jusqu'en haut des cuisses. Elle tourne plusieurs fois sur elle-même, sous les yeux ébahis de Stephen.

— Alors ? Qu'en dites-vous ?

— Euh... C'est... C'est pas mal !

— Pas mal. Oui, je trouve aussi, je suppose qu'on peut trouver mieux. Vous savez, je crois que lorsque je vous ai vu arriver, j'ai tout de suite deviné ce que vous étiez.

Elle rentre dans la cabine, oubliant volontairement d'en fermer les rideaux, laisse tomber par terre sa robe avant d'en essayer une autre, dévoilant ainsi un dos magnifique, parsemé de grains de beauté, légèrement bronzé et marqué de la trace de bronzage de son haut. Elle passe un nouveau modèle bien plus moulant que le premier.

Stephen, tiraillé par ses sentiments commence à perdre pied, hésitant entre regarder honteusement mais discrètement le spectacle proposé par celle qui semble être son dernier espoir de clôturer son enquête, ou faire le gentleman, et réussir à fixer le mur, ou le plafond, ou quelque chose qui ne soit pas aussi sexy que le corps de Claire, sublime torture pour cet éternel célibataire.

— Ah bon ? C'est-à-dire ? reprend-il, en ayant finalement choisi l'option bassement masculine de se comporter en voyeur. Après tout, elle s'exhibait volontairement, non ?

— On ne vous l'a sûrement jamais dit, mais vous avez une tête de détective. Tenez, pouvez-vous m'aider ?

Elle sort de la cabine à reculons, afin qu'il lui remonte le zip de sa robe jusqu'à sa nuque.

Stephen s'exécute. Claire se dirige vers le miroir où elle se contemple, visiblement ravie de son nouvel essai.

— Qu'en pensez-vous ? Dommage qu'on voit que je porte une culotte, non ? Ça fait des traces moches...

— Je... je ne l'avais pas remarqué.

— Alors que si je fais ça...

D'un geste, elle remonte sa robe jusqu'au niveau de ses hanches, et décroche un nœud sur le côté de son bas de maillot de bain, qui tombe à ses pieds, avant de la redescendre, et d'observer son reflet, satisfaite du résultat :

— Voilà qui est beaucoup mieux, qu'en pensez-vous ?

— C'est beaucoup mieux en effet, répond Stephen, subjugué, ayant toujours le souvenir de la demi-fesse qu'il a entraperçue un bref instant.

— Bon, je la prends, ainsi que l'autre. Voyons maintenant leurs ensembles. Vous aimez la belle lingerie, détective ?

Stephen, commençant à transpirer, reste médusé, devant Claire qui est rentrée dans la cabine, en oubliant une nouvelle fois de tirer les rideaux. Totalement nue, la robe à ses pieds, le détective la contemple de dos, ne pouvant s'empêcher de remarquer la blancheur de ses fesses, parfaitement délimitée par la marque du maillot de bain.

N'ayant pas de réponse de sa part à sa question, alors qu'elle passe un soutien-gorge, elle tourne sa tête, afin de capter de nouveau son attention :

— Détective ? Vous êtes avec moi ?

— Euh… Oui, vous disiez ?

— Ah, je croyais vous avoir perdu ! Je vous demandais si vous aimiez la belle lingerie.

— Euh, oui, comme tous les hommes, je suppose.

— Moi aussi, j'adore ça, reprend-elle en enfilant un string. La lingerie qu'on portait dans le vaisseau était affligeante tellement elle était triste et neutre. Pas de froufrou, de couleur, de transparence, de fantaisie ou de dentelle, juste des sous-vêtements gris. C'était d'un ennui ! En France, il m'arrivait de me vêtir de bas noirs, parfois pour moi, pour me sentir sexy, et d'autres fois pour mon Jules, quand j'en avais un, et qu'il me le demandait ou que je décidais de lui en faire la surprise. Je trouvais cela terriblement érotique. Mais ici, il fait bien trop chaud pour en porter et je ne suis pas fan des résilles. Tenez, que pensez-vous de cet ensemble ?

Claire, défile tel un modèle sur la pointe des pieds, le visage neutre, dans les quelques mètres carrés des cabines d'essayage autour de Stephen.

— Me trouvez-vous séduisante, détective ?

Stephen répond, encore sous le choc d'avoir pu deviner une ombre parfaitement rectangulaire sur le tissu avant du string gris quasi transparent :

— Je vous trouve... très séduisante. Même si je vous préférais brune.

— Pff, vous n'êtes pas drôle, détective, répond-elle en tirant cette fois-ci totalement les rideaux de la cabine pour se rhabiller. Il faut un peu de fantaisie dans la vie parfois. Tenez, prenez les vêtements que je viens d'essayer. Je vous laisse encaisser et vous retrouve à la sortie.

— Je...

— Je vous aide à avancer dans votre enquête. Cela mérite bien des petits cadeaux de votre part, non ?

— Mais, et si...

— Si je m'échappe ? Eh bien, vous n'aurez qu'à vous souvenir de ces quelques instants durant lesquels je vous ai permis de vous rincer l'œil. Allez, dépêchez-vous, nous n'en avons pas encore terminé.

Une fois en caisse pour régler les achats, qu'il ferait sûrement passer en « frais de mission », Stephen rejoint Claire, qui l'attend dehors, plus radieuse que jamais. Le prenant sous le bras, elle lui annonce :

— Et maintenant : allons acheter des bijoux. Il y a une bijouterie française pas loin, dans laquelle j'adore faire des emplettes. Je vais vous montrer le pouvoir de l'argent. Rassurez-vous, je ne vais pas vous ruiner ce coup-ci, mais c'est devenu un péché mignon chez moi.

— Je vous suis, répond le détective, un peu perdu.

À quel jeu étrange joue Claire ? Stephen, pourtant habitué à des situations bien plus difficiles, se sent perdu.

Sur le boulevard, des voitures autonomes avec des pneus d'au moins un mètre de hauteur défilent en direction du centre, avec des basses suffisamment fortes pour vous décoller le cérumen des oreilles. À l'arrière de ces *Hummer* décapotés, de jeunes et riches fêtards font leur possible pour se faire voir, au rythme d'un son de *dancefloor* entraînant, pour qui aime ce genre de musique.

En face de la bijouterie, bien caché derrière des rideaux, quelqu'un observe le jeune couple rentrer dans le magasin.

— Cette ville est délicieusement folle. Je n'y suis que depuis quelques jours, mais je l'adore déjà. Vous avez de la chance, détective, de rencontrer la Clarisse que je suis devenue, la Claire que j'étais durant et avant Mars Alpha était tellement studieuse, angoissée et timide. Ce voyage m'a transformée. Tenez, c'est là.

« Renee de Paris, bijouterie française ».

La devanture scintille de mille feux, et fait s'illuminer le visage de Claire. Stephen frémit en regardant les tarifs des bagues, boucles d'oreilles et colliers.

— Vous savez qu'on peut faire une quantité de choses avec de l'argent ?

— Je suis au courant. Je vous rappelle que c'est grâce à ce même pouvoir que je vous ai retrouvée, souffle Stephen en rentrant dans le magasin.

Dans la bijouterie, où un imposant vigile noir en costume surveille les allées et venues, un vieux monsieur avec des lunettes vient les accueillir. À la caisse, une dame est en train d'encaisser ses achats auprès d'une autre vendeuse, typée latino.

— Bonjour messieurs dames, puis-je vous renseigner ? entonne le propriétaire des lieux, avec un accent français facilement reconnaissable.

— Oui, je voudrais que vous me sortiez les quatre bijoux les plus chers de votre échoppe, demande Claire.

— Bien, je vous les apporte.

Le vendeur étale une paire de boucles d'oreilles, une bague, un collier et un bracelet.

— Qu'en pensez-vous, détective ?

— Ils sont magnifiques.

— Lequel préférez-vous ?

— Euh, je n'aurai pas les moyens de vous l'acheter, hein…

— Ne vous inquiétez pas, ça, c'est pour moi. C'est ma manière de vous remercier d'avoir pu me décharger de mon lourd passé quelques heures. Je veux être belle pour vous ce soir !

— Le collier vous ira à merveille.

— Très bien, je vais vous prendre celui-ci.

Discrètement, Claire compose l'identifiant téléphonique du magasin avec son Smartphone. Immédiatement, son appel détourne l'attention du vendeur, alors que l'autre cliente s'apprête à sortir. Elle saisit aussitôt le bracelet qu'elle met dans sa poche, et glisse la bague affublée également d'un mouchard antivol dans le sac de la vieille dame, ce qui la fait sonner au moment de franchir la porte. L'énorme vigile sort de l'état de torpeur duquel il était plongé, interpelle la dame, pendant que Claire règle son achat avant de se diriger vers la sortie, sous les yeux médusés de Stephen.

— Puis-je voir votre sac madame, je vous prie ?

— Le voici, monsieur, répond-elle sereinement.

Rapidement, il trouve la bague, alors que l'alarme sonne toujours.

Claire franchit la sortie à son tour en faisant sonner le portique.

— Voler dans une bijouterie, madame, vous devriez avoir honte, lance-t-elle sans complexe à la vieille dame, après avoir échangé un regard complice avec le vigile.

Persuadé qu'un autre bijou se trouve dans le sac de la grand-mère, il la laisse sortir.

Une fois à l'extérieur, la voleuse prend le détective par la main et l'entraîne en courant vers leur hôtel, à quelques foulées de la bijouterie, afin d'être le plus rapidement possible dans un endroit sûr.

Le vigile, s'étant rendu compte un peu trop tard de la manœuvre, sort, mais ils sont déjà hors de vue.

Dans le hall, le détective et Claire reprennent leur souffle :

— Mais pourquoi avez-vous fait ça ? lui demande Stephen.

— Pour vous prouver que ce n'est pas parce qu'on est riche qu'on a plus le droit de s'amuser ! répond Claire en souriant à pleines dents.

— Mais vous ne vous rendez pas compte ! Si on se fait prendre, on risque la prison !

— Rassurez-vous, on ne se fera pas prendre. Allez, je monte me changer, on se retrouve ici, disons... dans une demi-heure, le temps pour vous de vous trouver un costume, et pour moi de me faire toute belle pour le dîner ?

— J'imagine que je n'ai pas vraiment le choix ?

— Vous imaginez bien, détective. Allez, dites-vous que dans un peu moins d'une heure, vous obtiendrez ce pour lequel vous êtes venu jusqu'ici, avec peut-être un petit supplément, si vous êtes sage.

— Quel supplément ?

— Taisez-vous, détective, vous parlez trop, conclut Claire en lui mettant un doigt sur la bouche. Je vais me changer, à tout de suite.

Stephen reste bouche bée en la regardant monter les escaliers.

Lui, étant pourvu de sang-froid, restant de glace devant des corps parfois en plusieurs morceaux, de marbre face à l'horreur humaine, le voilà totalement fébrile face à cette mystérieuse inconnue sur laquelle il s'était pourtant bien documenté, mais qui ne ressemble en rien à ce qu'il s'imaginait d'elle. Durant l'essayage des costumes organisé par la conciergerie de son hôtel, il ne cesse de repenser à ces quelques heures passées avec elle, tentant vainement de faire le bilan de son enquête tout en tentant d'oublier cette explosion de sentiments qu'il a pour elle.

« Comment est-il possible d'être si faible... Tu ne dois pas te laisser amadouer, tu es un professionnel en exercice ! Du cran que diable, montre-lui qui tu es, montre-lui que tu n'es pas ce genre d'homme qui peut si facilement se faire manipuler dès lors qu'on joue avec ses faiblesses. Oh, mon Dieu, mais comment résister face à ça... » conclut-il devant Claire, magnifiquement bien maquillée, chignon impeccable, montée sur ses *Louboutin*, le collier acheté un peu plus tôt brillant de mille feux autour du cou ; elle porte la seconde robe moulante essayée l'après-midi même.

— Eh bien, détective, ce costume vous va à ravir. Vous avez réservé une table, j'espère ?

— Oui, suivez-moi, lui répond-il en lui offrant son coude tel un gentleman.

Durant l'essai de son costume de soirée, à aucun instant il n'avait supposé qu'elle aurait pu s'échapper, trop perdu dans ses pensées lubriques envers elle dont il n'arrivait pas à se débarrasser, et par chance, elle était là, prête à se livrer. Jusqu'à quel point ?

— J'ai une faim de loup ! Savez-vous ce que vous allez prendre, détective ?

— Trop de choix tue le choix, répond Stephen, plus qu'obnubilé par les prix affichés uniquement sur son menu. Je vais prendre une salade de homard. Et vous ?

— Le risotto de Saint Jacques, avec du champagne s'il vous plaît, précise Claire au robot serveur sur roulette, dont le visage est animé d'un simple smiley vert.

« Bonne continuation », termine-t-il d'une voix un peu trop métallisée, en saisissant les tablettes sur lesquels les menus étaient affichés.

— Permettez-moi de vous dire que vous êtes magnifique, Claire, dit Stephen en tentant de contrôler la couleur de ses joues. Et finalement, le bleu de vos yeux va parfaitement avec votre collier.

— Oh, détective, vous êtes adorable, merci beaucoup d'avoir joué le jeu en tout cas. Que pensez-vous de ma robe ?

— Je la trouve aussi ravissante que tout à l'heure.

— Quelque chose me dit que vous vous êtes posé une question en la voyant, lorsque je descendais les escaliers, je me trompe ?

— Non, quelle question ?

— Allons, détective, reprend Claire en lui caressant le tibia avec le bout de sa chaussure. Vous mentez si mal…

— Non … Bien sûr que non. Et si nous parlions du centre de Mars Alpha plutôt ?

Satisfaite de son petit effet, Claire recroise ses longues jambes, plonge son regard bleu dans le vide en jouant avec son verre, avant de se lancer dans le récit tant attendu par le détective :

— Après quelques mots pour nous demander comment nous allions, Lars nous a dit qu'il allait nous expliquer sous peu pourquoi il avait fait ça, et qu'il fallait suivre un de ses sbires, qui nous a tous rassemblés dans une grande salle de réunion.

Chapitre 47. J+228 – Acte 2

20/04/2024

— Où sont Jaime et Francis ? demanda Lars à un de ses surveillants, équipé d'une oreillette.

— Ils ont eu des soucis à l'extérieur, visiblement. Il ne reste plus que le vigile sur le mirador, et nous serons tous au complet.

— Bien bien, répondit Lars en contemplant son auditoire autour de lui.

Vingt et un enfants d'Alexandrie, les quatre colons de Mars Alpha, peut-être qu'il y aurait trop de champagne finalement. Tout le monde était attablé, un des sbires au T-shirt noir s'occupait de remplir les flûtes de chacun, alors qu'un autre déposait de lourds sacs opaques contenant des billets devant chacune des personnes présentes. Quel était le but de cette réunion ? Seul Lars le savait.

L'incompréhension se lisait toujours sur le visage de Claire, emmitouflée dans sa couverture en aluminium. Assis à côté d'elle, Mike lui attrapa la main qu'il serra, avant de lui murmurer à l'oreille :

— Lorsque je te le dirai, tu prétexteras un besoin urgent d'aller aux toilettes pour t'éclipser de la salle. Trouve un endroit pour te cacher, et restes-y jusqu'à ce que je vienne te chercher. D'accord ?

— Je ne comprends pas, que se passe-t-il ?

— Tu comprendras bien assez tôt. Fais-moi confiance.

Jeff, le vigile texan avec ses lunettes d'aviateur, son fusil sur l'épaule, fut le dernier à rentrer dans la salle.

— C'est bon chef, nous sommes tous là, annonça-t-il en fermant la porte.

— Bien.

Lars contempla chacun de ces visages et sembla chercher ses mots. Cela faisait tant d'années maintenant qu'il attendait ce moment :

— Mes amis, nous voilà tous réunis. Depuis le début, vous m'avez suivi dans ce projet fou. Sans vous, il m'aurait été impossible de faire croire au monde entier que l'homme allait enfin coloniser Mars. Sans vous, mes amis, il m'aurait été impossible de manipuler les résultats des votes du public. Seul, je n'aurais pas pu gagner autant d'argent grâce à la pub et au marketing, tous ces millions que nous étions censés utiliser pour fabriquer et envoyer ce vaisseau rempli de vivres et de colons sur la planète rouge, tous ces revenus qui devaient nous permettre d'envoyer l'énergie suffisante et les ordres à nos robots sur place pour construire le premier camp de base sur Mars.

Il marqua une pause, devant son auditoire conquis. Certains pleuraient même d'émotion. Pour eux, pour Lars, l'amarsissage était une page qui se tournait, et de nouvelles vies qui allaient commencer.

— Cet argent, aujourd'hui, comme convenu mes amis, je suis venu le partager avec vous au nom de votre belle cause « les enfants d'Alexandrie », ce qui vous permettra de crédibiliser votre mouvement et d'annoncer ce soir à la terre entière que Mars Alpha n'était qu'une vaste arnaque que tout le monde a cru réelle, et que la vie tout entière n'est qu'une suite de complots que vous êtes là pour divulguer. Très chers amis, Mars Alpha est mort, VIVE MARS ALPHA !

— VIVE MARS ALPHA ! reprirent, debout et en chœur en trinquant, tous les membres du groupuscule complice, accompagnés de Linn et de Pedro.

Au moment de porter son verre à ses lèvres, Claire reçut un coup de coude de la part de Mike. Par un signe des yeux assez explicite, il lui fit comprendre qu'il était temps pour elle de s'esquiver. Elle le reposa en soupirant. Profitant du fait que tout le monde était debout et que personne ne pouvait donc la voir, elle se dirigea discrètement vers la sortie. Après avoir expliqué au garde qu'elle était prise d'une « envie pressante », il lui ouvrit la porte et la laissa se rendre aux toilettes.

Si, comme initialement prévu, le défunt Jaime avait été posté à cet endroit, il l'aurait interdit et lui aurait demandé de retourner à sa place, car telles étaient ses consignes. Mais le destin était ainsi fait, et parfois certains imprévus pouvaient avoir de lourdes conséquences.

Dans le couloir désert, elle se rua jusqu'aux toilettes où elle s'y enferma à double tour, avant de finalement décider de s'aventurer un peu plus loin dans ce couloir. C'est dans le poste de commande à l'entrée du centre, abandonné par ses gardiens, qu'elle assisterait à la fin de la réunion, sans le son malheureusement. Elle essaierait de lire sur les lèvres de Lars pour deviner la fin de son discours.

Mais pourquoi diable Mike lui avait-il demandé de fuir ? Qu'avait-il présagé ?

À travers les caméras filmant l'intérieur de la salle de réunion, elle se concentra puis zooma sur celle où apparaissait Lars, qui reposa son verre avant de reprendre son discours. Les personnes présentes se rassirent après avoir vidé leur coupe. Les sourires étaient sur tous les visages, mais ça n'allait pas durer.

— Je tiens également à remercier Pedro et Lin, qui ont fait un magnifique boulot dans Dragon 3. C'est aussi grâce à vous que l'opération a pu être menée à bien sans qu'on ne vous soupçonne de quoi que ce soit, et Dieu sait à quel point cela n'a pas été facile, surtout pour toi, Pedro, qui n'a été prévenu que tardivement de l'ampleur de la tâche après que Velia eut été mise hors-jeu. Alors Pedro, Lin, encore un grand merci pour avoir joué vos rôles d'infiltrés à la perfection.

Pedro et Lin soulevèrent à leur tour leur verre en direction de Lars et applaudirent timidement. Mike, qui n'avait qu'une confiance limitée en eux, les fusilla un instant du regard. La Chinoise l'évita soigneusement. Le Chilien, lui, hocha simplement les épaules et frotta son index contre son pouce de sa main droite pour lui faire comprendre que c'était l'argent qui l'avait convaincu. L'américain aurait sa revanche.

— Comme promis, dans ces sacs se trouvent vos parts respectives. Vous voyez, je suis un homme de parole, à un détail près.

Pesant ses mots, il marqua un court arrêt. Quel était donc ce « détail près » ?

— Il s'avère qu'après avoir mûrement réfléchi, j'ai changé d'avis. Je vous avais promis qu'en échange de vos services, vous auriez la possibilité de tout raconter à la presse, en plus d'une belle somme d'argent. Mais au final, je pense que c'est une mauvaise idée.

Stupeur dans l'audience. Certains chuchotements commencèrent à s'échanger, et même Pedro et Linn semblaient tomber des nues devant cette nouvelle. Seul Mike sourit discrètement suite à cette annonce. Quelqu'un toussa bruyamment, trop bruyamment.

— En effet, je pense, avec le recul, qu'il serait mauvais pour nous tous de révéler ce mensonge au grand jour. Nous avons tous les mains sales, et je pense que personne ici n'a envie de faire de prison. Pas moi, en tout cas.

Une seconde personne se mit à tousser violemment, alors qu'un garde tomba de sa chaise en brisant le verre de champagne qu'il tenait encore dans sa main. Des regards inquiets commencèrent à s'échanger pendant que les épisodes de toux se multipliaient. Sans hausser la voix dans l'audience devenue inaudible, Lars reprit :

— De plus, je suis le cerveau de ce projet, et je vous annonce que je n'ai tout simplement pas envie de partager tout cet argent, si malhonnêtement gagné.

Une personne, puis deux se mirent à vomir. Le chaos avait envahi la salle, mais Lars continua, impassible.

— Cependant, je pense également que personne n'est prêt à me céder sa part. C'est en tout cas ce que supposait Edward il y a quelques instants, que j'ai donc remercié définitivement. Partant de ce postulat, étant donné que vous n'accepterez sûrement jamais l'idée de me faire don de vos parts et de vous taire à tout jamais, j'ai pris l'initiative d'injecter un poison violent mais rapide dans le champagne que vous venez tous de déguster. Il commence par une toux assez intense, avant de tétaniser le reste de votre corps, et de provoquer des régurgitations qui finissent par vous étouffer.

Ceux qui étaient à terre convulsaient maintenant de douleur pendant que d'autres vomissaient. Le vigile texan fut le premier à mourir. Certains tentèrent de saisir leur arme, mais leur corps ne répondait déjà plus. Linn mourut également assez vite, sous les yeux médusés de Pedro, qui s'écroula peu de temps après, alors que Mike gisait déjà sous la table, les yeux et la bouche grande ouverte.

Satisfait de la rapidité de son poison, et voyant tous ses complices inanimés par terre après un court et insupportable concert de gémissements, Lars conclut, le visage toujours aussi impassible :

— Je suis désolé de vous avoir menti, mes amis, mais ça aussi, ça faisait partie du plan. Sachez néanmoins que malgré tout, j'ai été ravi de travailler à vos côtés.

Le silence revint, dans une odeur insoutenable de vomi. Lars sortit un tube de crème, et en mit une petite noix sous son nez, afin d'être moins dérangé par la puanteur qui régnait maintenant dans la pièce, le temps pour lui de récupérer le contenu des différents sacs qu'Edward avait pris tant de soin à remplir. Pris d'une soudaine euphorie, il commença à siffler « It's a small world », avant de rester médusé devant Mike en train de se redresser. L'américain applaudissait lentement :

— Bravo, bravo Lars.

— Quoi, comment-est-ce possible ?

Le chef machiavélique comprit, en regardant le verre de l'américain, qu'il n'avait pas ingéré son terrible poison.

— Mike... La tête brûlée. Comment avez-vous compris ?

— L'expérience. Toute votre mise en scène là, c'était trop beau pour être vrai. Et puis par chance, au pied de ma chaise, il y avait un bouchon de champagne. J'ai pu voir qu'il était percé des deux côtés par un minuscule trou. D'un côté, le liège avait commencé à pourrir, signifiant que le champagne était empoisonné, car son acidité évolue trop vite.

— Vous êtes malin. Vous auriez dû crever dans cette piscine, c'est Jason qui aurait dû partir à votre place.

— Oh, mais vous ne m'apprenez rien, Lars, j'ai trop vite compris votre petit jeu. J'étais curieux de voir jusqu'où vous pousseriez votre petit délire. Et que dire de ces pauvres gens que vous venez de tuer... Vous êtes vraiment une sombre ordure.

— Business is business, répondit Lars, alors qu'une goutte commençait à perler de son front.

Impuissante, Claire assistait à la scène à travers les caméras, lorsqu'elle vit quelqu'un juste en face d'elle, dans le couloir, se ruer sur l'énorme porte qui permettait de sortir du bâtiment. Visiblement affaibli, il ne donnait pas l'impression de faire partie des enfants d'Alexandrie. Ils se dévisagèrent un court instant, avant que Claire n'ouvrît le dialogue :

— Qui êtes-vous ?

— Je m'appelle Javier Gonzales. Je faisais partie des scientifiques qui ont tout organisé pour que ce gigantesque complot paraisse plus vrai que nature. Je vous en prie, Claire, déverrouillez-moi la porte et fuyez avec moi, ils sont tous occupés dans la salle de réunion, c'est le moment où jamais ! Tenez, le gros bouton rouge sur votre droite, ça déclenchera l'ouverture de la porte. Appuyez et suivez-moi, je vous en conjure !

— Comment savez-vous qui je suis ?

— Le temps n'est pas aux discussions. Si vous ne voulez pas vous échapper, faites comme bon vous semble, mais laissez-moi sortir, je vous en prie, insista le prisonnier en poussant la lourde porte, espérant le déclic salvateur que Claire devait actionner.

— Je ne peux pas, je dois attendre Mike… Je vous rejoins, appelez les secours.

Claire appuya finalement sur le bouton, ce qui provoqua le déclic de la porte.

— Bonne chance, Claire, conclut Javier, avant de s'enfuir à grandes enjambées.

Secouée par la scène à laquelle elle venait d'assister ainsi que par la présence de cet étrange prisonnier, elle focalisa de nouveau son attention sur les écrans de la salle de réunion où Lars tenait désormais Mike en joue, qui pointait également un revolver sur lui.

— Où diable avez-vous eu cette arme, Mike ?

— Je l'ai empruntée à l'un de vos sbires, tombé à côté de moi, et qui ne s'est d'ailleurs pas gêné pour me vomir dessus, pour se venger sûrement.

— Saloperie de Ricain, reprit Lars en armant.

— Et maintenant, que fait-on ? On s'entretue ou on négocie ?

— On ne négocie jamais avec moi. Meurs, saloperie de Yankee.

Lars tira le premier, touchant Mike dans le poumon, lequel riposta quelques fractions de seconde plus tard en visant avec succès la tête de son agresseur.

Le corps du machiavélique cerveau de toute cette opération s'effondra lourdement au sol.

L'Américain, lui aussi, gisait par terre, peinant à respirer.

Claire accourut pour venir aider son ami, mais ses chances de s'en sortir étaient plus qu'infimes. Il aurait fallu l'opérer d'urgence, extraire la balle, l'amener à l'hôpital… Où se trouvait-elle seulement ?

Elle le serra contre ses bras et commença à pleurer. Sans lui, elle serait sans doute morte comme ses traîtres de partenaires Pedro et Lin qui, les yeux ouverts, donnaient l'impression d'assister sans mot dire à la scène.

Dans un dernier spasme, Mike lui souffla ces quelques mots : « Prends l'argent, et fuis. »

C'était fini.

Claire abaissa ses paupières, et laissa exploser son chagrin, épuisée par le trop-plein d'événements qui s'étaient produits depuis l'amarsissage.

Bien décidée à exécuter les dernières volontés de son ami, elle alla fouiller les lieux et trouva plusieurs sacs de bonne consistance. Elle y vida les petits sacs de grosses coupures, le butin équitablement partagé de ce gigantesque complot qui trônait devant tous ces macchabées.

Qu'allait-elle faire de cet argent ? Qu'allait-elle faire, tout court ?

Tout était flou dans sa tête.

Sans l'adrénaline coulant à flots dans ses veines, elle serait inévitablement tombée dans les vapes, mais il ne fallait pas, pas maintenant en tout cas.

En regardant les caméras de vidéosurveillance, elle avait observé qu'il y avait quatre voitures devant la lourde porte, puis trois, le prisonnier en avait sûrement subtilisé une pour s'échapper. Elle profiterait d'un de ces véhicules pour fuir, loin de ce mirage dont elle avait été une des actrices principales ces derniers mois.

Pourvu que Javier ne dise rien sur sa présence.

Peut-être d'ailleurs que de raconter ce complot à la presse était la meilleure chose à faire, mais ça voulait dire remettre un pied dans la notoriété...

Chapitre 48. Dernier verre

01/05/2025

— Et je ne voulais plus de cette notoriété, qui m'avait usée toutes ces années durant, ponctue la rescapée.

Pendant que le serveur les débarrasse de leur assiette, Claire termine son verre de champagne, avant de conclure :

— J'ai pris l'argent, et j'ai fui. Initialement, j'avais préparé trois sacs, mais il m'était difficile d'en porter plus de deux, j'étais trop affaiblie. Alors j'en ai déposé un par terre, à l'entrée, pensant revenir le chercher pour un second chargement, ainsi que des vivres. Je suis sortie et j'ai rempli le coffre la voiture, avant de redescendre prendre le troisième sac : mais la lourde porte s'était refermée derrière moi, et je me retrouvais donc dans l'impossibilité de rentrer à nouveau dans le centre. Aucune provision, au milieu de nulle part, j'ai failli craquer à ce moment-là, submergée par la fatigue. J'étais à présent une fugitive, et de ma survie dépendait maintenant le fait de me déplacer en permanence, c'est une des règles de base du *survivalisme*. En bricolant la voiture, j'ai réussi à la démarrer, merci les cours d'électronique du programme de Mars Alpha. La suite, vous la connaissez, détective. Par chance, j'ai pu trouver les bons interlocuteurs pour mettre ce cash sur plusieurs comptes en banque, c'est fou comme l'argent permet d'acheter le silence des gens. Puis je me suis recréé une identité à coup de bistouri. On m'a posé de nouvelles empreintes digitales, de nouveaux yeux, on m'a raccourci le nez et le menton, ainsi qu'une dizaine d'autres opérations pendant quasiment un an, en Suisse. Une fois sortie de cette clinique sous une nouvelle identité, j'ai traversé l'océan Atlantique jusqu'ici, afin de profiter de ce petit coin de paradis hors de prix, ce que même dans le plus ambitieux de mes rêves je m'interdisais d'imaginer. J'espérais être tranquille dans cette nouvelle vie, jusqu'à ce que vous arriviez, détective. Et voilà, vous savez tout. Mais je suis contente que ce soit quelqu'un d'aussi charmant que vous qui m'ait trouvée, lui sourit-elle en concluant.

Stephen s'enfonce dans sa chaise en croisant les bras, satisfait d'avoir eu les réponses à ses questions. Mais comment expliquer, si Javier avait réussi à s'échapper, qu'il n'ait pas réussi à donner signe de vie depuis sa fuite ?

— Est-ce que mon histoire vous a plu, détective ?

— Vous l'avez fort bien contée en tout cas. Par contre, concernant le silence des gens… Visiblement, vous n'aviez pas suffisamment bien payé ceux qui ont créé votre nouvelle identité.

— Je ne fais jamais deux fois la même erreur, sachez-le. Mais revenons-en au fait, pensez-vous que j'ai bien fait de fuir, avec tout cet argent ?

— Je ne suis pas là pour juger qui que ce soit. Je n'ose imaginer comment j'aurais réagi à votre place, en découvrant l'escroquerie. Tout ce temps perdu… En tout cas, vous êtes incroyablement courageuse, Claire.

— Vous savez, je n'ai pas vraiment eu le choix. Si je me suis battue pour faire partie des finalistes qui devaient se rendre sur Mars, une fois dans le vaisseau, je n'ai pas fait grand-chose. Et puis, à vrai dire, suite à cet événement, j'ai redécouvert la vie, et je préfère bien plus la Clarisse coquine que je suis devenue, comparativement à la Claire ennuyeuse que j'étais. S'il vous plaît, j'ai été vilaine, mais, ne me dénoncez pas, détective, je vous en supplie…

— Je ne sais pas. Je ne pense pas, même si les gens doivent être au courant de ce qui s'est passé. Vous n'avez pas de sang sur les mains, certes, mais comment ne pas divulguer ce qui est sans doute la plus grande escroquerie du siècle ?

Plongé dans ses pensées, Stephen ne remarque pas le visage de Claire observant au loin.

— Comment expliquer que Javier n'a pas redonné signe de…

Quelque chose lui caressant l'entrejambe l'interrompt : le pied de Claire, sans chaussure cette fois, laquelle le fixe avec insistance.

— Détective, maintenant que vous savez tout… et si vous montiez dans ma chambre, boire un dernier verre, pour vous changer les idées ?

— Maintenant ? Mais ?

— Chhhh, ne dites plus rien et venez.

Ne lui laissant pas le temps de réfléchir, elle se lève aussitôt et lui prend la main, l'invitant à la suivre. Partagé entre l'envie et l'incompréhension, Stephen la suit à petits pas, sans vraiment réaliser ce qu'il s'apprête à faire. Claire entre la première dans la gigantesque suite, et entraîne Stephen à l'intérieur avant de claquer la porte, et d'en tirer le verrou. Après l'avoir embrassé langoureusement, elle le pousse sur le lit.

D'un geste, elle ôte sa robe, apparaissant totalement nue face à Stephen :

— Maintenant que vous avez la réponse à la question que vous vous posiez toute à l'heure en me voyant descendre les escaliers avec cette robe, que diriez-vous de faire l'amour avec une fugitive, détective ?

Les ébats amoureux furent nombreux, remplis d'intensité, de douce férocité, de griffures amoureuses, de mots doux autant que d'insultes, d'amour bestial, jusqu'à ce que Stephen s'endorme.

Au petit matin, quelqu'un toque à la porte. Le détective émerge avec difficulté et, en cherchant dans un demi-sommeil sa compagne dans les oreillers, se rend rapidement compte que sa dulcinée n'est pas là. Entendant de l'eau couler dans la salle de bain et concluant ainsi qu'elle se douche, il se dirige vers l'entrée :

— Qui est là ?

— Room service, je vous apporte votre petit déjeuner.

— Ah, excellente idée, je meurs de faim.

Totalement nu, Stephen passe un peignoir puis ouvre la porte en bâillant, avant de tomber nez à nez avec un individu déguisé en groom, tenant un revolver braqué sur lui.

— Surprise, Stephen.

— Edward ! Comment avez-vous…

— Pas un mot. Je ne suis pas là pour vous. Où est-elle ?

D'un geste, le bras droit de Lars entre dans la pièce et claque doucement la porte derrière lui. Stephen, désabusé, lève les mains face à lui, regrettant de n'avoir pas eu le temps de nouer la ceinture de son peignoir, grand ouvert en face de son assaillant.

— Je ne sais pas de qui vous voulez parler.

— Allons détective, vous avez fait le plus gros du travail en la retrouvant à ma place. Pourquoi ne pas me la livrer bien gentiment ? Je ne vous veux aucun mal, je la veux juste, elle.

— Et que comptez-vous lui faire ?

— Peu importe. Où est-elle ? reprend Edward en armant son revolver qu'il pose sur le front du détective.

Entendant le bruit de l'eau dans la douche, il fait signe d'un doigt sur la bouche à Stephen de se taire, et le maintenant toujours en joue, il se dirige vers la porte de la salle de bain, qu'il ouvre d'un grand coup de pied. Les deux tombent de stupeur en découvrant qu'il n'y a personne à part un jet d'eau dans l'immense douche italienne. Stephen profite de la situation pour pousser Edward qui sous la surprise tombe en avant, lâchant son arme qui glisse jusque dans la douche. Alors qu'il se jette dessus pour la récupérer, le détective court jusqu'à son pantalon afin de saisir son revolver, qu'on lui a visiblement subtilisé.

— Claire, espèce de…

Son seul espoir de s'en tirer vivant est maintenant la fuite. Pantalon à la main, il se fend d'un sprint jusqu'à l'ascenseur le plus proche, au bout d'un interminable couloir. Edward, après avoir vainement tenté de lui tirer dessus, la poudre de son arme étant mouillée, se lance à sa poursuite. L'ascenseur s'ouvre et Stephen, une fois dedans, appuie à plusieurs reprises sur le bouton « RDC » afin que celui-ci se referme au plus vite. Edward n'est pas à une vingtaine de mètres lorsque les portes s'activent enfin.

— Dépêche-toi, bordel…, continue de jurer le détective en continuant d'appuyer sur le bouton.

— J'aurai ta peau, lance de son côté Edward qui n'est plus qu'à une dizaine de mètres.

L'ascenseur se referme juste à temps, laissant quelques instants de répit à Stephen qui en profite pour enfiler son pantalon. Edward est déjà dans la cage d'escalier en train de dévaler les étages pour le cueillir au rez-de-chaussée.

— Où as-tu pu filer, Claire ? Savais-tu seulement qu'Edward t'avait retrouvée ? Pourquoi ne pas me l'avoir dit ?

L'ascenseur descend bien trop lentement, sans parler des arrêts imprévus tous les deux étages et des regards outrés de la clientèle, découvrant cet homme uniquement vêtu d'un pantalon et d'un peignoir.

Mais Stephen n'a pas le temps d'être gêné, sa vie est maintenant en jeu, il le sait. Edward, commençant à s'essouffler à force de descendre les marches trois par trois, doit s'en débarrasser, car il ne doit pas raconter ce que Claire lui a sûrement déjà dit.

L'ascenseur arrive enfin au rez-de-chaussée, où le détective est accueilli par deux policiers, surpris de tomber si rapidement sur lui.

— Vous êtes bien Stephen Koekelberg ?

— Euh, oui mais…

— Ceci est un contrôle de police. Veuillez nous présenter vos papiers d'identité, s'il vous plaît.

— Mais, tout est en règle, je ne comprends pas !

— Nous allons effectuer une palpation.

— Bien, mais… Que se passe-t-il ?

Pendant qu'un des deux officiers de police examine ses papiers d'identité que, par chance, il avait dans son pantalon, le second, équipé de gants, commence à fouiller le détective. Il sort de sa poche droite un bracelet en or serti d'une aigue-marine.

Le policier saisit alors ses menottes, et en un instant les attache aux poignets de Stephen, qui commence à se rendre compte de ce qui est en train de lui arriver. Après avoir compris l'arnaque, il ne peut s'empêcher de laisser s'échapper un « mais quelle salope ! ».

Une fois attaché, le policier murmure dans son talkie-walkie : « OK, le renseignement était bon, on a bien retrouvé le bijou volé. Envoyez-nous le fourgon. »

— Où vous êtes-vous procuré ceci, monsieur ? reprend le policier.

— Je pense que vous le savez, vu votre présence ici.

— Est-ce que vous niez l'avoir volé dans la bijouterie Renee de Paris, entre 19 h et 19 h 10 hier ?

— Écoutez, je peux tout vous expliquer. La femme avec laquelle j'étais, c'est elle qui l'a volé et qui m'a piégé.

— De quelle femme s'agit-il ? Est-ce votre épouse ? Vous avez une photo d'elle ?

— Non, mais vous la connaissez sûrement, elle a participé à Mars Alpha, il s'agit de Claire, elle était française, elle a changé d'identité maintenant, elle s'appelle Clarisse Dupont et… Elle est descendue dans une chambre ici, demandez à l'accueil ! Demandez au réceptionniste !

— Il nous a dit que vous étiez seul. Allez, embarquez-le au poste.

À quelques mètres de là, via une porte dérobée derrière le palace, une grande blonde dans une petite robe en soie couleur nacre, des sous-vêtements transparents, et une paire de *Louboutin* s'engouffre dans un taxi.

— Bonjour. Où souhaitez-vous aller ?

— Très loin et très vite, s'il vous plaît.

— Je n'ai pas compris la destination, répond une voix métallique.

— ARGGGH, foutu taxi autonome. J'en sais rien, moi, emmenez-moi à Key West.

— Merci de confirmer votre destination et votre paiement.

Le tarif de la course s'affiche sur une tablette lumineuse à l'arrière. Claire précise l'option « discrétion » ce qui lui permettra que cette course soit supprimée de l'historique une fois réalisée, moyennant un supplément de 50 $, avant d'utiliser son index pour valider le paiement.

« Merci, Clarisse Dupont, pour cette transaction. Durée du trajet estimée : 1h16 minutes. Nous vous souhaitons un agréable voyage », répond la voix synthétique.

En passant devant l'hôtel, la fugitive aperçoit le fourgon dans lequel Stephen est en train d'être embarqué.

— Je ne fais jamais deux fois la même erreur, détective. Adieu, Stephen.

Chapitre 49. J+228 – Acte 3

20/04/2024

La lourde porte se referma : Javier était enfin libre.

Après un court instant à respirer l'air pur de l'extérieur qu'il n'avait pas vu depuis plus de huit ans maintenant, il repensa à son coup de génie qui lui avait permis de s'échapper.

Déjà, le fait d'apprendre en laissant traîner son oreille dans les discussions de ses geôliers qu'une grande réunion dans laquelle tout le monde, même les gardes, allait assister, aurait lieu peu de temps après le point d'orgue de l'opération Mars Alpha.

Enfin, étant spécialiste en effets spéciaux, c'était à lui qu'on avait fait appel pour s'occuper de la fumée à injecter au dernier moment dans le vaisseau afin de simuler le surchauffage du bouclier thermique de Dragon 3. Mais en modifiant les dosages du mélange, il avait réussi à créer une fumée bien plus épaisse que prévu, et en perçant des tuyaux, celle-ci s'était répandue dans la base, ce qui lui avait permis de se cacher sans que les gardes s'en rendent compte tout de suite.

Il connaissait les lieux par cœur, ayant participé à la rénovation de cette ancienne base militaire. Il savait notamment qu'une armoire électrique, dont il avait auparavant saboté l'alimentation, lui fournirait une planque idéale. De là, il pourrait observer les opérations, le temps que les recherches cessent, et que la fameuse réunion commence.

Bien caché dans cet emplacement, il avait assisté au dernier souffle de son collègue et ami Hendrik, abattu à quelques mètres de lui d'une balle dans la tête alors qu'il essayait lui aussi de s'échapper : il n'y avait malheureusement pas de place pour deux dans sa cachette, et maintenant, c'était chacun pour soi.

Une fois le plateau déserté par les enfants d'Alexandrie, il s'aventura jusqu'au couloir principal.

Un coup d'œil par la fenêtre de la porte de la grande salle de réunion lui confirma que tout le monde était bel et bien occupé à écouter Lars en train de s'autocongratuler.

Il aurait un jour sa revanche envers ce tyran qui l'avait séquestré des années durant afin de mettre en place son plan machiavélique, mais c'était encore trop tôt pour y penser.

Étant passé devant la pièce dans laquelle il était enfermé lorsqu'il ne travaillait pas et la voyant vide, il en avait conclu que ses collègues de prison, qui étaient devenus ses amis au fil du temps, devaient maintenant tous être morts. Tous les différents plans d'évasion qu'ils avaient tenté de mettre en place toutes ces années durant avaient échoué, et les séances de torture étaient telles qu'elles ne donnaient pas envie aux prisonniers de retenter leur chance.

La porte de sortie était en face de lui, et il lui aurait fallu utiliser un système de contrepoids pour la déclencher, si Claire n'avait pas été là. Elle avait refusé de le suivre, c'était son choix. Lui était enfin libre.

Il monta les escaliers, jusqu'à ce qu'il voit Edward en train de fumer compulsivement son vapoteur, appuyé contre un des quatre véhicules à l'entrée du centre. Il essuya rapidement ses larmes dès qu'il se rendit compte de la présence de Javier, sortit son arme et le mit en joue :

— Plus un geste.

— Non, Edward, je vous en prie…

Comment Lars avait-il pu mettre fin à leur amitié ? L'Anglais savait qu'il pouvait être machiavélique, mais là, c'en était trop. Il ne pouvait décemment pas demander à tout le monde, dont ses sbires, les enfants d'Alexandrie dont il était le chef, de renoncer à leur part. C'en était trop. Qu'allait-il leur faire s'ils refusaient ? Et que dire de ces derniers mots :

« Fous le camp, pendant qu'il en est encore temps ». Lars était buté, il le savait. Mais jusqu'où irait-il ?

Partir ou rester et tenter de parlementer. Avait-il vraiment le choix ?

— Donnez-moi une seule bonne raison de ne pas vous abattre, reprit l'Anglais.

Javier avait côtoyé Edward plus d'une fois, et il était conscient qu'au fond de lui c'était un homme bon. Ignorant ce qui avait pu le mettre dans cet état et le malaise entre Lars et lui, il joua la carte des sentiments :

— Parce que je suis sûr que vous êtes quelqu'un de bien, Edward. Et que beaucoup trop de sang a déjà coulé. Laissez-moi une chance, je vous en prie…

Hésitant un court instant qui sembla être une éternité pour le fugitif, il finit par lui répondre :

— Je vais vous laisser cinq minutes, après quoi j'enverrai les gardes à vos trousses.

À défaut de prendre un véhicule, la seule chance de Javier maintenant était d'atteindre les bois le plus vite possible. Sans demander son reste, il se mit à courir en suivant la piste en direction de l'orée de la forêt.

Ces longues années d'isolement l'avaient fortement affaibli, et rapidement il s'essouffla.

Il entendit claquer au loin derrière lui une porte de voiture, ainsi que le bip strident précédent le démarrage d'un moteur électrique : Edward venait de prendre le volant.

Javier essaya d'accélérer. La forêt n'était plus qu'à quelques mètres.

Edward fonçait vers lui dans son véhicule électrique autonome, mais qu'il était malgré tout possible de conduire, bel et bien décidé à l'écraser.

La voiture n'était plus qu'à une cinquantaine de mètres lorsque Javier put enfin rejoindre la forêt, dans laquelle le véhicule ne le suivrait sûrement pas. Il s'attendait à ce qu'Edward, une fois à son niveau, s'arrête et se mette à sa poursuite, l'arme à la main, mais il n'en fut rien, et la voiture continua de rouler à pleine vitesse sur la piste tracée entre les arbres, le seul chemin d'accès qui permettait de relier ce centre à la civilisation.

Edward avait fini par prendre une décision.

Javier s'arrêta un instant pour reprendre son souffle. Enfin, il était libre.

Il allait pouvoir raconter à la terre entière l'enfer qu'il avait vécu ces dernières années, de la rénovation du centre pour répondre aux besoins de ce projet à la création de tous ces effets spéciaux, la construction par les robots de la base martienne, la simulation de la position des étoiles dans le cockpit de Dragon 3, jusqu'au crash ultime ; les effets spéciaux, c'était lui.

Grâce à lui, le monde entier allait apprendre ce que Mars Alpha avait vraiment été.

Perdu dans ses pensées, il n'entendit pas le « clic » provoqué par un de ses pas, qui déclencha l'explosion d'une mine antipersonnel.

Chapitre 50. Dédicaces

25/04/2026

Après 3 mois, 26 jours, 4 heures et 35 minutes de détention, on a fini par me relâcher, moyennant une grosse caution, le paiement du bracelet qu'on avait mis dans ma poche, un excellent avocat et une interdiction de séjour de dix ans sur le territoire américain.

Mes moyens pour communiquer durant cette période étant plus consacrés à me trouver un moyen de sortir de cette prison qu'autre chose, Claire s'est fondue dans la nature, jusqu'à ce qu'on perde totalement sa trace, aux alentours de Las Vegas.

Durant mon séjour derrière les barreaux, j'ai beaucoup réfléchi, à la vie, à Claire, à Edward qui était sur le point de me descendre, à mon métier, à son histoire, qu'elle m'autorisait si je le souhaitais à utiliser, dès lors que je mentionnais qu'elle était morte ou que ce n'était que pure fiction.

Et puis un matin, j'ai lu dans les journaux qu'un attentat avait tué trente-six personnes dans un centre commercial à Philadelphie. Une bombe artisanale, la même que celle qui avait frappé le projet Mars Alpha, mais avec une charge bien plus violente. Parmi les victimes, des enfants, des parents, toutes ces personnes qui n'avaient rien demandé à personne, mais qui venaient juste faire leurs courses.

Edward faisait partie de ces victimes.

Il ne chercherait plus à nous traquer, Claire et moi. C'était une bonne chose.

C'est cet événement qui m'a poussé à commencer à gratter sur quelques feuilles de papier les quelques idées d'un roman, lesquelles sont devenues des paragraphes, avant de se transformer en chapitre ; puis c'est devenu un manuscrit, dans lequel je racontais, à quelques détails près, l'histoire d'un vaisseau spatial à destination d'une planète lointaine, qui ne serait jamais arrivé à destination, car il ne serait jamais parti de Terre.

« 2024 : L'Odyssée de Mars », c'était le titre de ce manuscrit que j'avais envoyé à un grand nombre de maisons d'édition une fois sorti de prison et de retour au pays.

L'une d'entre elles accepta de me publier, et ce fut un succès assez important, me permettant de démissionner et consacrer ma vie à l'écriture.

Adieu adrénaline et meurtres, adieu mon ami Rémi, adieu affaires irrésolues et crimes passionnels, adieu quotidien mortel : j'étais devenu bien malgré moi un écrivain, reconnu et estimé. Qui aurait cru qu'en racontant une histoire inspirée de faits réels tout aurait si vite basculé.

C'est grâce à ça que je l'ai revue. Ce soir-là, je faisais une dédicace dans une petite librairie. Sans doute mes moments préférés dans ce nouveau métier que j'apprends, même si je dois vivre la déception de ne pas pouvoir discuter plus longtemps avec mes lecteurs.

« Après vous, ce sera fini », doit-on souvent annoncer aux fans dans d'interminables files d'attente, lorsque le créneau est dépassé depuis plus d'une heure, qu'il est plus de 22 heures et que les libraires aimeraient bien fermer.

« Bonjour, c'est pour qui ? », une fois sur deux je demande à épeler le prénom, histoire de ne pas faire de rature.

Je me souviens de mes premières dédicaces, au Salon du livre d'Amsterdam, où je peinais à trouver quoi écrire, transpirant à grosses gouttes devant chaque lecteur à cause de la timidité, mais j'ai vite appris.

Quelques mots, souvent les mêmes, accompagnés d'un selfie pour aller avec, parfois un bisou, « Merci beaucoup » de part et d'autre, et c'est tout.

Chaque livre vendu est une petite contribution à ma petite fortune, bien moins élevée que celle de Claire, qui n'a au final jamais donné la somme avec laquelle elle s'était enfuie. Au fond, quelle importance…

— Bonjour, c'est pour qui ?

— Clarisse Dupont.

Non… Je n'y crois pas. Se pourrait-il que ce soit elle ? Je n'ose lever la tête…

— Faut-il que je vous l'épelle, détective ?

Cela ne peut être qu'elle…

Je lève la tête, et vois une ravissante blonde, les cheveux au carré, les yeux de nouveau marron, un large sourire, et… un magnifique bébé de quelques mois dans les bras.

— Claire !

— Non, détective, Clarisse. C, L, A, I, R, E, me répond-elle en souriant et en me tendant d'une main un livre à dédicacer.

J'ai été en prison à cause d'elle, à cause du vol que je l'ai regardé faire, mais c'est grâce à elle que je m'en suis sorti, car même si je l'ai assez peu côtoyée au final, elle était dans ma tête, dans mon cœur, depuis tout ce temps. Sans cette rencontre et l'incroyable histoire qu'elle m'avait racontée ce soir-là, en plus de sûrement sombrer dans la folie en prison, je ne serais jamais devenu celui que je suis, un auteur ravi d'avoir eu l'opportunité de changer de vie.

— Clarisse donc, lui réponds-je, en inscrivant Claire sur le livre. Est-ce que le livre vous a plu ?

— Oui, beaucoup. Et cette Clara alors, quelle purge. Quel dommage qu'elle meure à la fin, empoisonnée par ce champagne ! Je suis sûre qu'il aurait pu y avoir une belle histoire d'amour à écrire entre elle et l'ingénieur qui réussit à s'échapper. De qui vous êtes-vous inspiré pour créer ce personnage ?

— Une ex, que j'ai fréquentée deux mois durant après une relation compliquée que peut-être un jour je raconterais dans un livre. J'en étais fou amoureux, mais après deux mois elle a préféré mettre fin à notre histoire, évoquant un manque de sentiments de son côté.

— Vous mentez toujours aussi mal, détective.

— Et cette magnifique petite chose, comment s'appelle-t-elle ? C'est un garçon ou c'est une fille ?

— C'est votre fils, Stephen. Et en souvenir de son papa, qu'il n'a pas eu l'opportunité de connaître, je l'ai appelé Stephan. Tu dis coucou, bébé ?

Le bébé m'observe avec de grands yeux, alors que je peine à réaliser ce que je suis en train de voir… Mon enfant, j'ai un enfant ! Quelles étaient les chances pour que cela arrive ?

— Oh, mon Dieu, Clarisse, il est magnifique !

— Mais son papa lui manque. Peut-être que si monsieur l'écrivain n'est pas rancunier envers sa maman, et a un peu de temps à lui consacrer, il pourrait s'occuper de lui et de sa mère.

— Vraiment ?

— Détective, je vous ai dit que je ne faisais jamais deux fois la même erreur. Ma plus grande erreur a été de vous laisser croupir en prison, vous qui avez été mon premier coup de foudre. Malheureusement, Edward vous avait suivi et m'avait retrouvée, et je savais que mes jours étaient en danger si je restais à vos côtés. Alors, après avoir brouillé les pistes, après avoir pris un avion aux « keys », j'ai voyagé sur le continent américain, jusqu'à ce que ma santé m'en empêche. Ma vie de paillette m'a vite lassée, l'argent ne fait pas le bonheur même s'il y contribue. Dans la chaleur des casinos de Vegas, la grossesse surprise de ce bébé a été plus compliquée que prévu, et je n'ai guère pu faire grand-chose durant les précédents mois. Il n'est pas chose aisée que de voyager avec un bébé en avion, vous savez.

— J'imagine.

En fait non, je n'ose imaginer, car mon cerveau est totalement déconnecté. Je l'espérais tout ce temps durant, et elle arrive, surgie de nulle part, avec un enfant, « mon enfant » dans les bras. Je commence à ressentir mes yeux s'humidifier, et à avoir mal aux joues, à force de sourire et d'admirer ces petites joues potelées de ce bébé timide.

— Et puis, Edward ne sera plus là pour nous traquer maintenant. En plus, promis je n'y suis pour rien cette fois-ci ! Bref, après ça j'ai essayé de vous retrouver, mais vous aviez démissionné… Jusqu'à ce que je découvre, et me délecte de votre roman. D'ailleurs, pensez-vous terminer ma dédicace, monsieur l'auteur ? reprend-elle, amusée.

— Oui, pardon. Et voilà.

— « Amicalement, pour l'héroïne de mon cœur ». Merci bien, monsieur l'écrivain.

Je suis debout, et la contemple. Elle me sourit en berçant son bébé.

Une larme roule sur sa joue, elle semble être heureuse. Mon cœur bat la chamade.

— Puis-je vous demander un baiser, monsieur l'écrivain ?

Oh que oui j'allais l'embrasser, et la serrer dans mes bras, pour ne plus jamais la laisser filer. Et ce petit bout que je suis tellement impatient d'aimer…

— Si vous ne faites rien après votre dédicace, monsieur l'auteur, nous vous attendrons dans le bar d'à côté. Si jamais l'envie vous prend de venir papoter avec moi, voire plus…

— À une condition, Claire…

— Oui ?

— Peut-être qu'il serait temps qu'on se tutoie maintenant, non ?

Remerciements

Un grand merci à toutes celles et à tous ceux qui m'ont aidé à écrire ce roman,

En commençant par ma sœur, sans qui ce livre n'aurait jamais pu voir le jour, pas sous cette forme-là tout du moins. Si l'idée de base vient de moi, elle m'a plus qu'aidé dans le rebondissement de toutes ces intrigues. Je la remercie d'autant plus, sachant à quel point son temps est précieux. « Encore un grand merci à toi, sœurette, même si je déteste toujours autant lorsque tu me marques ton traditionnel maintenant 'comprends pas' dans la marge, au moment de corriger mes manuscrits (reliés) ». Ce roman, c'est aussi un peu ton roman finalement. #hug

Merci à ma copine, ma mère et ma tante pour leur soutien et leurs retours qu'elles m'ont fait sur les premières versions (pas forcément les meilleures) de ce roman.

En vrac et dans le désordre en espérant n'oublier personne (car il y a eu beaucoup de monde qui m'ont « bêta-lu » et dont j'ai essayé de mettre en application leurs conseils pour améliorer l'histoire) : @lextestweb (pour ton soutien depuis mon premier roman), @ChapitreOnze, @Anthonyt45, @inkip_it (qui m'a permis de clôturer ma première mouture de l'histoire grâce à son système de stats), @ouarda (pour qui j'ai clôturé la V1), mon fils (qui m'a donné pour objectif de le clôturer (la première mouture) AVANT sa naissance), @writecontrol et @maxiliit (pour ton système d'écriture), @PlusieursVies (pour ton analyse comparative), Rémi C (le vrai), Mikael T (AKA Mike, merci à toi, cher ex-collègue qui m'a inculqué ta passion pour l'espace et pour tes corrections), Céline B, Guillaume T, Jérémy F, Emilie D, @FlorencePorcel (dont je me suis inspiré des témoignages), Ferdie (pour tes encouragements), à ma psy Gaëlle A (qui a découvert que derrière mon air indolent, j'avais quand même une certaine forme de talent pour être capable d'écrire des histoires) et toutes celles et ceux que j'oublie (désolé mais merci quand même !).

Merci également à celles et ceux qui ont eu les premières moutures du manuscrit en main, mais qui n'ont jamais eu/pris le temps (ou le courage) de le commencer, de l'avancer ou de le finir, ça partait quand même d'une bonne intention.

Merci aussi à mes collègues de boulot de 2015 à 2018 (même s'ils ne savent pas pourquoi, moi je le sais ;))

Merci à Anne-Sophie Bord (pour les corrections) et également à @astridlafleur grâce à qui ma vie d'auteur a pu un jour commencer.

Merci aussi à toi, @JupiterPhaeton, qui m'a plus qu'aidé à avancer dans la finalisation de ce roman (entre autre) et à son autopublication, et qui m'a également appris à m'accepter dans mon statut d'auteur.

Enfin, merci à toi, lectrice/lecteur de m'avoir lu. Sans toi je n'existe pas. Alors vraiment…

MERCI.

UN MOT SUR L'AUTEUR

Mon nom de plume est Pierre-Etienne BRAM. Écrire est une de mes passions (en plus du volley-ball et du rock). Lorsque je n'écris pas, je programme des logiciels (c'est une forme d'écriture au final !).

N'hésitez pas à me suivre sur mes réseaux sociaux pour être au courant de mes nouveautés :

Site officiel : http://pierreetiennebram.com
Sur Facebook : www.facebook.com/pierreetiennebram
Sur Twitter : pebramauteur
Sur Instagram : pierreetiennebram

Email : pierreetienne.bram@gmail.com

N'hésitez pas à m'écrire ou à passer sur la page Amazon du livre pour laisser un commentaire !